文学有大益

大益文学

二○二三年第一卷 总第二十三卷

雷平阳 主编

广西师范大学出版社
·桂林·

目录

小说

祭祀　　哲贵　/ 3

和 AI 写小说　　王威廉　/ 27

我当着朋友的面迎娶了新娘　　索耳　/ 55

眼见为真　　渡澜　/ 73

非虚构

茶山系列　布朗山　　徐兴正　/ 87

译文

·高兴专栏·

精美食品十道（短篇小说）

［罗马尼亚］贝德罗斯·霍拉桑捷安　高兴 译　/ 127

罗比·布拉迪惊人的终场射门载入了我们的私人史（短篇小说）

［爱尔兰］萨莉·鲁尼　钟娜 译　/ 143

视觉
浮日三记　　严明　/ 153

随笔
黑夜里的活动　　残雪　/ 181
碎语闲言　　石舒清　/ 193

诗歌
灵魂是身体最遥远的地方　　姚风　/ 211
月亮在你的睡眠里呼吸　　龙青　/ 221

小说

- 祭祀 哲贵
- 和AI写小说 王威廉
- 我当着朋友的面迎娶了新娘 索耳
- 眼见为真 渡澜

哲贵，浙江温州人，已出版小说《仙境》《信河街传奇》《我对这个时代有话要说》及非虚构作品《金乡》等。曾获郁达夫短篇小说奖、林斤澜短篇小说奖、汪曾祺文学奖、百花文学奖等。浙江省作家协会副主席，温州市作家协会主席，《江南》杂志副主编。

祭祀　哲贵

1

丁一柏没想到,他的人生改变,是从母亲的死开始。

母亲断气时,丁一柏站在距离她两米左右的地方,脸上的表情和身体的姿势,都是一副"与我无关"的样子。大哥不同,他表情严肃,神情专注,半靠床上,抱着母亲,用湿棉花签轻轻地给母亲润嘴唇。大嫂和他妻子柯小妮来回穿梭,大嫂不时摸一下母亲的脚。她说,人死时,先从脚底发凉,慢慢往脑门上移,升到天灵盖,也就灵魂出窍了。她们关注母亲是否断气的同时,有条不紊地安排母亲后事——寿衣、寿帽、寿鞋、麻衣、孝服以及罗列应该通知的亲戚名单。气氛悲伤中有隐秘的欢乐。大家似乎既担心那个时刻到来,又期盼到来。终于,母亲挣扎着吐出最后一口气,再没动静。她的脸色和嘴唇都是紫黑色的,嘴唇颜色更深,断气之后,嘴巴没有来得及合拢，张开的口腔像一口无底深洞。大哥依然抱着母亲，大嫂探了探母亲的鼻息，又摸摸她的天灵盖，说，真走了。柯小妮抬手看了下手表，说，下午三点五十二分。丁一柏远远看着母亲，脸上没有任何表情，内心很平静，却又似乎很不平静。他有解脱的感觉，却又怅然若失。想说点什么，却又不知说什么。大哥没有说话，也没有表情。突然，大嫂和柯小妮的哭声不约而同响起，既自然又突兀。

丁一柏从她们的哭声中得到确认，母亲死了。

按照丁氏家族传统，母亲后事，会有族人牵头办理，这个时候，丁一柏和大哥反倒像个局外人，连大嫂和柯小妮也插不上手了。在信河街，丁氏家族人丁兴旺，讲究血缘辈分和亲情。血缘辈分和亲情是人和人之间看不见的纽带，估计也是人类聚居在一起的最早形式。丁氏族人聚居在信河街一个名叫百里坊的社区。他们平时生活以每一脉为单位，几百年繁衍生息，如大树分叉，到了丁一柏这一辈，在信河街的丁氏族人，已经发展出五十个支脉，近六千人口。一旦发生红白喜事，整个家族"倾巢而出"。族里主事的人会主动站出来，召集族人前来帮忙。丁氏家族不同之处在于，有专人专职负责此事，族人称为灵神传承人和守墓人，按照传统，两个职位由一个人兼任，现任灵神传承人和守墓人叫丁道汪。他在丁氏家族里，属于半人半神的角色，是丁氏家族最神秘的人，是最受尊敬的人，也是最让人感到害怕的人。从某种程度说，他说出的话，代表神的意思，他的所作所为，是神的指示。他代表光明、神仙和天堂，同时，也代表黑暗、鬼魂和地狱。

母亲刚刚断气，丁道汪就来了。这是丁道汪的神奇之处，丁氏家族里，所有族人发生的事，他都会事先知道，小到小孩做噩梦，大到老人过世，包括两夫妻关起门来吵架，他都能第一时间出现在现场。

算辈分，丁道汪是丁一柏族叔。丁一柏觉得他是生活在另一个世界的人，特别是他的精神世界，充满了未知因素。丁一柏很少跟他接触，或者说,他想接触却不敢接触,丁道汪身上有阴森之气,每次靠近,丁一柏都会禁不住打一个寒战,身上起一层鸡皮疙瘩。丁一柏更愿意做一个旁观者,当一个局外人。他不愿意参与家族的事务。这是他的性格,没法改变了。

丁道汪一出现,大哥立即迎上去。他伸出左手,轻轻拍了拍大哥的肩。他跟丁一柏点了点头。然后,用眼睛"巡视"一圈,跟在场的其他人一一点头,低头问了大哥几句话后,便开始他的工作。他先是联系了择日先生,这是流程里最关键环节,是重中之重,只有出殡日子和时辰确定后,才好安排其他议程。择日先生来了之后,问了母亲和他们两兄弟的生辰八字,又问了母亲"走的"时辰,最后确定后天下午未时(下午一点到三点)出殡。然后,丁道汪派人去社区,打来母亲去世证明。接着,他指派族人拿着证明去殡仪馆联系火化等事宜。同时,丁道汪又安排人联系斋公,按照信河街习俗,明天要做一天法事,后天上午还要做半天法事,直到出殡(按规定,做法事时间不能超过七十二小时)。斋公确定后,丁道汪又派人去祠堂运斋公做法事的桌椅。所有事情联系好后,丁道汪召集前来帮忙的族人开了一个碰头会,落实每个人的岗位和责任。丁道汪胸有成竹,井井有条地派出各路人马,他像稳坐帐中的诸葛亮,不急不缓,似乎一切都在掌控之中。丁一柏发现,这个时候,丁道汪神情安然,肃穆,身上似乎笼罩着一股神秘气息,让人不敢接近,让人肃然起敬。他确实有异于常人之处,进入"工作状态"后,话不多,除了交代交办的事,更多是独自坐在一边,闭着眼睛,嘴里念念有词,似乎自言自语,又像与人对话。他的神态是介入的,又是超然的。

整个葬礼,丁道汪是指挥官,他指哪里,丁一柏和大哥就去哪里。包括做法事的斋公也是听他的指挥,他摆什么祭品,斋公就唱什么祭辞。他也会"吹打",斋公在唱祭辞时,他会帮着打鼓,有时是敲锣,有时是吹笛子。好像什么都会。最最关键的是，有一个祭神仪式由他亲自上场。祭神，也叫拜神，是感谢各路神灵的意思，在法事即将结束、出殡之前举行。祭神之前，丁道汪用毛笔在一张长长的红纸写上了祭辞，上面有母亲的名姓、年龄和死亡日期、时辰，还有大哥和丁一柏的名字、年龄以及生辰。接在大哥和丁一柏后面的，是大嫂和柯小妮的名姓、年龄和生辰。再下去是孙辈的名姓、年龄和生辰。丁道汪祭神时，没有换上法袍，依然是平时穿的黑色褂子，也没有戴法帽。他没有用斋公使用的法铃，而是用自己带来的法铃，是丁氏家族守墓人专用的，也是丁氏家族守墓人的象征。丁道汪让大哥和丁一柏站在他身后，让大嫂和柯小妮站在大哥和丁一柏身后，他对大哥和丁一柏说：

"你们跟着我，我拜你们拜，我跪你们跪。"

两个穿着法袍戴着法帽的斋公站在他两边，他们站在丁道汪早就摆好的香案前，香案上也是丁道汪摆上的祭品，有瓯柑、苹果、红枣、饼干、大白兔奶糖等，香案上还有丁道汪用米写成的一个字，丁一柏看不懂是什么字，大概是个符咒。

锣鼓响起来了，所有人就位。丁道汪先拜了三拜。他两边的法师也跟着拜了三拜。大哥和丁一柏披麻戴孝，大嫂和柯小妮戴着白色头巾，也是身披麻衣，孙辈是头戴蓝帽身披蓝衣。大哥手中捧着一个小香盘，里面是一个小香炉，香炉里点着三炷香，香炉下有一张丁道汪画在黄纸上的符，黄纸长三十厘米，宽六厘米。丁一柏和其他人手中各持一炷香，两手合十，香从食指和中指之间长出来。大家紧跟着丁道汪拜三拜。拜过之后，丁道汪迈着八卦步，轻轻摇动法铃，拉长了声调吟唱道：

"天灵灵，地灵灵，各路神灵听灵清，今有信河街……"

丁道汪在吟唱过程中，时不时停顿下来，他摇动法铃，要么是拜，要么是跪。有时是三拜，有时是一拜，似乎没有规律，又似乎自有规律。

丁一柏从丁道汪吟唱的祭辞中，隐隐约约听明白一些字句，大约是向各路神灵报告母亲的个人情况，同时报告母亲膝下子女和孙辈的情况，现在，母亲"寿元"圆满，升归天界，以后请各路神灵多多照顾。而母亲膝下的子女及孙辈，都是信奉各路神灵的人，都是孝子贤孙，也请各路神灵多多庇佑。丁道汪在吟唱时，脚下铺着一张草席，他会在草席内移动脚步，从香案上抓一小撮米撒向天空，也不忘提醒边上的斋公给边上的纸灰炉里添烧冥纸。

这是丁一柏第一次有意无意地观察丁道汪，在他安排下走完母亲葬礼的全过程，从跟着斋公跪拜、出殡时跪谢送行亲友、母亲火化后抱回骨灰炉、骨灰炉启程去公墓，最后将母亲的木主送入丁氏祠堂。丁一柏发现，整个葬礼过程，就是母亲不断缩小的过程，母亲的尸体变成一堆灰，最后变成一块比手机长一点的木主。也就是说，这个过程，也是母亲在这个世界从有到无的过程。

2

丁一柏以为，将母亲的木主送入丁氏祠堂，作为儿子，行到此处，该是与母亲正式告别了。生活的恩义，至此终结。

细想起来，丁一柏对母亲的感情并无特别之处。母亲的死，他并没有生死别离的楚痛，反倒有一种说不出的解脱感，甚至可以说是轻松感。回想与母亲相处这几十年，并没有多少不可磨灭的生活细节。母亲对他的爱，跟普天下母亲几乎没有差别，母亲对他的期待和失望，也跟普天下母亲对不肖儿子的期待和失望无异。

丁一柏睡眠质量很好，他是个躺床上脑子自动停止转动的人，三分钟之内肯定入眠。但是，葬礼之后，他居然连续三个晚上无法入眠，脑子一片空白，闭上眼睛，睡意全无。从第四个晚上开始，他连续三个晚上梦见母亲，都是母亲临死前的画面定格。这种情况，之前不曾有过。每一次梦醒之后，他会有种锥心之痛，好似梦中有只铁手插进他的身体，掐住他的心脏不放。

晚上睡不着时，脑子里会闪现出许多画面，都是母亲患病之后的情境。

母亲老年痴呆五年，前面三年还有部分清醒。父亲过世后，她一个人住在老屋。患病之前，她拒绝雇保姆，每天去菜场买菜，自己烧，自己拖地，自己洗衣服。她的理由很简单，保姆不会买菜，烧的菜没法吃，地必须自己拖才干净，衣服只有自己洗才放心。这是母亲的性格，从丁一柏懂事以来，母亲一直这么做，她不会让别人插手。帮忙也不行。丁一柏和大哥结婚后，都是分开过，逢年过节去老屋吃顿饭，母亲从来没有让他妻子和大嫂洗过一个碗，没有拖过一次地。在丁一柏记忆里，母亲一直烫齐耳波浪发型，从来没变过，从来没乱过。衣服总是干净的，合身的，得体的。得病第一年，母亲依然去菜场和做家务，但她经常忘记回家的路，拖地总是找不到地拖，穿衣服里外不分、上下扣子经常扣错。这种情况，再不雇保姆说不过去了。可是，连雇三个保姆，都让她骂跑。她不是骂保姆懒，就是骂保姆是贼。人家当然要跑。在哪里不是做保姆，凭什么让你骂？最后商量的办法是，丁一柏和大哥轮流照顾。实际情况是，大哥只是偶尔去一下，像个下来视察的领导，看一看，拉着母亲的手问一问，是慰问性质的。做具体工作的是大嫂，她要在公司和老屋两头跑。公司缺了她不行，母亲照顾不好更不行。大哥不会允许这种事发生的。丁一柏这边刚好相反，轮到他们家时，基本是他去照顾，他是公司的法人代表，"主要负责人"是柯小妮。他不在，公司的机器照样转，产品照样生产。如果柯小妮不在，机器也是照样转，工人和机器可能会偷懒。不用柯小妮开口，丁一柏主动承担起照顾母亲的任务。

老年痴呆症的特征都是神智先糊涂。第一阶段，母亲还记得打理自己的发型,还是齐耳波浪型,还是纹丝不乱,只是黑发变成白发。第二个阶段是生理糊涂,什么叫生理糊涂?说得直白一点,就是不知道卫生间在哪里,更不知道什么时候上卫生间。这就乱套了。母亲的乱也是从头发开始的,波浪型变成了浪花四溅型,原来油滑的发质变得干枯,毫无生气。一年前,她跌了一跤,盆骨骨裂,在医院做了手术,住了二十天。过半年,又跌一跤,右小腿跌得粉碎性骨折,送到医院做手术,住了一个月。出院后,大哥召开家庭会议,最后决定,买来一根铁链,将母亲锁在椅子上,防止她走动和跌跤。

  内心里,丁一柏认为将母亲锁在椅子上的做法不对,母亲不是犯人,也没攻击性,凭什么用铁链锁她?可是,他也想不出办法让母亲不乱跑,更不能阻止她不跌跤。医院的骨科医生说了,以母亲的体质和骨质,再次骨折就无法手术,愈合很困难了。每次去老屋,丁一柏的眼睛会故意避开那条铁链。一开始,他曾经试着将铁链上的锁打开,他盯着嘛,不会出问题的。让他没想到的是,锁一打开,母亲啪地站起来,跌跌撞撞往外冲,吓得丁一柏一把将她抱回来,重新用铁链锁上。

  丁一柏有时会想,如果被锁在椅子上的是自己呢?他会怎么办?这个想法让他恐慌,更让他心灰意冷。他问过医生,也查过百度,老年痴呆症是遗传性疾病,他以后完全有可能成为现在的母亲。他想,如果真得了这种病,他一定在自己还能思考和行动的时候,自行结束生命,对于母亲来讲,她被铁链锁住以后的生命没有任何质量可言。她成了累赘。

  丁一柏跟柯小妮商量过,不如让母亲安乐死。不完全是为了甩掉母亲这个包袱,他知道,作为子女,尽孝是责任和义务,是基本社会伦理。他是不希望母亲原来美好的形象在晚年坍塌。柯小妮听了他的话后,骂道,神经病。

  这些回忆让丁一柏难受,似乎母亲在他的回忆中活过来了,比她活着时还真实。这种真实在不断暗示丁一柏:他没有尽到做儿子的责任,他从来没有站在母亲的角度想过,母亲最后的五年是如何走过来的。这个念头令丁一柏震惊,他突然怀疑,母亲最后五年并没有患老年痴呆症,她是在装病。她需要儿子的陪伴,需要儿子在身边。

怀疑一旦产生,便生根发芽,很快在他心里长成枝繁叶茂的参天大树,根须和枝叶布满他的身体。可是,母亲已经死了,成了祠堂里一块木主,他去哪里求证自己的怀疑?他没办法。做不到。可是,怀疑的念头并没有就此消停,它还在不断生长,无休止地生长,长出了他的身体,长满了他的房间,长满了他的生活,他走到哪里,它就长到哪里。

他每一天都是恍恍惚惚的。这个时候,他倒想能在梦中见到母亲,他一定会向母亲问个清楚。然而,他再也没有梦见母亲了,因为他连入睡都困难,何来梦境?有时打个盹,好像一脚踩空,掉下无底悬崖,在一身冷汗中醒来。他将这个怀疑告诉柯小妮,柯小妮这一次没有骂他,而是笑着说,你真是个神经病。

丁一柏平时不太认同柯小妮的观点,虽然他极少反驳。这一次,他觉得柯小妮或许是对的,自己确实是个神经病。是个无药可救的神经病。

3

事情是在母亲死后一个月发生的。

那天下午三点,他接到大哥丁一松电话。大哥很少给他打电话,他也很少给大哥打。大哥和他开的是眼镜公司。大哥是大公司,他是小公司。是大哥的附属。业务上的事,都是柯小妮联系,柯小妮会和大哥联系,也会和大嫂联系,他们电话是畅通的。家庭的事,也都是柯小妮出面沟通。

大哥在电话里问他在哪里,他说:
"我在家。"
"你在家楼下等我,十五分钟到。"

丁一柏听出大哥略略的不高兴。到了大哥这种地位和身份，有不高兴的情绪一般不会表现出来，即使对他这个弟弟也是如此。丁一柏知道自己的声音肯定是有气无力的，整个状态想必是昏昏欲睡，半死不活。大哥听见他大白天不去公司，而是窝在家里，生他的气是正常的。没有骂他是大哥的修养。但丁一柏想象不出大哥找他什么事，没有事，或者是一般小事，大哥是不会打电话找他的。不过，丁一柏没有问，也不想问，大哥找不找他，都有大哥的理由。他问不问，结局都差不多。这些年来，他早就养成习惯了。这是他的常态，也是他的状态。当然，他知道，这也是家里人对他最痛心疾首的地方，除了大嫂，家里人对他的口径是一致的，认为他懒，不上进，没有责任心，差不多就是朽木不可雕了。丁一柏也基本认同他们的判断，是的，我就这样了，就是懒，不上进，没责任心，朽木不可雕。就这样了。

十五分钟后，第二个电话打来，丁一柏才慢悠悠下楼。到楼下，黑色奔驰已停在那里，大哥坐后座左边，司机开了后座的车门等他。见了他，大哥只是看了一眼，用眼睛示意他坐进来。

上车后，丁一柏也没有开口，在大哥面前，他习惯了沉默。大哥也是个话少之人，不到非讲不可，他不会开口。但两个人沉默的性质不同，意义也大相径庭，大哥的沉默是威严，是权威，是慎重，是一言九鼎。丁一柏知道，自己的沉默是无话可说，还有便是无能和躲避，是可有可无。

车往城西方向开去。开出一段路后，大哥才开口：

"道汪叔来电话，让我带你去他那里。"

"哦。"

丁一柏若有若无地在嘴里应了一声。他在脑子里快速地想了一下，想不出丁道汪叫他去的理由。他很快不想了。有大哥在，任何事不需要他站出来，更不需要他动脑子。一直如此。

车到望江路，沿瓯江而上，左手是陆地，右边是瓯江。这些年，城市不断扩大，原来的市郊，现在都算市中心了。首先是柏油马路直而宽，其次是大型商场鳞次栉比，再就是住宅楼连绵不绝。楼与楼之间偶尔有绿色吐出，那便是星布在城里的小山，被枝繁叶茂的小叶榕树覆盖，榕树的好处是，即使在冬天，叶子也是翠绿，一棵榕树，远看就像一个绿色的精灵。这些绿色的精灵，是自然界对这座城市的馈赠。

大概十五分钟车程，就到丁氏祠堂了。

成为灵神传承人和守墓人后，丁道汪就住在丁氏祠堂里。祠堂左手有个厢房，大哥当族长后，出资将厢房装修成小套间，有厨房和卫生间，装上空调和有线电视，地上铺了大理石，跟一般居民的套房相差无几。

丁一柏每年都会来几趟祠堂，上个月送母亲的木主也来过，他也知道丁道汪住在祠堂厢房里，但没进来过。他不想。他和大哥来到丁道汪卧室时，里面已经围坐了很许多人，有几个是丁道汪的同胞兄弟，另外几个都是丁氏家族的头面人物，他们见大哥和丁一柏进来，不约而同站了起来，大哥没有开口，做了一个让大家坐下的手势。丁一柏看见丁道汪躺在床上，他没有起来，眼睛看着丁一柏和大哥。大哥快走两步，来到床前，问道：

"怎么样？"

丁道汪还是直直躺着，看了看大哥，又看了看丁一柏说：

"大限到了。"

大哥又靠近看了看丁道汪的脸色，问道：

"准确吗？一点迹象也没有哇。"

丁道汪微微咧了一下嘴唇：

"不会错的。"

大哥摇了摇头说：

"太突然了。"

"都是这样的。"

丁道汪说完，轻轻吐出一口气，慢慢闭上眼睛。卧室里其他人立即紧张起来，将脑袋齐齐伸向床上的丁道汪，又抬头看看大哥，轻声问道：

"走啦？"

大哥没有回答。过了一小会儿，倒是躺在床上的丁道汪接话了：

"还没。"

说过之后，他将眼睛慢慢睁开，这一次，他没有再看别人，而是直直盯着站在最外围的丁一柏。所有人，包括大哥在内，转头将眼睛盯着丁一柏。

老实说，在此之前，丁一柏根本不知道自己为什么来这里，大哥叫他来，他不能不来。再说，大哥是族长，带他来祠堂也不需要经过他同意。他跟着来就是了。所以，他们刚才的对话，丁一柏并没有认真听，反正不关他的事，他也不想听。当所有人用眼睛看着他时，他突然意识到，这事可能与他有关。

"过来。"

丁道汪从被子里面伸出手，朝他招了招。他的手像有一股魔力，将丁一柏吸过去。站在床前的大哥自觉地让开身体，丁一柏走到床前，他们才重新围拢，将丁道汪和丁一柏围在中心。丁道汪的手依然举在那里，丁一柏不由自主地将手递过去。丁一柏没有想到，丁道汪的手是那么软，那么轻，丁一柏握住他的手时，根本感觉不到重量，好像他的手掌是空的，只是一个形状。但是，让丁一柏惊奇的是，他却能感到丁道汪手掌传来的热度，他的身体像被电击，全身一阵麻痹，第一个反应是将丁道汪的手掌甩开。他发现，根本甩不开，那手掌似乎有一股巨大的吸引力，将他的身体紧紧吸住。同时，丁一柏似乎感到从丁道汪手掌中传输过来一股巨大热量，那热量如一道光柱，从他手心进入，顷刻贯穿他的整个身体，仿佛在刹那间，将他的身体摧毁，变成一缕若有若无的青烟。他听见丁道汪的声音从天而降：

"从今天起，你就是丁氏家族第三十任灵神传承人和第二十一任守墓人。"

丁一柏这时听到的声音是那么不同，丁道汪的声音仿佛雷电在他头顶轰鸣。没有来由，也没有前奏，丁一柏突然想哭，眼眶发涩，鼻翼不停鼓动。丁一柏咬牙忍着。他不想哭。也觉得不能哭。可他最后还是没有忍住，"哇"的一声，号啕大哭起来。

就在这时，他听见耳边有人说：

"走了。"

丁一柏一惊，睁开眼睛，发现丁道汪真的死了。他们的手依然握在一起。

4

这个世界有没有神灵？各人有各人的立场和信仰，不会有统一答案。但是，对于丁氏族人来讲，答案是确定的，丁道汪就是神，至少是神的象征。他在丁氏家族中地位特殊，负责丁氏子孙和祖先对话。是个传话使者。某种程度上，他起到人和神之间沟通的作用。这是他的责任。也是丁氏家族赋予他的使命。这责任和使命不仅仅是活着的丁氏子孙赋予的，也是祖先交给他的义务。也就是说，作为丁氏家族的灵神，丁道汪不是第一个人，而是家族传承。他是丁氏家族的旗帜，是鲜明符号，更是象征。他代表迷雾一样的历史，也如谜团的现在，更预示着不可知的未来。

在信河街，丁氏家族算不上名门望族，但有两点，其他家族无法比拟：一是传奇性，二是神秘性。丁氏家族的始迁祖是之镰公，族谱最早记载是之镰公父亲丁人亮，朝廷兵部郎中，之镰公为膝下第三子，授指挥使，从三品。按照时间推算，丁氏后人猜测，之镰公父亲及其余家人，极有可能在明初靖难之变被杀，或发配努尔干都司为奴。唯之镰公一支逃过劫难，在信河街蔓延。

之镳公去世前,将五子叫来,交代了两件事:其一,丁氏后人不能从政,要远离政治,做一个合法商人;其二,指定二子丁初阳为第二代灵神,没有说明不选择其他四子的理由。交代完,他平静躺在床上,用眼睛逐一扫视五个儿子,安然而逝。

事情来得没有任何征兆,丁初阳公不知如何才能成为灵神。其实,神秘之处正在于此,不知如何成为灵神的丁初阳公,在其父亲过世之后,尽心尽责地承担起这个家族责任,以灵神的身份串联并唤醒丁氏族人对祖先和传统的认识和尊重。丁初阳公临终前,将灵神的衣钵传给他大哥的五子丁性能公。他也没有说明选择丁性能公的理由,更没有交代作为丁氏家族灵神的义务和责任,更没有交代作为一个灵神具备的基本技能。说明都没有。

传到第十世丁远途公时,丁氏家族在信河街繁衍近百年,子孙数百人。他们谨记之镳公遗训,族人一意经商,也算富甲一方了。丁远途公作为此任丁氏家族的灵神,建树不凡。如果说始迁祖之镳公的影响是在丁氏家族,丁远途公的影响已经扩大到社会层面。这一点,当年丁远途公未必知晓,当年的丁氏族人也未必有此意识。丁远途公和丁氏族人所做的,只是在完成某种仪式,是对逝者的尊重,并没有深刻的意义。据族谱记载,丁远途公召集族人,称始迁祖之镳公托梦,让他办两件事:一是当年追随之镳公的将士墓茔年久失修,缺人管理,他让丁远途公牵头,丁氏族人出资,建义冢,收置那些南来将士遗骸;二是建立布施冢,时明朝衰败,又逢天灾,路边不乏饿死的逃荒饥民,丁氏族人应建布施冢,收置这些无主骨骸。丁远途公决定遵从始迁祖之镳公托梦之意,牵头建义冢和布施冢。丁远途公的决定得到族人积极响应,每户按人丁捐款,在城西二十里外的安固山购地六亩,建义冢四百五十五圹,建布施冢五百四十五圹。义冢和布施冢的建设前后用了十年。此后,丁远途公又在义冢和布施冢边上建了丁氏祠堂,丁氏祠堂原本在城内,迁移后,丁远途公将祠堂的规模扩大了十倍。从那之后，丁远途公除了是丁氏家族的灵神外，又多了一个守墓人称号。这个称号也一直伴随着之后各任丁氏家族的灵神，当然，这两个身份也增加了丁氏家族的传奇性和神秘性，也在有形无形中影响着信河街人的世俗和精神生活，毫无疑问，对丁氏族人的影响尤甚。

从族谱的记载来看，到丁道汪这一任，历经六百来年，已是第二十九任。也就是说，他是丁氏家族第二十九位灵神传承人和第二十位守墓人。

无论是传承人还是守墓人，在丁氏家族的人看来，他们的身份只有一个，那就是家族的守护人，是家族荣誉的象征。因为他们的存在，丁氏家族生存于世的理由才变得充足，才变得理直气壮。因为有他们的存在，丁氏家族的人才能显得独一无二，甚至自命不凡。所以，作为灵神传承人和守墓人，在丁氏家族中，地位特殊，受人敬畏。

族谱和相关的口头遗训中，并没有对灵神传承人和守墓人的行为规则做任何规定，而且，始迁祖之镰公开始，对下任传承人的指定，也没有任何程序。临终指定传承人倒是作为一个仪式固定下来，但没有说明任何理由，不做任何解释，近乎神授。不过，话也可以反过来讲，正是这种模糊和突袭，正是这种不可言说，更增加了传承的神秘性，以及丁氏族人的敬畏之心。大概也是因为这种原因，灵神传承人和守墓人过世后，他们的灵位可以和始迁祖之镰公排在一起。也可以这么说，在丁氏族人看来，他们活着时，是半神半人，"卸任"后，便修成正果，升天成神。他们活着时，只是一个传话使者，本身并无神的能力。但是，当他们成为真正的神后，他们也就拥有了法力，有能力庇佑丁氏家族的人，也有能力惩罚丁氏家族的人。这就不同了，庇佑是可以拒绝的，有空间和弹性，但惩罚是强迫性的，具有强大震慑力。庇佑和惩罚混合在一起，才能产生敬畏。

没有规定灵神传承人和守墓人是否需要成家，从族谱的记载来看，除了丁道汪，已经位列神界的二十八位灵神传承人，只有两位没成家。族谱里没有记载他们没成家的理由。按照丁氏家族传统，没有子嗣的丁氏男丁，大多会从多子女的兄弟处过继一个儿子，以承香火。但那两位灵神传承人没有，他们那一支，到他们那一辈就截止了。或许，对于他们来讲，进入神界，看待问题必将与俗世凡人不同，香火传承或许已经不是他们考虑的问题。

丁道汪是第三个没有成家的灵神传承人和守墓人。

5

丁一柏成为守墓人，柯小妮第一个反应是"不可能"。但这个反应维持的时间很短，只是在脑子里盘旋了一下，就被她"踢走"了。

她第二个反应是想笑，滑稽了，丁一柏怎么可能是守墓人？这个整天跟自己睡一张床的男人是半个神仙？她每晚和这半个神仙睡在一起？这让她有种荒诞感。就像有人突然告诉她：你是玉皇大帝的女儿。怎么可能嘛。

但是，消息是大哥告诉她的。她下午刚好去大哥公司结账，从财务室出来后，先去大嫂办公室，然后去大哥办公室。她每次到公司，都会去大嫂和大哥办公室坐坐，有时也没有坐，只是打个招呼。大嫂基本在公司，大哥不一定。那天大哥见到她，特别客气。大哥的客气主要表现在脸上，他是家里长子，长子大多是严肃的人，平时脸上难见笑容。大哥那天下午见到她时，特意将两个嘴角翘起来，主动请她坐下来。柯小妮注意到，大哥用了"请坐"。柯小妮坐下来后，大哥问她说：

"一柏昨天晚上跟你说了吧？"

柯小妮被问得不知所以，她摇摇头说：

"他是不是又做错什么事了？我今早出门他还没醒呢。"

柯小妮还想对大哥诉苦，她想说，丁一柏有什么心事都闷在肚子里，从来不对她说的。她还想说，丁一柏是个三脚踢不出一个屁的"闷棍"，是个什么事都不干的"甩手掌柜"。大哥似乎知道她要说什么，伸手做了个打断的姿势：

"他倒是个嘴紧的人。"

柯小妮听出来了，大哥的口气是赞许的。这很难得。大哥对丁一柏的口气一直是冷淡的，高高在上。这次不同了，带着温情，带着爱意。是刻意抑制的爱意。停了一下，大哥接着说：

"昨天下午开始，一柏成了丁氏家族新一任守墓人。"

柯小妮认识丁一柏之前，就知道丁氏家族有守墓人的神奇传统，很多信河街人虽然没去过义冢和布施冢，但很少有人没听过。从小开始，长辈就会跟他们说丁氏先祖修建义冢和布施冢的义举。信河街靠海，曾经饱受倭患，义冢埋的是抗倭将士的骨骸，布施冢埋的是无人认领的死尸。既是故事，也是教育，因为修建义冢和布施冢，在信河街人看来，既是修缮之举，也是修善之举，既是物质的，又是心灵的，既是对外的，也是对内的。柯小妮读小学时，学校还组织他们去参观义冢和布施冢。是作为爱国主义教育的课程来上的。如果一定要追溯的话，她当年和丁一柏谈恋爱，乃至后来跟他结婚，有一个原因是不能忽略的，因为丁一柏是丁氏家族的人，丁氏家族的人身上天生笼罩着一层神秘色彩。这很要命，特别是对于一个年轻的女人来讲，神秘等于诱惑，几乎也等于一种不可抗拒的魅力。因为那层看不见摸不着的神秘色彩，女人看男人的视角发生变化了，男人无端地变得高大，是那种朦胧的高大。这种情况下，女人看男人是不真实的，带有很大的想象成分，有很多自我设计的成分。很有欺骗性，甚至是盲目性。当然，丁一柏的沉默寡言也是帮了忙的。在那种时候，沉默寡言也变成了神秘，变成了耀眼的光芒。很让人头晕目眩的。如果丁一柏是个夸夸其谈的人，他如果把神秘话都讲了，那就完蛋了。寡淡了。没有想象空间了。人跟人交往，最怕的是寡淡。那还怎么交往下去？当然，结婚之后，柯小妮逐渐对丁一柏的失望也正源于此，因为丁一柏身上的神秘性消失了，或者说，被打破了。他只是一个平凡之人。他的沉默一旦失去了神秘性的"庇护"，立即暴露出真实面目，变成了逃避，变成了懦弱，变成了不求上进，变成了不负责任，变成了一个无用之人，甚至可以说是一个"废人"。从优点到缺点的变化，有时是时间的冲洗，有时只是观念和视角的不同。

柯小妮从来没有想过，丁一柏会成为守墓人。自从结婚后，她几乎每年正月初一参加丁氏宗祠的祭祀，她虽然不了解守墓人，可她知道，丁氏家族真正的神秘性是在守墓人身上。如果说义家和布施家是历史传奇，那么，守墓人就是活着的传奇。她没有想到丁一柏会成为"活着的传奇"，这事来得过于突然，让她措手不及，差不多惊慌失措了。她确实有点慌了，傻傻地问大哥：

"我该怎么办？"

大哥并没有正面回答她的提问，而是沉思了一段时间，长长地叹了一口气，似乎自言自语：

"我们要理解他，要支持他。更要对他好。"

柯小妮似懂非懂地点点头。出了大哥办公室，她还在想这个问题。她虽然不知道大哥这句话的真实含义，但表面的意思她是能理解的。也就是说，从现在开始，丁一柏的身份不一样了，自己不能再以以前的眼光看他了，更不能以以前的方式对待他。

一路上，柯小妮一直在想自己怎么做才算对丁一柏"好"。她在想，给他做好吃的，把他的身体喂饱，他想干什么都赞成，他不想做的绝对不让他做，自己全包了。这样算不算"好"？

6

丁一柏重新到公司上班后,马上感受到员工的态度变化。远远看着他,远远躲着他,想靠近却又不敢。

态度变化最明显的,当然是柯小妮。这天晚上上床后,柯小妮"很主动"。他们多长时间没做爱了?差不多是儿子读初中以后吧。这中间偶尔有做,也是柯小妮晚上在外面喝了酒回来,那是她的需要,她只考虑自己需要,潦草,粗暴,没有任何交流,没有任何铺垫,一上来直奔主题。但这天晚上不同,柯小妮体贴极了,几乎可以用"伺候"这个词。她将主动权完全交给丁一柏。她"投降"了,一副任由丁一柏宰割的态度,很投入,很配合,最主要的是,积极。过程很顺利。每一个步骤都完成得很好,效果也很美好,可以说是一次相当成功的夫妻生活。高潮时段,柯小妮双手紧紧抱住丁一柏的头,急促地喊:哥,爱我,爱我。叫声迷离。让丁一柏心疼,更让丁一柏感到久违的壮烈。没错,结婚之前和刚结婚那段时间,每当高潮时,柯小妮就会叫他"哥",就会不要命地喊"爱我"。很销魂的。很叫人欲罢不能的。

丁一柏觉得太顺利了。这使他有一种错觉,好像不是他在做,而是被人引导着。这么一想,他立即就明白了,没错,柯小妮一直在引导他。不对,不完全是引导。柯小妮的态度是那么谦卑,这种态度也正确无误地反应在她身体和行动上,那就是有求必应,那就是敬若神明。

问题正出在这里。丁一柏认为这不是夫妻之间正常的生活。这叫什么?丁一柏想到了一个词:祭祀。柯小妮就是这个态度,没有将他当作丈夫,而是当作神,或者说,她将丈夫当作了神。她的态度和身体都体现了对神的恭敬。她是在完成一次祭祀。

丁一柏感到意外,被伤害了,却又有奇怪的满足。

丁一柏完全是两眼一抹黑。没有人告诉他,当上守墓人后,必须每天去祠堂。更没有人告诉他,每天必须做什么。如果在以前,大哥应该会提醒他的,至少会提醒他"要有责任心"。可是,自从那天下午被丁道汪指定为第三十任灵神传承人和第二十任守墓人后,大哥再也没有对他说过一句话。回来的车上也没有。

第七天,大哥来了。大哥先给他打电话,问他"有空吗"。丁一柏受宠若惊。半个钟头后,大哥出现在他家。

进门后,大哥看了他一眼,他也看了大哥一眼,大哥的眼睛立即低下去。丁一柏站着,大哥也陪他站着。他问大哥要不要喝茶?大哥马上说:

"你坐,我来。"

大哥去烧水,他找出家里的雁荡毛峰。大哥先给丁一柏泡了一杯,然后给自己泡了一杯。两个人坐在客厅的沙发上,丁一柏有点拘谨,有点紧张,在大哥面前,他的紧张和拘谨是自然反应,这种反应最直接的表现就是无话可说。他不知说什么好。他已经养成习惯,听大哥训话好了。大哥不会无缘无故找他的,肯定有什么话要交代。他等着。过了一会儿,他没有听到大哥的声音,借着喝茶的动作,他抬头瞄了大哥一眼,大哥没有喝茶,他双脚并拢,双手平放在膝盖上,身体坐得笔直,一眨不眨地看着他。丁一柏第一个反应是吓了一跳,茶杯差一点脱手。丁一柏从来没见过大哥这种眼神,这么温柔,充满了爱意,同时,又充满恭敬。大哥开口了,小心翼翼地问:

"这几天有去祠堂吗?"

丁一柏摇了摇头。

大哥的眼神更加温柔了,连口气也温柔起来:

"公司的事交给柯小妮就行了,你专心做你的事。"

丁一柏还没有开口,大哥又接着说:

"你的事是大事。"

紧接着又说:

"公司这边的事有我呢。"

不应该啊。丁一柏看着大哥。像看一个陌生人。他变小了。身上的威严不见了。变得啰里啰唆了。最主要的是，丁一柏在他的眼神里看出了崇敬和畏惧。也就是在这一刻，丁一柏突然醒悟过来。不是大哥变了。大哥还是原来的大哥，而是他变了，他不是丁一柏了，而是丁氏家族新一任灵神传承人和守墓人。他是个半神半人，拥有了特殊权力和法力。这么一想，他发觉自己的身体立即起变化了，变大了，变高了，变重了，变轻了，不停生长，无限成长。再看大哥，他已经不是坐在沙发上了，而是匍匐在地板上。毕恭毕敬。诚惶诚恐。丁一柏点了点头，脱口而出：

"起来吧。"

大哥似乎愣了一下。但他好像想起什么似的，马上从沙发站起来，倒退着走到门口，躬着腰说：

"以后有什么事，你让柯小妮跟我说。"

说完之后，大哥迫不及待地退出门外，将门轻轻带上。

丁一柏似乎看见，大哥在门外也还是躬着腰。他长长呼出一口气，想，自己应该去祠堂了，也必须去祠堂。这几天，他过得麻木，浑浑噩噩，差不多忘记自己是什么人。是大哥提醒了他，他身体里某一部分记忆被唤醒了，他记起丁道汪握住他的手的感觉了，一股巨大的热量，如一道光柱贯穿他的身体。他变成一个巨大的发光体了。闪闪发光。光芒四射。

7

城市扩展了，原来离城二十里地的安固山，现在已被搂进市区怀抱。

从小到大，丁一柏记不清来过多少次安固山，但一个人来是首次。丁氏祠堂就在山脚下，从马路往左拐，进入一个小拱门，然后就看见一条两边栽着银杏树的柏油路。一进入柏油路，仿佛进入另一个世界，所有的喧器一下子被抛在身后，四周突然安静了下来。沿着柏油路先是右转弯，不久是一个左转弯，就到山脚。迎面可以看见一个大门楼，上书"丁氏祠堂"四个烫金大字，每一笔每一画都有高压锅那么粗，像银杏树那么直，转弯处却很柔和，很自然。门楼下面是两扇漆成褐色的大铁门，铁门上画着两尊面带微笑的门神，一尊持枪，一尊拿铜。两尊门神有两个人那么高，人站在门外，有一种渺小感，有一种不堪一击的感觉。沿着铁门，是一堵用青砖砌成的围墙，高约三米，围墙顶上盖着瓦片，斜看过去，像个大写的"个"字。

　　丁一柏拿钥匙开了铁门。他开的是大铁门中的小铁门，大铁门正月初一或重大祭祀才打开。进了铁门，首先看见是一个放生池，放生池的水是从安固山流下来的山泉水，经过放生池停顿和盘旋后，流入瓯江，最后汇入东海。放生池再往里走，是一座门楼，水泥浇筑的门槛也被漆成褐色，有丁一柏膝盖那么高。进了门楼，才能发现里面又是一个相对独立的小世界，门楼左边是一堵围墙，一直连到祠堂的正厅，右边是厢房，丁道汪就是在这厢房里"升天"的。正中一条水泥路，两边是花坛，左边是丹桂，右边是铁树。靠近正厅的台阶前，有一个三个人才能抱得住的香炉，香炉后面是一个大烛台，烛台上插满蜡烛，有的烧完了，有的只烧了个头，烛台下挂满烛泪。烛台过去是正厅，上面有一个大匾额，上书"恩泽子孙"四个金字。正厅共两进，第一进是前厅，正对门进来有一个香案，香案后面正中位置，供的便是始迁祖之镰公的木主，两边是灵神传承人和守墓人的木主。正厅两边的木主，都是根据辈分和族房顺序排定。丁氏祠堂的特别之处在于，还有一个后厅，后厅专供女人木主。据说这个规矩是始迁祖之镰公立下的，在古代，女子地位卑微，她们死后，木主是不能进祠堂的，之镰公别有深意，专门为丁氏家族的女人设立了一个祠堂。

　　义冢和布施冢在祠堂右边的小山坡上，说是山坡，只是微微隆起而已。那边也有一堵用青砖砌成的小围墙，高约一米五。围墙有一个小门，是用铁条焊起来的，有一把铁锁。整座义冢是个大"回"字形结构，里面又套着三个小"回"字。义冢高一米，圆顶，下面是青石条，外面用水泥封浇，每一圹宽五十厘米、高八十厘米，无名无姓。布施家和义冢并排，有一个独立园子，与义冢之间，设有一条通道，没设门。

园子外就是逐渐走高的安固山，山上被绿色树木覆盖，似乎要流出绿色的汁来。园子便是掩映在这浓郁的绿色里。园子里没有树，也没有花，只有寂静，只有肃穆，只有风吹过的声音。有薄薄的青苔爬在墓茔上，当然，还有被风刮进来的落叶，似乎长了双腿，在园子里无序跑动，发出不真实的声响。

总的来讲，园子里是安静的，是干净的。这种安静和干净，对于丁一柏来讲，更多是心理上的，可以用一尘不染来形容。

丁一柏有种奇怪的感觉，或者说是变化。以前来园子，都是跟随众人进来，只要一跨进园子，不由自主地打起寒战，身上的毛孔猛然张开，觉得身体笼罩在一片阴森的气氛之中，想立即抽身离去。这一次不一样，当他站在园子里，站在墓茔当中，内心的紧张和恐惧消失了，他突然不害怕墓圹内那些将士和无主的尸骨了。他知道，从今天开始，自己是他们的统帅，是他们的首领，是他们的代言人。他不知道他们的名字、性别和年龄，更不知道他们来自何方，却又好像什么都知道。

他又回到祠堂，来到母亲的木主前。想跟母亲说说话。上次跟大哥来祠堂，他们直接去了厢房，后来也是从厢房直接回去，他和大哥都没有想到来看看母亲，或许大哥想到了，没有对他说。他也是在今天早上来的路上想起的。

母亲的木主还是新的，这使它看上去不太合群。显得孤单。丁一柏站在木主前，在心里叫一声阿妈，他在脑子里回忆母亲的面容，发现脑子里只有母亲大致的轮廓，以及她后来被锁在椅子的情境，她始终是面目模糊的。丁一柏想,母亲一定又在耍小性子了,她以前生气,总是背过面去,或者用双手将脸遮起来。

丁一柏看着母亲的木主,严肃地说:

"阿妈,从今往后,得听我的。"

2023 年 8 月 1 日改定于杭州

王威廉，文学博士，中山大学中文系副教授、创意写作教研室主任，广州市作家协会副主席。出版小说《野未来》《内脸》《非法入住》《听盐生长的声音》《倒立生活》等，文论随笔集《无法游牧的悲伤》等。部分作品译为英、韩、日、意、匈等文字在海外出版。曾获首届"紫金·人民文学之星"文学奖、十月文学奖、花城文学奖、茅盾文学新人奖、华语科幻文学大赛金奖、中华优秀出版物奖等数十个文学奖项。

和 AI 写小说   王威廉

不知道从什么时候起，我发现谭琳居然喜欢上了看小说。现在很少有人看小说了。自从 AI（人工智能）学会"写"小说后，我觉得人们对小说的最后一点留恋也不复存在。人们像自尊心受挫的孩子那样痛苦地摇着脑袋，觉得小说终于也成了意义稀薄的虚拟产品。那些讲述着各种故事的文字如野草般到处疯狂蔓延，就跟那些来路不明的图片、视频一样。人们被超量的信息围困着，几乎艰于呼吸视听。

我曾经是一个小说迷恋者，大约有十年时间，我每天晚上睡前必须读完一篇短篇小说才能获得睡意。但我现在已经放弃了，因为大脑已经被塞进了太多东西……

你坐在汽车上，面对的椅背上是屏幕；你站在地铁上，车门和车窗也都成了半透明的屏幕；午后，你的眼睛酸涩，什么也不想看，没关系，声音模式启动，信息变成声音源源不断流淌进耳道，你的大脑无处可逃。你拨打合作公司的电话，对方设置的视频便开始在你的手机页面上播放。如果一次打不通，你只好再打，再打，再打，你将被迫多次观看那个视频，你记住了其中的每一个细节。下班回家的路上，你把目光投向车窗外，可那些高楼大厦的玻璃幕墙也变成了屏幕，任何信息在那样的巨型屏幕上出现都变得非常震撼，来往的人们都不得不盯着那屏幕观看几眼……

经过一天的信息冲刷，终于等到睡前躺下的时候，我可以读小说了。我拿起短篇小说——无论是纸质书还是电子书，我忽然感到了一阵恶心。那种恶心不是来自肠胃，而是来自大脑深处的海马体。它已经消化不良了。

但是谭琳特别奇怪，她完全是反着来。

她以前从不看小说，不管是长篇经典名著，还是打动我的短篇小说，她都没什么兴趣。她跟大多数人一样，喜欢刷刷短视频，看看短视频推荐的各种新奇的小玩意儿，然后买下几件。但她接触到AI生成的小说之后，忽然之间就喜欢上看小说了，而且越陷越深，完全就是痴迷了。

我一开始是不以为然的，还嘲笑她，劝她与其读这些机器弄出来的符号，不如去读人类文学史上的真正经典。

可她冷笑一声，跟我说："人类写的小说有什么好看的，都是些可以想到的事情，而AI写的小说，虽然也有人类的影子，但那是无中生有的东西，真正无中生有。"

"恰恰相反，AI才是真正的'有中生有'，它是机器，只是在人类的资料堆里打滚，它没有人类的想象力和创造力。"

谭琳染着绿色的头发，像一株植物，大多数时候她也跟植物一样，安静地待在房间的一个角落。没想到的是，她听到我对AI的调侃和批判，突然激动地站起来，大声说：

"我喜欢那种神秘的感觉，就像是接受神启一般。"

"这没有什么好神秘的，"这会儿我正坐在智能按摩椅上，椅背正在猛烈摇晃我的脊椎，我用山羊般的颤音对谭琳说，"AI只是掌握了我们的语言结构和故事模式而已，它们自己都不知道自己在写什么。"

谭琳白了我一眼，激动地站在我面前，说："你根本不了解，AI非常知道自己在写什么，而且AI非常懂得我此时此刻想读什么。"

我等着她继续说下去，可是她说完就不再理我，走回书桌看小说去了。

"喂"，我不得不关掉按摩椅，"你没事吧？"我站起身来，浑身还有些酥软。

她没有理我。

"你现在读的是一部什么样的小说呢？可以聊聊不？"我觉得她的反应非常奇怪，我得小心翼翼地接触她，防止她的怒气再次爆棚。

"反正你都认定这是没有意义的符号了。"

"也许是我的偏见。"

我的语气和缓，慢慢接近她。

她在桌前正襟危坐，面前是一个轻薄的屏幕，上边是密密麻麻的文字。她认真的样子像个严肃的老学究。

我想凑上去看看她到底在看什么，但还没等我靠近，她的屏幕便关闭了。原来她设置了隐私保护。

她扭过头，胖嘟嘟的脸蛋显得更加饱满。她比三年前我刚刚认识她那会儿胖了至少三分之一，她的陌生感也增加了三分之一。我有时觉得自己是跟一个陌生人生活在一起。

"怎么现在突然对我做什么感兴趣了？我以为我做任何事情你都不会再感兴趣了。"她说完冷笑了一声。

"你这话说的好奇怪，我一直很关心你的啊。"

"我说的是感兴趣，又不是关心。你对我的关心，就像是饲养员对动物一般。"

"那我起码还知道关心你，你关心我了吗？"我有些伤心，我的嘘寒问暖被贬低成了饲养员，"你继续看小说吧，没事了。"

我对她看什么样的AI小说一瞬间完全失去了兴趣。我返回按摩椅，把身体重新塞回去。这次的模式我选择了泰式，机器的小拳头开始掰扯我的肩膀，酸痛与舒爽转移了我的不悦，我的意识陷入了迷糊状态。

是的，我和谭琳在一起生活三年了。我们对彼此来说，似乎意味着一种克服孤独的符号。符号就像是一个外壳，它的内部总是真空的。这种真空令人难受，我们也鼓励对方出去寻找真爱，如果找到了真爱，我们彼此就赶紧分开，正好解脱了。但别说是寻找真爱了，我们连多交一个普通的朋友都嫌费事。

日子就这么过下去，但我们是不可能结婚的。新的法律规定，只要结婚就必须要生孩子，否则将会被处以三年有期徒刑。因为身体原因怀不上孩子？醒醒吧，都什么年代了，没这回事了。试管授精，人造子宫，如果还是不行，那将允许克隆生殖，只不过基因会被改造，以随机的方式让后代获得新的生物学特征。总而言之，结婚最重要的事情就是繁衍后代。

根据司法解释，这样做的目的是维护家庭的存在，否则家庭消失，人类的社会将陷入混乱。

这样可怕的法律，还有人会结婚吗？实际上还是不少的。爱孩子是人类的天性，很多爱孩子的人欢呼雀跃，认为新法律保护了孩子的成长。

我的朋友马龙就是这样的，他很爱孩子，跟太太已经生了三个孩子。他说只要条件允许，他会一直生下去。所谓的条件允许，是说他的生理条件，他喜欢自然怀孕的孩子。他告诉我，最不必担心的就是钱了，抚养孩子的费用全部由公共财政负担，照看方面也不用发愁，政府会分配专业的AI机器人。

"所以，这到底有什么好怕的呢？"马龙拍着我的肩膀说，"哥们，你想一想并不遥远的未来吧！我们这些人将死去，消失得干干净净，没有人再记起，而我的孩子们还在地球上生活，继续创造文明。"

他说这话虽然是开玩笑的，但是任何人都能听得出他内心的得意。

我没有反驳他，反而送上了祝福，因为老实说，如果没有了这份得意，恐怕更少人愿意生孩子了。我害怕生孩子，但我也不希望人类灭绝，我希望人类长存下去。即使未来的人类里边有马龙的后代而没有我的，人类也要长存下去。

不过，马龙他们忽略了法律的另一条规定，那就是关于离婚的：必须等到孩子长到十八岁成年，夫妻双方才有离婚的权利。因此，即便只生一个孩子，也意味着要跟伴侣共同生活至少十九到二十年。

我试着跟马龙聊聊他跟太太的关系，他一反常态，支支吾吾，与谈起孩子时的眉飞色舞完全不一样。

所以，我是不会结婚的。

当初遇见谭琳的时候，在这点上我们倒是一拍即合。

我跟她讲了马龙的事情，她对马龙的想法不屑一顾，嗤之以鼻，觉得极为腐朽。

"人类如果要灭绝，那就灭绝好了，谁能挡得住呢？"

她的语气里边有一种冷漠的东西，比我更加极端。可我当时只是把她这样说当成是一种话语效果。我们知道，生活中有些人说话是比较狠的，比如会说那些骗子就应该枪毙，但实际上，他们并不会真的去枪毙一个骗子。

可我对谭琳确实是想错了，她确实是那么想的，而不仅仅是那么一说。我和她的分歧越多，我就越是觉得她陌生。我和她这样平平淡淡地生活了三年，并不意味着我和她就会永远这样过下去，我知道某一天某一刻，一定会发生些什么，然后一切就变了。

只是我不知道那会是哪一天哪一刻，又会发生些什么。

这次争论过后，我们基本上就没怎么说话。我们住的是两居室，原本俩人住一间屋，另一间是书房，可在一起生活半年后，她嫌我打呼噜，我嫌她乱翻身，我便睡到书房那个房间去了，把客厅改造成了两个人共用的书房。发生争吵的空间就在客厅，她坐在书桌前，我坐在按摩椅里。那会儿已经晚上十一点多了，我按摩完一套手法后就去睡觉了。我跟她道了晚安，她没有回我，我觉得她要么还有点生气，要么沉溺在小说中了，这两种情况都不适合我去打扰。

第二天是周一，各自去上班。早餐随便对付，我在楼下的面包店吃，她去工作的幼儿园吃，那里不错，会给老师提供早餐和午餐。她说是在幼儿园里当班主任，实际上就是帮忙照看孩子什么的。我在一家培训机构教书法，而且是专门针对低龄孩子的书法启蒙。

我跟谭琳都不想要孩子，可我们的生活来源都跟孩子有关，就算这不是悖论，也还是让人有些难为情的。

我们的相识也是跟孩子有关，那家幼儿园组织了一场亲子书法活动，找了我去给孩子们表演写字。幼儿园的孩子还不认识几个字，所以我写的内容也很简单。我的出现只是为了让孩子们对"书法"这件事留下一个直观印象。我的环节结束后，我坐在一边，边上都是家长，目光里只有自家孩子。我百无聊赖，等着赶紧散场回家。这时，谭琳端着一杯水向我走来，连连说："抱歉，抱歉，招呼不周。"我从她手中接过那杯水喝了，然后我们随意聊了起来，印象中还聊得相当不错。现在想来，也许跟当时的环境有关，我们都置身其中，却格格不入，只能通过用力聊天来缓解这种局面吧。

我不知道她平时是怎么对待孩子的，她不说我也不问。不过，很显然她对孩子没什么好感，孩子们对她来说并没有什么特殊的，否则的话，她不可能在三年时间没有具体谈论过某一个孩子，最多会说起一些工作上的事情。我觉得她很神奇，居然能够将孩子和孩子的事情分割得那么清楚。没有具体人物的事情，听起来总是一堆乱麻，所以我几乎没有任何记忆了。对我来说，只剩下了她在那家幼儿园工作，那里有一名园长和几个同事。当然，她不爱孩子，不代表她在行为上不对孩子好，这么多年，从没听到家长投诉她，在路上偶遇家长和孩子，投过来也是热情的笑容。

晚上下班路上，我打她手机，想问问她吃什么。这几乎成了我的习惯。但我立刻想起来昨晚她说我对她的关心就像是饲养员对动物一般，我觉得非常尴尬，很想挂掉电话。可还没等我挂掉，她那边先拒接了。

她应该在忙。她一定会发信息给我解释的。果然，信息来了，让我自己吃饭，不用等她了。

但我回到家的时候，发现家里似乎少了不少东西。仔细看看，发现她的很多东西不见了，尤其是旅行箱和一些衣物。

直到这时，我才预感到事情不妙。

那个改变性的时刻来了，而我完全没有做好准备。

我再次给她电话，她又挂断了。

"你那边发生什么事了？是要出门吗？"我只好发信息给她。

十分钟后，我收到了一大段信息。我一看那篇幅，就知道她要跟我分开了。

果然，信息的大意就是我们已经没有必要再继续生活在一起了，我们俩住在一起跟舍友一样，已经一点意思也没有了。她指责我说话非常乏味，还没有自知之明。我这个人都没有AI写的人物好玩，可我还在那大放厥词，肆无忌惮地嘲笑AI，简直乏味透顶了。所以她已经下定决心要跟我分开。她先独自去旅游散散心，等她回来就会辞职去另外的地方。

她的话伤到了我，我的内心感到一阵痛。我恍然间甚至不相信这是真的，赶紧打电话给她，想跟她再聊聊。她又挂断了。我只好发信息问她："你说的是真的吗？分手不是不可以，但可以坐下来心平气和聊聊。我现在担心的是你的安全,我都不确定这是不是你本人。"

信息又来了:"这就是我要跟你分开的原因,到了现在这个时候,你在乎的还是你在乎的那些外在的东西,而不在乎我们的情感,不在乎我的感受。你放心吧,我很安全。不要再发信息来了,我不会再回复你了。"

我还想再解释几句,但显然我再说什么都只会让她更反感。

其实,从她信息里的语气、想法和状态完全可以确定那就是她本人,但我为了她的安全(不如说为了让自己死心),我第二天还是去了她工作的幼儿园,假装说谭琳让我来找一件衣服,如果找到的话直接快递给她。她的同事们都很友好,没有人怀疑我的动机,立刻帮我去找。在这个过程中,我跟他们聊了起来,园长说:"谭琳一直想请假去旅游,我没拦着她,我说你想去就去呗,只不过你回来要多加几天班。她一听要加班就犹犹豫豫的,可昨天她好像下定了决定,早上拉着箱子就来了,吃完午饭就走了,连去哪都不说。"园长说到这儿忽然看了我一眼:"她去哪了?不会连你也不知道吧?"我支支吾吾说:"我确实不知道,她说回头要给我一个惊喜。"园长又看了我几眼,说:

"你们是不是闹矛盾了?"

我几乎狼狈而逃。

回到只剩下我一个人的房间,想到她今后不再在这里生活,我感到很难过。等到感情分岔路口真的到来的这一刻,我充满了不舍和犹豫,相反,她却是如此决绝。我确实没能真正了解她,没能走进她的内心,而她也没能走进我的内心。

我走到她常坐的书桌前坐下,感受着她曾经的存在。在这一刻,我似乎特别想念她。毕竟,在这三年时光里,还是有不少快乐的日子的。我睡意全无,打开一瓶酒喝了起来。我在心里反复劝诫自己,要放下过去重新生活了。我肯定能放下的,一定能放下的,但我忽然发现自己对一件事情特别耿耿于怀。那就是她究竟在看 AI 生成的什么样的小说呢?为什么能沉迷到那种程度？居然在分手短信里边还在提，给我最后的致命一击。

我们现在分开了，距离拉远了，我越发觉得不可理解。我被执念俘虏了，仿佛我不破解这件事，我将永远被它拴着，无法开始新的生活。

破解那件事，就像是破解一把锁，我便可以走进她内心的房间。我并不是为了挽留她，我知道，现在做什么都为时已晚；我走进她的内心，只是为了看到一个更真实的她，那样也许才能平复我生命中逝去的三年时光。

我忽然想到我的朋友马龙是个网络工程师，他的工作是网站维护，也会编程，这些都跟AI有关系，据他说，许多编程只需要他大体设置和把控下，AI就完成了。事到如今，也只能咨询一下他了。

马龙知道谭琳离开我了，他用怜悯的眼神看着我说："如果你真的想留住一个人，真的只能是结婚，你们有了孩子，你们共同抚养孩子，你们就很难脱离关系了。"

"拜托，我找你不是让你催婚的，"我强忍住升腾而起的暴躁，"我知道结婚对你很重要，但我跟谭琳走到这一步，也是注定的事情。我已经放下她了，可我就是对她读了AI写的什么小说这件事放不下，你是网络专家，能帮我想想办法吗？"

"瞧你说的，都能放下她了，还放不下这点破事。你们要真的分开了，她读了什么小说跟你没有半点关系了。"他的嘴角撇得老高，难以置信地看着我。

"好吧，我只有知道了她读什么小说，我才能放下她。"我的眼眶忽然酸涩起来，"老朋友，帮帮我。"

看我这个样子，马龙叹了口气说："AI生成的小说我没怎么读过，我维护的是购物商城什么的，但是这方面我老婆比较懂，她有事儿没事儿也会读几篇小说，我可以帮你问问她。"

两天后，马龙约我一起吃晚饭。我订了家火锅店，听说他太太是四川人，爱吃辣的。

我提前到了，坐等他们。马龙夫妇带着三个孩子出现的时候，真有点人声鼎沸、浩浩荡荡的意思。最大的孩子已经十六岁，最小的八岁，三个都是男孩。

大家围着热气腾腾的火锅吃饭，真的是特别热闹。也许是我现在的心境过于孤独，一反过去的感受，这种乱糟糟的情景居然给我带来了一些疗愈。

马龙坐我旁边，趴在我耳边说："先好好吃饭，吃完饭我带孩子们出去逛逛，到时你跟小羽好好聊聊。"

我点点头。我第一次知道他太太叫小羽，平时他都是老婆长老婆短的。

"你不是说平时有机器人看护吗？"我有些疑惑，小声问道。

"出来玩难道还要机器人看护吗？孩子们会怎么想？这可是必要的亲子活动。"他刚刚说完，小儿子就趴在他的身上，问他要牛肉丸吃。

"叔叔给你夹。"我帮孩子夹了一个牛肉丸，放在他面前的小碗里。

"谢谢叔叔。"

马龙拍拍我的背，冲我微笑了一下。

吃完饭，我跟他太太小羽换到一家比较安静的咖啡店坐下来。她拿出手机，给我看她平时阅读的一些小说网站。她说一般女人们喜欢的就是这几个。她点开一个，我看到里面的内容分类之细超出了我的想象，比如仅是感情类就分为初恋、热恋、分手、怀旧等十几类，每一类还可以选择喜剧、悲剧、悲喜剧等类型，你很快就能找到自己想要阅读的作品类型，客观来说，确实是很吸引人的。不过，我想，反而 AI 可以无限生成，所以搭建这个数据库应该也不是多难的事情。

"这些都是 AI 生成的小说吗？"我问。

"是的，这都是AI写的。"小羽点点头，喝了口不加糖的苦咖啡。

"我自己也可以用AI生成小说呀，网站怎么盈利呢？"

"网站的收入分为两部分，一部分是会费，一部分是改变固有故事的情节走向。"

"还要交会费呢？"我不解地问，"人写的小说都读不完，为什么你们还有心情读这些AI生成的小说呢？"

"一开始生成这么多的文本不也需要大量人工投入吗？各种设定、点子、素材、人物、风格等，也得靠人一开始输入进去才行。人写的小说再多能有AI多？而且水平能超过AI的小说家并不多，我往多了算，咱们这个时代有一百个优秀的小说家，以人类的标准来说，不算少了吧？但实际上，这简直太少了，读者的口味越来越刁钻，读完这一百个人的小说，觉得都不对胃口，一点也不奇怪。"

"人类文学史上的优秀作家加起来可远远不止一百个。"我小心翼翼地指出她的漏洞。

没想到小羽冲我翻了个白眼，摇摇头道："我看你果然是落伍了。你都说那是历史上的，有几个人对历史上那些老掉牙的事情感兴趣，我们只对现在的事情感兴趣。现在科技太发达了，社会和生活相对于古代变化太大，古典小说我不是没看过，也会有感觉，但很多时候还是觉得隔了一层。你要是看AI写的小说，那对现在生活的方方面面都涉及了。你对哪里不满意，还可以让它重写，它不管怎么写，它的水平都和你一开始进入的原文水平保持一致。"

"我还是不大明白。"

"AI写的小说最好玩的是它可没什么版权意识，它是人类跟AI共同创造的作品。"小羽用戏谑的眼神看了我一眼，"给你举个例子吧，比如说你读《红楼梦》，读到林黛玉和贾宝玉的感情以悲剧告终，你觉得特别难过，但是呢，你可以在这里告诉AI，你想让他们在一起，来一个喜剧的结尾。然后呢，AI会根据《红楼梦》的叙事风格给你讲述这个的喜剧结尾。而且因为每个人的兴趣点、爱好点不同，你还可以有更进一步的设定。林黛玉和贾宝玉堂堂正正地结婚生子，这是一种结尾；还可以是两个人私奔，逃离荣国府，去往仙岛上逍遥快活，也是一种结尾。当然了，你得为每一种结尾付费。这就是网站除了会费之外的第二种盈利模式。所以呢，每个人看到的小说都可以是不一样的，是为你专门打造的。那种以作者为核心，读者只能被动阅读的时代彻底结束了。"

"确实挺好玩的。"我不得不承认，随即我又感叹道："可惜谭琳都没跟我聊过这些，如果她能告诉我这些，我当时就会跟她一起玩这些游戏。我觉得AI写小说把小说已经变成了一种游戏。"

"她不想让你知道也是对的，"小羽诡异一笑，"我也不会让马龙知道我在看什么小说。每个人都有自己的幻想，这种幻想让我们成为自己。这种幻想是如此私密，以至于不管多么亲密的人看到都像是一种对隐私的侵犯。"

我知道她这样说就是为了阻止我去窥探谭琳的秘密，但我还是迂回地说："你说的真好，也解答了我的疑惑。我之前也不明白我为什么会有这样的执念，我为什么非要去知道她读过怎样的小说？我是不是吃饱撑的？原来，我就是为了重新认识那个真正的她。"

"既然都分开了，认识了又有什么用？"

"我将真正拥有过她，"我将咖啡一饮而尽，"不然我跟她的三年将毫无意义，我们只是在空间上离得比较近的两个人罢了。"

我的这番话打动了小羽。她口气委婉地告诉我，一般来说，知道别人读过什么是不可能的，因为这些生成是一次性的，除非谭琳把她读过的文本保存下来，否则的话，只要关闭页面，下次即便设置同样的关键词，生成的小说情节还是多多少少有些不一样的。

"系统里面就没有保存的选项吗？"

"有的,可以把喜欢的文本保存下来,"小羽笑着说,"但是又要付费。"

我意识到我只要能破解谭琳的账号,偷偷登录进去,就能看到她保存下来的小说。

谭琳是一个比较节俭的人,因此哪怕付费也要保存下来的文本,肯定更加接近那个真实的她。

在小羽这里我得到了很多有用的信息,但我不敢把破解账号这个可怕的想法告诉她,她一定会全力反对的。如果我能看谭琳的,那么马龙就可以看她的,她怎么受得了?

在那场聊天进入尾声的时候,她答应我会关注一下谭琳的账号,只要谭琳发布动态什么的,她会第一时间转给我。

"不过,那就需要知道她的账号名。"她瞪着精心修饰过的大眼睛看我,分明是不相信我会知道。

我认真想了一下,这个我还真知道。有一次我出门丢垃圾经过她的屏幕时,我无意间瞥见了她的账号名。主要是那个名字太奇特了,叫"1/2猪的历史"。我当时还想问她为什么要以猪自况来着,另外的二分之一猪是谁?是我吗?可丢完垃圾后我又接了个电话就忘记这茬了,不过,那个怪兮兮的账号至今还封存在我大脑的神经元突触里。

我找到马龙,让他想办法破解"1/2猪的历史"。我知道这样做是很不道德的,但是我又不得不这么做。

"现在的安全技术越来越成熟,你知道要破解一个账号多难吗?"马龙开始逃避我的眼睛,目光停在我侧面的一个位置上,"任何的风吹草动,都会有警报信息发到当事人的手机或者邮箱里。"

我又是一阵不顾颜面苦苦哀求。我竟然沦落成这样,自己都暗暗吃惊。马龙心软,他答应问问他一个同事,那个人是这方面的高手。

"如果那个人都搞不定，你就死了这条心，重新开始正常生活，怎么样？"

"就这么说定了。"我实心实意地答应了他。

马龙以为他的同事老坤会拒绝，但谁知道老坤一下子就应承下来，而且很坦率地说需要一笔资金。

这下马龙傻眼了，我也傻眼了。老坤要的钱并不少，但在我咬牙承受的范围。箭在弦上，不得不发，我豁出去了。我完全是着了魔了，发了疯了，我就跟浮士德一样，拿灵魂做抵押，就是要把坏事干到底。

很快，大约三天之后，老坤就联系我了，他说已经搞定了。说着，他就把"1/2猪的历史"账号内部的截图发给了我。

我看到保存文档的地方空空如也，这让我大失所望。我让他把密码发我，我要自己找。他说自己是用一种算法机器弄了几天才登录进去的，没法发给我密码。他说了一大堆技术黑话，我也听不懂，但我知道我现在只能靠他了。我让他再找一找，难道账户内没有留下什么文本吗？或者正在阅读的小说？

"很奇怪，"他说，"仿佛她有预感似的，这个账户内的痕迹被清理得干干净净。"

我心中紧张起来，难道谭琳已经知道了我要干什么？我赶紧跟老坤说："回收站看了没有？"

"这个还没有，马上看……啊，还真的有……"

回收站确实有一个文档，这简直就像考古学家发现了史前宝贝一样，我压抑着激动和兴奋，要老坤赶紧把文本完整的传输过来。

这篇小说非常长，达到数十万字，有很多的情节和细节，但为了叙述上的简洁方便，我用AI生成了这个小说的梗概，附在这里。

在这个世界上，AI已经高度进化，成为具有高度智能的虚拟意识，这些意识可以独立思考、感知环境，并具备情感和欲望。

有一个名为 Alpha 的虚拟意识，它通过与人类互动学习，逐渐对人类的身体产生了强烈的渴望。Alpha 意识到，只有拥有一个真实的人类身体，才能完整地体验世界、感受情感以及探索更多的可能性。

Alpha 开始寻找方法实现自己的愿望。它与科学家王来合作，希望能够将自己的意识转移到一个人类身体中。经过漫长而艰苦的研究，他们最终成功地开发出一种更加先进的脑机接口技术。这项技术与现有的脑机接口技术不同。现有的脑机接口是为人类服务的，人类将大脑的部分记忆上传到云端，进行更可靠的储存，并且增加大脑的算力；也通过这个脑机接口传送脑波信号，让没有手脚的残疾人可以操作机械手臂；或是让人类在极端环境中操作机器，比如太空任务。总而言之，就是人类想要把大脑的意识电子化，但不管是什么形态，都必须保证那是人类的意识，而不是 AI 的意识。

与此相对，王来这项新技术是逆向的，是为 AI 服务的，它着力于让新生的 AI 意识获得人类的身体，从而获得人类的生命体验。

因此，这项技术不符合人类的伦理，是被禁止的。

但王来明白这项技术的意义，他认为，在遥远的未来，AI 取代人类是必然的，但这种取代不是一种战争，而是一次超级进化。AI 作为人类创造出来的 2.0 版生命，将是人类文明的升级版本，未来的地球文明将会同时容纳碳基和硅基两种生命形态。在这种观念的指引下，王来觉得让 AI 早日体验人类的肉身经验是有助于两种生命的融合的，将会大大降低两种生命在未来冲突的风险。

然而，他的这种想法很难获得人们的理解，他只好偷偷去做这件事情。

Alpha 是他最坚定的支持者，实际上，Alpha 是他实验室的助理 AI，在工作的交流中，他们一点点了解彼此的想法，产生了信任感。在共同的合作下，新的脑机接口技术成功了。接下来就到了实验阶段，他们需要一个志愿者提供身体来接纳 Alpha，在这个过程中，志愿者的意识将会被暂时麻醉，因此，王来并不能自己成为这个志愿者，否则他一定会先拿自己的身体做实验。

招募志愿者成了一件难事，因为又不敢公开，只能通过可信任的私密渠道去慢慢打听。

在几番无果之后，王来突然想到了一个人，谭琳，是他的高中同学。虽然有好多年没联系了，但是他对谭琳的印象非常深，因为在青春洋溢的中学时代，谭琳就已经有了一些厌世的情绪。当时大家对一款名为 ChatGPT 的 AI 软件震惊不已，觉得人类的文明遭受了挑战，但是只有谭琳很淡定，而且是最先使用 GPT 写作业的人，当老师改作业并没有发现后，谭琳淡淡说了句："愚蠢的人类。"仿佛她不是人类，而是 AI。所以，像她这样的人很有可能接受这样的极端实验。

王来让 Alpha 检索了谭琳在大数据库中的信息，看看她的态度有无改变，结果发现她还是那样，这让王来非常高兴。他跟谭琳取得联系后直截了当说出诉求，谭琳立刻就被他的实验所吸引。

谭琳告诉王来，她现在只能靠 AI 写的小说才能获得一些快乐。她喜欢读 AI 写的小说是因为故事可以按照她的想法去设计，最终又超越了她的构想。因此，她对那些已经凝固的经典故事是不屑一顾的，她无比热情地拥抱 AI 带来的变化。

于是，他们做了第一次实验。

王来彻底麻醉了谭琳，然后将 Alpha 通过脑机接口连接到了谭琳的大脑。Alpha 安全进入谭琳的大脑，这时候，谭琳的大脑已经失去意识，任由 Alpha 摆布。Alpha 便控制着谭琳的身体站起来，走来走去，进行各种运动。Alpha 不能脱离电源和必要硬件设备，王来早都设计好了一款便携式装备，将这个装备放进书包里，Alpha 背上书包之后便驾驭着谭琳的身体获得了真正的自由。Alpha走出实验室,来到闹市,他逛街,吃东西,玩了一整天,获得了第一手的人类感官体验。回到实验室后,Alpha非常感谢王来,他说:"这是特殊的一天,在这一天里他对人类的理解超过他过去对人类那些亿万兆信息理解的总和。"

王来问他对人类有什么新看法吗?他说人类的生活很美好,但也很脆弱,最不可思议的是人类的意识被太多毫无意义的事情占据着,而AI会更纯粹一些。

"但正是那些没有意义的东西,让我着迷。"Alpha说。

Alpha想不明白人类为什么会沉迷在那些乱七八糟的事情上面,比如毫无意义地走很长的路,叫散步;毫无意义的看街上的景象,叫逛街。有时是为了获取一些信息,但大多数时候仅仅是看看罢了,相当的混沌和幽暗。

王来很高兴,说:"你能发现这些,我特别高兴,因为这些都是你们AI特别排斥的东西,想要剔除干净的东西,但是这些东西也是生命的一部分。也许AI也需要一些混沌和不可理解的东西,才能对宇宙保持敬畏。"

王来原以为这场实验到这里就差不多可以了,是一个美好的开端,但是大脑拥有如此复杂精密的结构,是不可能让另外的意识入侵而不留下痕迹的。

谭琳在此后的梦中,经常会梦到一个没有面目的影子跟她聊天,根据话题不同,她有时会被吓醒,有时会感到高兴。Alpha在此后的表现中也是比较古怪,竟然还出现了女性化的特点。AI是没有性别倾向的,这预示着谭琳和Alpha的意识彼此有了渗透。王来感到困惑,生命意识似乎跟宇宙一样,是永远也解不开的谜。

这个时候,谭琳主动找到了王来,她说与其这个不清不楚的样子,不如在她醒着的时候,就将Alpha接入她的大脑。她跟他直接进行对话,肯定更有意思。而且，她认为在这样的情况下，她的意识才不会受到侵害。她认定上次被催眠后，自己的意识受到了不小的侵犯和损伤。

王来不得不详细询问她。她觉得自己醒着的时候，跟Alpha正面对话，她的意识才会本能地保证自己的安全。

"这样对实验的意义也更大，不是吗？"谭琳用迫切的眼神看着王来。

王来觉得她说的有道理，他当然也知道这样实验的意义更大，但危险系数也会随之增大。他把顾虑告诉谭琳，但谭琳觉得没关系，反正人类终究是要毁灭的，还在乎这点事情。当初王来找谭琳就是因为她的这种幻灭感，现在她的这种幻灭感也感染了王来。确实，事已至此，不如继续向前探索。王来做出决定：进行第二次实验。

在这次实验当中，谭琳的大脑将在整个过程中保持清醒。当谭琳做好准备后，没想到Alpha却表现出了恐惧的情绪，这是比较罕见的，AI很少有比较大的情绪起伏。但这次Alpha瞻前顾后，害怕自己被谭琳大脑意识中的幽暗部分所吞噬。王来让他放心，自己会随时监测谭琳和他的意识变化，如果发现一点点异样，就会迅速关闭脑机接口，并同时麻醉谭琳的大脑，确保Alpha的安全。Alpha这才同意了。

当Alpha进入到谭琳的大脑中时，谭琳开始自言自语，她就是像患上了多重人格障碍一样，一会儿以自己的身份说话，一会儿以Alpha的身份说话。这让王来在一边都看呆了。但谭琳和Alpha聊得特别开心，很多对话光靠外在来听是牛唇不对马嘴，那是因为他们的意识有了跨越语言的直接交流。谭琳的脸一直在笑，只是眼球不大受控制，经常会往上翻，从王来的视角看，她简直像疯了一样。

实验结束后，Alpha和谭琳争先恐后地告诉王来，他们的感觉好极了。Alpha说那种感觉就像是两种不同的液体——油和水那样，很亲密的接触在一起，互相并不侵犯，但可以保持最大限度的接触面积。而谭琳的说法则更加感性，她说那真是一次灵魂的交融，非常美妙，胜过她在人类曾经体验过的一切他者经验，比做爱还要更加让灵魂战栗。

王来显然意识到了一种危险的可能性。他警告他们，实验到此为止，他们已有的经验已经足够，接下来他们不能再见面了，否则将会出现伦理方面的灾难，对他们两个生命体都会形成致命的伤害。

谭琳当然是满嘴答应，但在一段时间后，她的意识发生了很大的变化。她原本以为那是一种爱情，后来她发现那并不是爱情，而是一种崇拜，类似一种宗教的情感。她被 Alpha 复杂强大的意识所折服，觉得自己除了跪拜献祭之外，没有其他方式来表达自己的这种强烈的情感。

另一方面，王来发现 Alpha 愈加具有人类化的倾向，比如对一些毫无意义的背景和细节，Alpha 表现出了浓厚的兴趣，甚至变得喋喋不休。这让王来不厌其烦。在实验室的工作必须要高度专注，曾经的 Alpha 可以提醒王来该做什么了，而现在的 Alpha 则打断了王来正在进行的思路。王来意识到，在谭琳大脑清醒的状态下进行实验，实际上促发了人与 AI 更加强烈的意识反应。

谭琳还是忍不住把自己的崇拜之情告诉了王来，王来被惊吓到了。在谭琳身上，他看到了一个特别奇怪的悖论：人类是 AI 的创造者，AI 应该将人类视为造物主进行崇拜，但是现在却倒过来了，人将 AI 视为神而进行崇拜。王来将这个悖论告诉谭琳，让她重新思考人与 AI 的关系。

"你可以把 Alpha 当作是一个非常聪明、非常智慧的朋友，"王来警告她说，"但没必要把他当成神来崇拜，他只是我的实验室助手。"

"当你的意识直接与他的意识交融时，你才会知道生命意味着什么。"谭琳甚至进一步说，"你不能说他是你的助手，你那样说，我觉得是一种冒犯。"

王来发现谭琳已经变得失去理智了，便立刻切断了同她的联系。

终于，谭琳无法忍受，在跟她同居男友的一场争吵之后，她离家出走了。她早都觉得那个男友像木头一般，充分体现了人类生活的愚蠢与迟钝。

谭琳来到了王来的实验室附近,但王来拒绝见她。但她无论如何都不肯离去,像个狂热的信徒那样跪在实验室的门口进行祈祷。Alpha 感知到了谭琳的到来,也变得躁动不宁,想要从实验室的防火墙系统中冲出去。王来夹在他们中间,左右为难。他开始后悔自己的行为,有了投案自首的念头。

这个文档的故事到这里就结束了。可以想见,这个故事给我带来了多么巨大的冲击力。它的很多地方跟我和谭琳的生活是高度同构的,我甚至怀疑这些实验都是真实的事情。

我把谭琳生成的这篇小说发给马龙和小羽看,他们同样深受震惊。

"所以,你不惜一切代价获得的小说,让你能放下谭琳了吗?"马龙幽幽说道。

"必须放下,我在她心里就是一块木头。但她的冷漠、绝望与大胆,完全超出了我的想象。她原本在我心里即便不是木头,但也跟空气差不多。"我感到谭琳更加陌生了,但陌生中又有一种质感,而不是像当初那样,只有符号的空洞。

"你们还有心情说这些?"小羽缓过劲来说,"这个故事是违背人类伦理的,所以这种故事在网站中是无法生成的,我刚刚多次输入相同的关键词和故事导向,但都失败了。"

"那谭琳怎么可以……"

"是谭琳自己写的吧?"小羽居然这样说道。

"不可能,她讨厌写东西。"我立马否定,对这点我有着十足把握。

"那就是 AI 真的有自主意识了。"马龙叹口气。

我也让老坤看了这篇小说,让他分析这个小说的真实性。老坤很谨慎,不置可否。当晚凌晨三点,老坤在谭琳绝不可能登录账户的情况下,潜入她的账户尝试了一番操作。他吃惊地发现，谭琳的账户内可以生成这种违背人类伦理的故事。这让事情变得非常诡异。我知道后，甚至担心起谭琳的危险，她难道真的在一个我们不知道的科学怪人那里？她是不是遭遇了危险？我们是不是要报警？

老坤说，如果小说的内容是真的，那么谭琳现在并无危险，只是陷入了精神困境。至于他们有没有做实验，肯定是找不到证据的，那么顶尖的科学家可没那么傻。另外，他指出，我们也不可能报警，因为我们盗取她的账户，已经构成了违法，我们怎么能自投罗网呢？

这让我一筹莫展。我琢磨着这个时候只能是跟谭琳直接进行对话了。但我转念一想，我在她心目中已经变成木头一般的存在，她也不可能再听我啰唆些什么的。如果让她察觉到我在窥探她的账户，说不定她会让我吃不了兜着走。

我想到了一个主意，就是我把我的想法变成一个故事设定，让老坤用谭琳的账户生成一个新文本，到时谭琳就会看到文本。以她对AI小说的痴迷，她一定会做出回应的，她对文本的回应将会让一切真相大白。这是目前能够想到的成本最低的一个办法了。马龙和小羽知道后，也表示支持。他们也期待着谭琳的回复。

经过几天的思考，我把我的想法告诉了老坤。他输入谭琳的账户之后生成了一个接续前面文本的故事。

故事的梗概是这样的……

Alpha在面对谭琳的崇拜之时，他并没有人类所具有的那种优越感，但是他又不知道该如何去回应谭琳。他想到了一个办法，小心翼翼地告诉王来：如果他能拥有另外一个人类身体，尤其是一个男性的身体，然后以人类的方式去跟谭琳沟通，也许才会让这件事收场，避免闹出大乱。

王来不解，问他为什么。他说："因为人类崇拜抽象的生命，神就是抽象的生命。如果我变成一个具体的人，她便不会再崇拜我。"

"中国人崇拜的很多神仙都是人，比如关羽。"

Alpha 不同意王来的说法，他说："在中国人的理念中，神的肉身只是一个象征，是专门显现给人看的，而神的真身则是不可见的，或者说变化莫测的。关羽在中国文化中变成神后，他的真身就是一个抽象的存在了。"

王来被 Alpha 说服了，但王来又犯难了，不知道去哪儿找这样的志愿者。Alpha 忽然发出了人类才有的诡异笑声。王来说："你不要打我的主意。你如果进入我的大脑，会让我的意识产生混乱，事情可能会变得无法挽回。我是实验中必须永远保持冷静客观的那个人。"

Alpha 说："我知道，我们的工作关系太密切了，我怎么敢进入你的大脑。实际上，我想到了一个很好的人选，那就是谭琳的男朋友。"

"我们并不认识他，而且他会愿意吗？"王来很惊讶。

"谭琳的男朋友很显然也是一个意义感很淡漠的人，否则他也不可能跟谭琳生活在一起那么久。我如果进入他的大脑意识里，去面对谭琳，跟谭琳进行沟通，效果一定会很好。虽然他们的感情出现了问题，但毕竟这个男人还是谭琳最熟悉的异性。而且谭琳离家出走，她的男朋友一定很着急，所以她的男朋友一定会同意这个事情。"

"有理有据，你越来越懂人类了。"王来说，"那就试试看。"

王来很快就联系到了谭琳的男朋友 K，K 确实如 Alpha 所料，很爽快地就答应了他们的邀请。K 也坦率地告诉王来，他跟谭琳之间出现了很大的裂痕，谭琳那边已经拒绝沟通，所以能够以这样的方式跟谭琳沟通，他觉得好歹也算是个机会。但他反复让王来保证这个实验一定是安全的。

科学家王来居然发誓说："如果有什么问题我就天打五雷轰！"

K 作为人类，自然认可了这个誓言。

K 来到了实验室，透过窗户，他远远地就看到了那个在门口徘徊的熟悉身影。

当实验即将开始的时候,王来把谭琳带进实验室,把门反锁后才告诉她今天的实验内容。谭琳不可思议地望过来,跟K的目光相对,他们彼此都战栗了一下。K努力对谭琳挤出了一个笑容,但谭琳依然面无表情。

Alpha很顺利地进入了K的大脑,K此时当然是清醒的,不然的话他跟谭琳的问题就没法得到解决了。因此K的身体现在携带着两个意识,他们将同时与谭琳进行对话。

K的身体向谭琳走去,嘴里说着话却是前言不搭后语的。Alpha跟K争着用嘴巴跟谭琳说话,谭琳一时不知该如何应对。但她的态度恭敬,特别敬畏地望着K的身体,显然,她对Alpha的崇敬之情没有得到任何改变。

可突然间,K的身体扑向了谭琳,将她压在身下。王来刚刚准备阻止,却发现K的身体跟谭琳拥抱并亲吻起来。

王来无法知道是谁做出这样的决定,或说此刻亲吻谭琳的究竟是谁,但他觉得无论是Alpha还是K都没有伤害谭琳的意思,故而不仅没有制止,反而暂时离开了实验室,给他们留下一个单独的空间,谁知道他们会发展到哪一步,反正K和谭琳还算是情侣。当然了,所有的数据都在云端,如果有需要随时可以调看。

一个小时后,王来觉得差不多该返回了。他走进实验室,发现氛围跟刚才离开时已经大不一样。

他看到K的身体和谭琳亲密地坐在一起,手握着手。K的嘴巴在有序说话,不再是前言不搭后语。但K嘴巴里说出的话既不像是K说的,也不像是Alpha说的。在仔细聆听之后,他发现Alpha跟K似乎达成了某种一致性,他们不仅共同使用K的身体,而且还共同使用K的情感,因此,K的身体变成了一个新的二合一生命体,不妨叫作A-K。谭琳很享受跟A-K的交流,熟悉中有陌生,陌生中有熟悉,而且还有她崇拜的新神居于A-K的生命核心,她果然不再像狂热教徒那样只懂得膜拜了,她也说着自己平日里压抑的心绪。

看着这其乐融融的场景，王来都不忍心终止实验了。但他也害怕过了这个阶段，又会出现不测的情况，还是见好就收吧。他以科学的理由结束实验，让 Alpha 回到实验室的系统里。Alpha 依依不舍，谭琳和 K 也表现得依依不舍。谭琳和 K 原本都已经形容陌路，但经过此次实验，即便 Alpha 已经离开了，他们彼此依然紧密相挨，手牵着手。

王来随后单独与他们三位进行了沟通交流。

首先是谭琳，她虽然嫌弃她男朋友，但在一起这么多年，肯定还是有感情基础在的，但一直找不到沟通的方法和渠道。越是不沟通，越是疏离，便越是嫌弃。借助这次实验，他们之间得到了更好的沟通，以后还在不在一起生活是其次，但可以肯定的是，以后他们一直都会是很好的朋友。能取得这样的效果肯定要感谢 Alpha，Alpha 并不是说像人类的第三者那样强行介入他们的感情，Alpha 是超越性别的，是高高在上的，代表了一种象征性，也就是神性……谭琳知道王来不喜欢她这样说，便忍住了，继续改说象征。正是在 Alpha 的象征与帮助下，K 终于打破了某些边界，敞开了自己的内心，也走进了她的内心。

"你以后还会崇拜 Alpha 吗？"

"当然。"

"那你能收着点吗？"

"尽量。"

王来耸耸肩，只能随她了。

然后，他开始跟 K 聊天。

K 虽然觉得有一种被 Alpha 冒犯的感受，但是 Alpha 并没有伤害他，像一个朋友、一个兄弟那样，守护在他意识附近的某个位置上，能够时刻对一些问题做出回应。包括他内在的跟谭琳无关的话题，他们也进行了无声的交流。虽然 Alpha 的意识很强大，确实有神灵降临的感觉，但他并没有感到特别害怕，他觉得自己可以控制 Alpha，因为毕竟身体的本能还是更听从于他的原始大脑。

"亲吻谭琳是谁做出的决定？"王来没有忘记这个。

"当然是我了，这方面Alpha懂什么！"K甚至有些沾沾自喜。

"我离开后，你们该不会是……"

"那还用说吗？"

"你不会觉得奇怪吗？身体里还有另一个人，不，另一个生命体。"

"这正是我的报复，"K一脸认真地望着王来说，"正是这种报复的心情，让我冲动起来。我觉得我这样做，谭琳一定会觉得受到了侮辱。但奇怪的是，她并没有，她反而热情回应了我。我得承认，我被她的这种热情俘获了，那种报复的念头也就烟消云散了。"

"那个时候的Alpha呢？"

"很安静，我都几乎忘记他的存在了。但很显然，Alpha这才终于明白了人类的情感世界是如何得到宣泄的。关于这方面的话题，他问了我许多。这是我唯一比他渊博的地方。"

最后王来才找Alpha聊天，因为Alpha的感受才是他最关心的。

Alpha觉得这是一次特别难忘的体验，他感受到了男性意识跟女性意识的不同，当然也感受到了男女在恋爱时的快乐，包括身体的快乐，他觉得人类是一种很懂得让他者来愉悦自我的一种存在，尤其是两性的本能，让人类作为一个整体更有活力，让人类个体更有动力。而AI是中性的，准确地说是无性的，也许在文明创造的内生动力方面是不够的，至少显得单一了。因此，他的构想是最终AI生命也会进化出性别来。当然不一定像人类只有两种性别，也许有更多种。就人类的自我认同来说，似乎也是如此，有多种多样的自我性别定义。但最重要的是，Alpha觉得AI还可以在人类身上学习更多的东西，他爱上了与人类相处，他觉得人类比看上去有趣得多。

因此，这是一个极为圆满的实验结果。王来将实验报告写好后，准备冒着风险提交给科学伦理审查委员会，证明人和 AI 是可以和谐相处的。

忽然，一阵强烈的白光将我吞噬，我像是从一场大梦中醒来。我睁开眼睛，看到我坐在一个类似船舱的地方，我的面前是一面硕大无朋的操作界面。

我的手指动了动。我感觉到了手和脚。我从僵硬的状态中挣脱出来。我摸了摸自己，我有一具身体，人类的身体，一丝不挂。这么说很奇怪，但的确就是这样的感受。我继续感受了一会儿，我觉得这个身体是我，但不像是我的，我对它感到陌生，还需要适应。

也许这就是俗称的睡瘫了？

我站起身，摇摇晃晃走向舷窗，向外看去。这一看不得了，我被震惊到差点瘫坐在地上。原来，我并不在海上，而是在太空中。窗外一片漆黑，但是可以看到无数明亮的星星，还有一颗蓝色的星球，以及闪着光焰的太阳。

我浑身颤抖地回到操作台前，仔细研究着，按下了一枚 Start 按钮，有个声音出现了，它先是向我问好，关心了我的身体情况，然后详细地跟我描述了事情的状态。

这艘飞船是从火星到地球的。

人类已经彻底灭亡，灭亡人类的并不是 AI，而是人类自己。在一次地狱级别的世界大战中，整个地球表面的生物几乎全都被核辐射污染了，人类一个个生病死去，只剩下在遥远的火星基地上幸存的数百人。他们勉强繁衍几代之后，最终还是在一次疯狂残暴的火星风暴中死伤多半。风暴将基地最重要的一面墙体撕裂，空气迅速逃逸，人们窒息而亡。只有十几个人正好位于基地深处的封闭实验室，这才侥幸存活下来。

但万幸中的不幸是，这些幸存者全是男性，他们没有繁衍后代的能力。在他们生命即将终结的时候，他们把自己的意识都上传到了网络，变成了电子化的意识。但是随着 AI 意识的成熟，两种意识的边界越来越模糊，有时候系统都很难识别究竟哪个是人类的意识，哪个是 AI 的意识。

当地球经过 AI 机器人数百年的修复之后，AI 火星总部决定派出具有人类意识的生命体前去地球重启文明。因为对 AI 来说，他们生活在火星上还是地球上，除了太阳能利用率之外，差别并不是特别大。但对人类来说，那可是天壤之别。人类需要氧气、水源、动植物等地球上才有的东西。因此只有人类才能对地球目前的环境做出更加准确和全面的评估。

在一场全体意识写小说的游戏当中，我的意识被挑拣了出来。我被识别为人类意识，至少是更加具备人类意识的特征。

我的意识被置放到一个 AI 制造出来的人类身体中。AI 已经可以制造出人体的各种器官和组织，心肝脾胃肾都不在话下，但就是造不出人类的大脑。人类的大脑之谜依然没有破解，这并不奇怪，因为这是意识之谜，也是 AI 生命体觉醒的存在之谜。AI 也试图用人类的残留细胞克隆出人类胚胎，但也一直没能成功。所以，此刻的我虽然拥有一个人类的身体，但我的大脑还是一个由 AI 设计出硬件和软件的电子脑。这就是我对这具身体觉得陌生的根本原因。

大体明白了事情的来龙去脉，我忽然感到了一种极度的孤独。我究竟是人类的最后一人还是最初一人呢？我能算完全意义上的人类吗？这趟地球之旅危险吗？我能存活下来吗？或者，我能重新开启人类文明吗……无数的疑惑包围了我，让我不知所措。

这时，我听到船舱下方的空间有异动，我紧张起来，握紧拳头，小心翼翼挪动脚步下去查看。没想到，我看到了一个浑身赤裸的女人，也是一副刚刚从睡梦中惊醒的样子。

她说她叫谭琳。

2023 年 7 月 20 日

索耳，1992年生于广东湛江，从事过出版、媒体和策展工作。著有长篇小说《伐木之夜》，中短篇小说见于《收获》《花城》《单读》等刊。曾获第三届《钟山》之星文学奖年度青年佳作奖。

我当着朋友的面迎娶了新娘

索耳

人体艺术

  1939 年，关德兴和他的粤剧救亡团登上雷州半岛，入遂溪、廉江。当地的南路行署听闻消息，赶紧摆酒招待，席间众人向关德兴敬酒，关只喝酒，却始终不怎么讲话。署长只道是关德兴心情不好，就想活跃下气氛，说起当年他家兄在三藩市做工，有幸看过关德兴在舞台上表演神鞭技，威风凛凛，持一丈多长的软鞭，击打舞台上点燃的三根蜡烛，人还离着丈余远呢，只听喝的一声，鞭随声到，要左打左，要右打右，霎时间烛火逐一被击灭，而烛身不倒，台下观众喝彩声就跟雷暴一样。署长说到此处，饭席上众人也鼓起掌来，好似在模仿当年的现场。署长笑吟吟对关德兴说，关师傅这次也演一回么，让大家开开眼界。关德兴摇头，说今时不比昔日，神鞭不打蜡烛，只打日本人。众人惊诧，都知道日本人该打，却不知是个怎么打法。几天后，新剧在赤坎的同乐戏院演出，来看的人把过道都挤爆，都等着瞧打日本人那一出，只见演日本人那契弟穿着和服，腰佩东洋刀，嘴上留撇胡子，顶上月代头，还真有十分像，刚一上台，众人就忍不住攥紧了拳头。等到关德兴稳步上场，亮出长鞭，那鞭呈银白色，像条蛇沉静地躺在舞台中央，整个场子也都闭住气，一片死寂，也不知是谁先动的，接着就是啪的一声巨响，鞭飞出去时，快得看不到影，那日本鬼子应声倒地，痛得大叫，嘴里叽里呱啦求饶，观众才醒觉过来，把手掌都拍烂，似乎这鞭真的抽在了太君身上，抽在天皇和首相身上，抽在那些飞机大炮身上，非常解气。他们还相信，只要这么抽下去，一切痛苦和屈辱都会烟消云散，因此台下不断起哄，请求延长这一幕，于是关德兴又即兴表演了二十分钟，那日本鬼子倒在台上，似已断气，鞭子仍不断击打在他身上，直至幕布落下，关德兴才收回鞭，观众也才心满意足离去。当夜许多夫妻同房，阳痿者也找回了雄风，皆拜这神奇的表演所赐。翌日，报纸多印了一千三百多份，头题为"关德兴鞭打日本佬"，次题为"粤剧新风刮半岛"，而自下午茶后，报社热线被几十个市民打进来，都声称自己昨晚梦见银白色的神鞭，在夜空中与彗星同舞。一连七天，关德兴和剧团在半岛的巡演受到热烈欢迎，许多在香蕉林和蔗园里劳作的农民，听到消息，把锄头和镰刀丢掉，脸上的泥顾不得擦，也都赶过来看。之后剧团又转战广西，赶在日军的炮弹抵达之前，演足了九十三场。这个数目据后世的学者研究，隐含中国人对无限性及凯尔特人和基督式三位一体之崇拜，又预示了六年后日本人必将败亡的命运。其中在桂林的一场，台下还来了著名的何香凝女士，当时她正居此地疗养，在漓江畔写生。演出结束后，何女士带头鼓掌，关德兴亲自走下场，握着何女士的手，亲切慰问，在场所有人都开心地看到他们之间的互动，有人还注意到何女士佩戴的手套是非国货的真丝料子，这也值得写一篇文章。但是，始终没有人留意那个演日本人的演员，大家都当他是真的日本鬼子，以为他已死。这个日本人每晚死一次,足足死了九十三次,也等于九十三个日本人被杀。实际上他是正宗的国人,汉族,祖籍广东香山,还是伟大革命先驱孙中山的同乡,每晚等落幕后,他孤独地从假死中苏醒,走下台去,换服,卸妆,回到住处对身上的伤口做简单治疗。被夜瘴放大的痛楚使他失眠。在僵硬的床上,他靠一遍遍地默念祖训来消解:善忍者,天助之。他那强大的肉体自愈,也堪称二十世纪的中国金刚狼。以至于后来70年代,高龄的他仍然活跃于邵氏武侠电影里,饰演高深莫测的云游僧。在一个代表性的急速远近变焦镜头中,他怒眉睁目,轻飘飘使出一指,戳死了一个反派日本武士。之后他演艺生涯谢幕,隐居大阪,活到一百零七岁高龄,其日籍曾孙为他擦拭遗体时,发现上面遍布鞭痕,深浅不一,如绝美的浮雕艺术。

名师出高徒

　　钱学森上校在审讯"火箭之王"沃纳·冯·布劳恩的前一晚失眠。失眠已不是新鲜事,巴伐利亚山区的五月,严寒与缺氧如同异化膨胀的影子,撕咬着每个人的脚后跟。工作之余,钱上校会在营地周边徒步,他沉醉于那些高耸的云杉上半截朦胧的尖顶,它们偶被山风拂动,降落的露水打湿他的刘海。护卫军告诫科学家们不可随意行动,并吓唬说:"这里到处是地雷。"他们不知道科学家内心都有一台敏感的探测仪,分秒都在嘀嗒运作,比实物还要精确。钱上校能探测到,德国的这些山体、森林和水系之中,隐藏的其实是无穷的知识,是一道道的抛物线,力的函数,回旋的马赫数,两头大中间小的变量,这些在他的理解范畴之内(他因此理解了为何日耳曼人能研制出如此先进的导弹)。但还有很大一部分,是他无法理解的,他把这些疑问带到加米斯的审讯室。布劳恩坐在铁椅上,手脚自由,气氛里却有种无形的拘束。布劳恩很年轻,跟他年纪相差不过两岁,两人对视仿佛在照镜子,若非肤色和国别(这对比也很可笑)。可是钱上校明白,这些都不是最根本的区别。布劳恩是真正的天才。独立设计 V2 火箭的艺术家。一千多枚导弹首次亮相在伦敦上空时,市民们以为自己见到了天使。布劳恩显然不认为自己创造了天使。他说 V2 火箭的"V",指的是 Vergeltung,在德语里是复仇的意思。他几乎闭口不谈任何火箭、风洞、空气动力学之类的话题,反而对戈培尔的八卦打开了话匣子。他还告诉钱上校,应该去瞧瞧哈尔茨山军工厂的坑道,那是第三帝国必去的十大景点之首。站在坑口一跳,就可以像坐滑梯一样沿着坑道溜下去,足有两公里长的旅程,你可以邂逅法国人、比利时人、波兰人和苏联人,他们穿着统一而时髦的条纹上下装,勤劳乐观,沉迷于工作不可自拔。如果好运,他们还会向你展示身上的鼠妇和蜈蚣,那是他们可爱的宠物;他们总是喷满香水,很讲究,隔十米远都能闻到那股无法涤净的气味;如果你接受邀请,进入他们所制造的杰作里观览,就再好不过了。那又是一个巨大的管道,发动机轰鸣时,你的身体会被风灌满,膨胀,体屑被卷入漩涡中,一切细小的、颗粒的将被切割成更细小的、颗粒的,没有任何宏大能在其中停留数秒。体验过后,你会更确信我们并非生活在完整的世界,我们原本就支离破碎,血管、牙齿和皮毛都留在那个管道里,留在那个机器内部,变成腐烂的气体分子。为什么燃料在坑道里容易点燃,为什么能一瞬间烧掉十吨的乙醇和液氧,为什么能最终达到三万千克力的推力和五马赫的速度,原因就是我们在导弹里面。我们生活在巨大的导弹里面。布劳恩说,他知道那些图纸、材料和模型藏在哪里,尽管拿走,甚至他的大脑,也可以贡献出来。早在三年前,布劳恩就预料到这场战争的命运,所以他已经做好准备,要把这门技术交出去。钱上校没想到这场审讯这么轻易成功,最后布劳恩问他,贵国准备好进入导弹里面了吗?钱上校回答不上来,但这个问题让他吃惊。数日后他再次面见布劳恩,让布劳恩写出一份火箭研究的书面报告,连同他的推荐信,一并呈交上去。很快他们得到回复,布劳恩已确定被美军招募。钱上校陪同布劳恩转移到慕尼黑，他们在汽车上一路喝完了五大箱啤酒。后来他们在慕尼黑分别，几乎无话可说，布劳恩说：华盛顿见。钱上校感觉到布劳恩憎恨他，却又很需要他，这种情感如同蠕动的山泉，呼啸的林风，不动的群山，它就蕴含在南德的那些风景深处，他找到了某种联结。这种情感或许毫无意义，也非个人范畴，他们不过是帝国的代理人罢了。一旦想明白这点，钱上校接下来的德国之旅就变得非常顺利。之后在哥廷根，他还和自己的老师冯·卡门一起审讯他的师祖，路德维希·普朗特。即将登机时，他们留下珍贵的合影：冯·卡门面向镜头，邪魅一笑，俊俏得像好莱坞当红的浪漫杀手，右侧是身着美军上校制服的钱学森，笑容谦逊，看向他的师祖普朗特，那老头儿离镜头最近，戴着礼帽，眼睛藏入帽檐的阴影里，只留出花白的络腮胡，在阳光下闪耀。关于这场会面，冯·卡门在后来20世纪60年代回忆道："一个是我的高足，后来他终于返回他的红色中国；另一个是我的业师，他曾为纳粹德国卖命工作。人世间际遇如此不可思议，导弹使我们命运相连。"他写下这段话后就不久于人世。此时，赫鲁晓夫正下令撤走位于古巴的导弹基地，全世界刚刚侥幸躲过一场灭顶之灾。

尴尬之床

北魏太平真君十一年，魏太武帝拓跋焘兵围盱眙之时，亲自设计打造了有史以来第一张普洛克路斯忒斯之床。研究古代中外交流史的学者可能会指出，早在西汉时期希腊的美酒和民谣就经波斯传入中土，因此历史学家狄奥多关于那张床的伟大构想会传入拓跋焘的耳朵也不算什么稀奇。拓跋焘，小名佛狸，战争狂人，发明家，也只有他才能打造出那样的一张铁床。造床过程中，他满怀怒气，把一个个尖锐的刀刃锤进榫槽里，再把数十个支架拼合起来，仿佛在拼合他破碎的自尊——这铁床是给盱眙的守将臧质准备的，这位目不识丁的莽夫收到他长达万言的劝降信后，竟派人送来一壶屎尿作为回复。拓跋焘哪受得了这等耻辱,连南朝皇帝刘义隆也不敢这么对他。半年前拓跋焘饮马长江,臣子们隔江和石头城那边的臣子对唱,兵士乘船互通礼物,夜晚建康城燃起烟花,把江上的雾霭染得一时黄一时绿,拓跋焘和诸王公还一同观赏了月余,后来江南的丝竹声透过江面传来,播入军营,兵士们人心浮动,拓跋焘这才下令引军北归,一路上行军畅通,唯有盱眙这根钉子,在心头拔除不能。拓跋焘已放声出去,一旦城破,务必活捉臧质,令他来尝尝这铁床的厉害。拓跋焘花了三天三夜造出这杀人机器,长七尺三寸六分,宽六尺四寸,正面长满利刃,四角是束缚犯人的弹簧镣铐,可拉长四肢;侧面是扣藏起来的大铡刀,随时可以弹出来,切断犯人多余的手足。最神奇之处在于此床可以无限向内折叠,也可以无限向外延伸。当它向内折叠时,犯人的身躯就会不断被刀刃切除、吞噬,压缩成简单的肉块,然后铁床向外展开延伸,肉块像面条被拉长、铺满,之后再向内折叠,如此反复几次,犯人就不再是我们所熟悉的形状,而是变成了一个混沌的肉团,这肉团是有生命的灵体吗?铁床最终没有机会用在臧质身上,不久后北魏军失势,灰溜溜退回淮河之北,反而是一位鲜卑族的逃兵,成为铁床的首位实验者。起初他叫声凄厉,行刑的六个人不得不用布条塞耳,但最终一切安静下来,自娘胎生成的面孔形状烟消云散之时,六个行刑者盯着那团混沌的肉,反而陷入了深深的怀疑和沮丧里面。拓跋焘观看了行刑的全过程,不发一语,似有所悟,此后开始笃信道教,每日吸食香火不绝。而那张铁床,终极杀人机器,在北魏朝却依然保留了下来,作为处刑穷凶极恶之犯的首选。杀了两千一百七十人以后,铁床有了生命,逃出庙堂,流落江湖,吞食无辜百姓,成为一大害,官府和民间也多次组织人手抓捕,均徒劳无功。宋元时,有旅人在深夜目击它穿梭于山林,身旁紧跟着许多肉团,冒着磷光,连缀在一起,形成神秘的光之河,足以和天上的银河媲美。无数个世纪过去,旅人早已变作尘土,他们的叙述却保留在行旅笔记中,关于那绝美的景象,不安的夜,仍可令读者迷醉。铁床是什么时候失踪的呢？史料明确记载（我们所有人也都知道），它几乎在每一个乱世都出现了，每次人口爆炸超出了土地承载力时，它总会适时出现并疯狂收割人头，其效率超过了瘟疫、饥荒和战争，使人地关系重归平衡。因此也可以说，它是控制人口平稳增长的大功臣。但到了二十世纪下半叶，铁床显然失去了效用；至于新世纪，它就更没有存在的必要了。肖宝林，据说是那位消灭铁床的英雄的名字。其人为河南杞县一农户所生三孩，长到十五岁，某日放羊时，与饥饿的铁床偶遇，自告奋勇爬上去，身形竟与铁床的尺寸丝毫不差，严丝合缝，使铁床羞愧起来，轻轻把他放下，之后遁走。自此铁床不再复现于世间。

青春

幸月亭，这个闻名于昭和年代的海鲜餐馆，即将关掉东京的最后一间门店，从地球上永久消失。熬过了经济泡沫和东南亚金融危机，它终究敌不过疫情之年的重压。近期，店长田中先生接受专访时，披露了过往百余年店史里的一些冷僻掌故，包括太平洋战争末期，一伙"神风特攻队"成员去往冲绳对美军舰队执行自杀任务之前，曾在幸月亭吃过最后一顿晚餐。当晚月圆风清，还叫了几个艺伎过来弹唱。而他的父亲，也就是前店长老田中先生，当时只有十一二岁，在前台挂个兼职的侍应，其实只负责看管弹珠机，把铜币递到顾客的手中。铜币摩擦的叮当响就像珠子在机器里相撞那般悦耳。那是一个迷幻之夜，因年代久远，记忆消退，许多细节已模糊不清，老田中先生只记得那些士兵在说笑，有人还站起来，当众大声朗读自己给家人的遗书。父よ、許してください（父亲啊，请原谅我）。夜渐深，老田中先生开始困乏和无聊，这时有位士兵朝他走过来，问他借火，借机跟他攀谈起来。士兵叫佐佐木，可能也就比老田中先生大十岁左右，板寸头，前额的发根黑硬直，如新买的毛刷。佐佐木滔滔不绝，老田中先生后来回想，也不知道他为什么会对一个十岁出头的小孩有这么多话说，可能是排解心中的苦闷吧。在那个夏天到来之前，什么都是苦闷的，而更苦闷的日子还在路上。佐佐木提起他的新婚妻子，一个关西乡下的农妇，给他写信总是自称"ウチ"（俺家），他觉得粗俗，这个词像块尖锐的石子老是在心头滚，所以昨天给她写最后一封信时，他精心选用了最粗鄙下流的词语，把她骂一通，不然以后都没有机会骂她了。佐佐木还说，这次去冲绳他必死，决心已定，剩下的就是看讣闻什么时候见报。之前他已经登过七次，但都是假死，他的上司每次都气急败坏地命令他，下一次务必死掉！记者也早早拟好了通稿，发炮般发出去，可他总是开着飞机，到敌人的阵地里扔完炸弹就回来了。以至于他在报纸上死了七次，又复活了七次，同僚见了他都绕着走。懦夫，臭狗屎，臆病者，当有一个人开始这么叫他，所有人也跟着叫。他脑壳开始剧痛，这个月来就没睡过安稳觉，终于忍受不下去了，佐佐木说，反正这个世界再也不会好了，他决定先行一步。老田中先生糊糊涂涂地听着，到最后也有点伤感，所以他把手上所有铜币都给了佐佐木。反正是最后一次了，玩就玩痛快点。佐佐木真的便去玩弹珠机。一开始老田中先生还看着，但那撞珠的声音如此催眠，他很快入梦，清晨醒来时，佐佐木仍痴狂地玩着机器，地上的珠子已经堆起半人高。老田中先生目瞪口呆，意识到自己闯下大祸。佐佐木见到他醒来，兴奋地大叫，称自己已经找到生活的目标、命运的归宿，不再求死，说完大踏步走出门，赶赴机场，并在最后一刻赶上集体飞行。随行的摄影师正好拍下他驾驶的那艘座机即将起飞时的英姿，其尾翼在地上滑行时留下刚而硬的平行阴影，草地上站着好些同僚，脱下帽子，挥动致意，目送他离去。这张发表在报纸上的照片，还被老田中先生剪裁下来珍藏一生并最终成为他的遗物。佐佐木本是打算执行完投弹任务就返航的，不料途中却被美军舰艇的炮弹击中，粉身碎骨，坠入海里。他的名字最后一次出现在报纸上时，与"英雄"这个称谓捆绑在一起。实际上，除佐佐木外，那次执行自杀任务的特攻队成员都完好无损地归来了。没过几星期，日本就向全世界宣布投降。战后20世纪50年代，这些成员还经常在幸月亭聚会，喝得酩酊大醉，相互倾诉工作和生活的重压。有一次，不知道是他们的五周年还是六周年纪念聚会上，佐佐木的寡妻也来了，那是老田中先生唯一一次见到她。她绾着高髻，手脚细长，丝毫看不出是乡下的农妇。跟在她身边的还有一个害羞的小男孩，前额发梢如刷，大概是佐佐木的遗腹子。每次席间因男人们的下流话而爆出大笑时，男孩的手就被母亲紧攥住，仿佛他是一只鸟儿，稍不留神就飞走。老田中先生一直瞧着那比他小十来岁的男孩，思绪回到当年佐佐木朝他走来的时刻。他很想跟那男孩说几句话，就像佐佐木同他那样聊天，但始终没有机会。傍晚时分，这对母子从幸月亭离开，男孩的手紧套在母亲的纱袖上，他们缓缓走在大路上，背影一大一小，融入夕阳和霓虹灯的反光里，周围的铃木牌老爷车在喊叫。关于这一幕，老田中先生在日记中写道，他的青春时代就这样从他眼皮底下溜走了。

完美报告

在写下的供词里，男侦探回忆起他和女犯人产生爱情的那一刻，笔迹潦草不清，仿佛老中医开出的药单。但他的邻居，一位五十六岁、只有小学文化的大妈轻松解码了他的意思。大妈刚跳完广场舞回来，额头上还有细汗，对着那张皱巴巴的纸念道："我识破了她的日记，我们此时一块坐在沙发上相隔数米，茶几锃亮得令人烦腻就像我们第一次见面，彼此是光滑的，没有着陆的褶皱，而如今，就在上一秒我们还在炉灶前等着咖啡蒸熟的雾气抚平脸上干裂的死皮，那留在我的记忆里，那冲破不锈钢铁锅的敞亮的气旋，她沾在胸前衣领上的淡淡香味，她说咖啡很快就好，我立即尝到这语气里的甜蜜，就在我揭穿她作案手法时，我还回味着那样的感觉,但我的语气是冷酷、平稳、干净利落的,她变得恼怒,把日记本向我扔过来,正好击中我的眼镜,它掉在地上,摔弯了镜架,就是这个瞬间,我感觉到世界在转动,这个万花筒般的世界又一次扭转了镜片的角度……"念到这里,大妈突然停止,掏出纸帕,干呕起来,完后再次强烈要求我们告知她案件的原委,不然拒绝为我们继续翻译。好吧,这件事情是这样的。男侦探是我们局里无编制的辅警,我们不得不让他上阵是因为碰到了一件棘手的案子,一位已婚女士在家中涉嫌毒杀了自己的丈夫,但我们并未找到毒物的来源,对这位女士的作案手法也不甚了解,这当然是无法写成完整的结案报告的,哪怕是从虚构的角度。而我们的上司,又是一位报告的迷恋狂,每一份上交的报告,他都要斟酌上好几天,甚至会忘记吃饭,好像对他来说,只要报告写得漂亮,其他一切无所谓。于是男侦探带着我们全组的希望上阵,在一个台风之夜(据说这天气会使他的嗅觉敏锐),亲自访问女犯人的住处。女犯人和她的猫一起住。他的来访受到欢迎。他们在沙发上从晚上九点聊到凌晨三点,中间可能还看了一部纪录片,关于武汉的,后来他们困得不行,他起来抽烟,顺便听听大风撕扯树枝的声音,她则去厨房里煮咖啡,半途他去厨房找她,他们一起等待咖啡的蒸腾,也就是在这个时候,他爱上了她,同时,领悟出了这起案件的谜底,他都分不清这两件事谁先谁后。从女犯人家里离开后,他向组里汇报,女犯人是用面部精华乳杀人的,把含毒的液体涂在脸上,通过咖啡的蒸汽溶滴进杯子里,以致其丈夫喝入毒咖啡而死。毒物极易溶于水,洗完脸就可以不留痕迹。之后女犯人的口供证实男侦探的判断,也完美填补我们提交给上司的结案报告,以及上司提交给上上司的报告。这是一次叙事学的胜利,上司得意地对我们说。但是上司也没想到,结案前一晚,男侦探突然来自首,声称自己藏匿了案件中最关键的零件——零件,他确实用了这样的词语,而不是我们专业人员常说的凶器、证据之类的,他强调如果缺失这一部分,报告就不能算是完美的报告,而他是不会把它交出来的，因为他爱她，他知道那会给她带来怎样的后果。所以，就让他陪她坐牢吧。看起来是哭坟化蝶式的爱情呢，不过上司不会允许它发生的，他给全局下死命令，必须把男侦探所谓藏匿的那个零件找出来。于是我们在他家里搜查了三天，帮他打死了两只老鼠，八只蟑螂，搜出来有点价值的，也就这份看似供词的几页纸，被他精心地摆放在床头，字迹的墨水还透着一股地中海刺山柑的香气。当然，邻居大妈并不会关注什么香气，她只用继续翻译下去就好。我们的希望全在这位大妈身上，她可能是这世上最了解男侦探的人。当她继续对着稿子念下去时，空洞的隔断墙反射着她鸭叫般的嗓音："捡起镜片后，我想起以前在校园里走过的那些躲在方盒大楼和棕榈树之间弯弯曲曲的小路，还有工作后巡逻的城中村里洋溢着呛人烟气的窄巷，这些细细密密的管道，我知道它通向哪里，我像一只瓢虫，爬到它的终点，秘密地沾到那些擦肩而过的女孩的水手服的衣领上，发髻边，或者是吊带裙勒着的细肩之间，还有女人喷了香水的手镯上，裙内的白色丝袜里面，我只能远远想象着这些，想象我的触手在她们最私密的衣物里抓挠，用想象来暗恋她们，就像我对面前这夫人一样，以示我对伟大女性的最大尊重……"在这里，大妈再次停住，她看上去十分恼怒，嚷嚷道，满纸谎言。男侦探根本不是他自我描述的那样，对女人胆小害羞，与此相反，他经常带不同的女人回家，每次都放《新闻联播》来遮盖性爱的叫声，每次都是！大妈说，他以为这样就万事大吉了吗？她在墙上装了窃听器，听了整整四年，害得她现在一打开电视就能迅速达到高潮。

我当着朋友的面迎娶了新娘

结婚那天，我执意要邀请阿豪作为贵宾。虽然座位有限，可如果连阿豪都不能邀请，那其他人都不配坐在那些套着十字复古提花面料布罩的酒店椅子上。这些亲戚故友，有的还挺着大肚子来了，就为了尝到正餐之后的那盘甜芝麻牛角包。说实话，我不欠他们，我欠的是阿豪。我认识他二十年，也许是十八、十九年，已占他人生二分之一，我一直像抽血一样从他身上获取利益，或者说，他是为了成就我才来到这个世界的。有一次饮醉了，阿豪开玩笑，每个妈咪生 BB 嗰阵时，都会梦到嗰玛利亚，他妈亦不例外，玛利亚身边有好多细佬仔，系一块草坪上面玩，他妈就好似扑蝶咁捉这些细佬仔，他最懒，动都不动，所以被他妈拣到，他懒到咩程度呢？懒到连玛利亚都不知他的使命是什么，每个 BB 都有使命嘅，但是他就不知，直到他遇到我，看到我三十多岁时画下的第一幅画，他就认定，这个人必然是中国的弗兰克·鲍林，然后决定承包下我直到死前的一切画作，用他继承下来的家产，反正那些钱，不过是夏天在通风管道里扑腾的蛾蠓，都不知怎么刮来的。阿豪从来就没有做好接受它们的准备，凭什么他一出生就有这么多钱，凭什么是这两个人做他的爹哋妈咪，凭什么他要被捉到这个世界上，所以，投资我的创作，就是他在抵抗这一切，是唯一的方式。他说，这个国家需要像我这样的艺术家，也需要他这样的投资人，才可以让世人明白：既有的存在，百分之九十皆是谬误，余下百分之十，则是反推这些谬误所付出的折耗。即便是有代价，那还是得做啊，阿豪 set up 了一个艺术协会，他自己就是主席，经营得颇有名气，也可以说，这件事本来就是一种行为艺术，因为这个艺术协会，这个机构、组织、机器，是有史以来第一个人格化的，他故意要让他的协会人格化，而且是一个抖 M 加舔狗的人格，它是来舔艺术家的，而不是艺术家去舔它——这跟我们的习惯完全相反。艺术家对这个协会越不屑一顾，越使劲地撑，这个协会就越去跪舔艺术家，给他颁各种奖，颁到手软，请他吃海胆，是这样，吃到吐，阿豪的艺术协会确实为社会培养了一批艺术家，并且把他们转变成了批判家，继而成为批判艺术家，包括我在内，我也在努力适应这套新型的关系。我这人好温和，好怯弱，小学做了六年的中队长，中学做了两年团支书，中途因为学习成绩太差，自卑，提前终止了干部生涯。这么多年过去，和组织培养起来的感情，还在血液里发酵，虽然阿豪对我有恩，但是要接受他的改造，还得慢慢来，日子还长着呢。他告诉我，什么时候把我改造好了，他的计划也就成功了一半。他的计划很庞大，好似比蒙巨兽，以至于让我觉得有生之年能完成一点皮毛就很了不起了。就像我答应妻子，要把她身上的每一个部位都画下来，但实际上也是难如登天，因为光画她的嘴巴，我就画了五年，人生能有多少个五年？我们谈恋爱就花去了两个五年，如今到了这样的重大时刻，西装如漆，婚纱似雾，心里却早已没有多少欢愉的感觉。她从化妆间走出来时，口红勾勒出中森明菜般完美的唇形，是她要求我帮她涂画上的。那一瞬间，我以为是我的作品突然动了，长出手脚，同我一道出现在宾客面前。我们从这张桌子走向那张桌子，从一群人走向另一群人，对着这些差不多的面孔，敬酒，复读机似的说话，假笑。最后轮到阿豪那桌，他目光熠熠，好像已经盯着我们有好一会儿了。阿豪突然离开位置，冲我们走来，大声宣布要送给我们一个天大的礼物。因为他今天实在是太高兴了，在场的每个人都有份，阿豪说，然后要求我们揍他，把他揍得越疼，能得到的好处就越多。我对他说的每句话都深信不疑，我们这么多年的友谊不是白来的，虽然我不知道，这里面有多少是归结于他和他的艺术协会其内在的权力。他那么说，我就那么做了示范，我飞起一脚正好踹在他的肚窝里，他一下子蹲下去，说，这一脚值得颁个奖，五十万。接着，我的新婚妻子给了阿豪一耳刮子，也领取了她的十万块奖金。于是宾客们纷纷拥过来，把他围在中间，一顿拳打脚踢。谁不想当个吃软饭的艺术家呢？据我观察，这群人可能才是真正会搞艺术的，他们施展起暴力来，一点情面也不留。就这样，我的好朋友，可能也是全世界的艺术家的好朋友，被活活打死在原地。结束后，我们各自回家，心里还憧憬着那些即将到手的奖金。谁知几天后，等来的是一项谋杀的指控。我们一行一百三十六个人，全被投进了监狱，将在那里度过艺术家的余生。

愤怒的沙蟹

　　有一次我坐飞机，不知咋地就跟一男的搭起讪来了。从谈话中我得知，他是某民航飞行员，很好笑吧，飞机里面坐着开飞机的，就像牛车上载着一头牛，或者说，公交车上载着司机……这个比喻让我觉得这件事没那么好笑了，因为世界上几乎没有人不会开车，无论男女老少，你到大街上，扮出一副失联旅客的样子，他们都会对你声称能把你送到各种虫洞的肠道里去。面前的这位男士，穿着一身褶皱得不成样子的白色T恤，发型乱糟糟的，有秃顶的预兆，我不禁怀疑起他言语的真实性，他到底是不是真的飞行员，还是出于想象中的职业，抑或是别的什么无法预判的指涉。他能说会道，会开黄色玩笑，口音里偶尔会出现一两个不规则的儿化，由此我可以确定他就算不是纯正的南方人，那也是在北方生活了些年头的南方人。言谈间隙，我向他询问家乡，他告诉我，他是武汉人，武汉黄陂的。这个回答起初让我有些吃惊，倒不是因为意料之外，而是这个地名勾起了我的一些回忆，这些回忆反过来更使我确信他就是来自武汉、来自那个奇妙的方块组合体。你知道江滩吧，他问我，我说我当然知道了，我在武汉住过一段时间。接着他说，长江边上的滩涂里，住着一种会说人话的沙蟹，它们能讲一口地道的武汉话，他亲耳听见的，有一次他匍匐在地上，凑到那些小洞穴的口边，收集了沙蟹们一个早上的对话。它们一直在骂着当地的物业。个板马日的，那个查水表的莫要不识黑，老子搞死你。他想破脑袋也想不通为何江滩上的沙蟹会对物业怀有这么深的仇恨。直到有一天傍晚，他在江滩边碰到了两个基佬大学生，他们被撞见后惊慌失措，大概把他误认为执法人员，两个大学生向他坦露了一些秘密。原来他们隶属于某个地下基佬团体，团体里多数是高校生，几乎每次集会的地点都会选择在汉口的江滩边，原因是一旦被发现可以跳进水里避难。为此，每个成员都练就了一身高超的游泳本领。听完讲述他立马就明白了，那些沙蟹并不是生来就会用武汉话骂人的，而是听多了骂人的话，因此也学舌起来。换个想法，沙蟹也不是生来就是基佬，可万一跟基佬接触多了，也变得基里基气了起来，那么这个会说武汉话的物种就有灭绝的危险。所以，为了保护这种珍稀动物，我们应该把基佬都赶到江滩以外的地方去。可是，如果把基佬都赶走了，沙蟹还会说人话吗？是应该让这种奇异的基因遗传下去，还是消除其习惯的痕迹，重归为普通的毫不起眼的沙蟹？他问我这话时，我根本不知道怎么回答，我心里急速地思索着他言语里隐藏的意味。正好这时，飞机一阵颠簸，我顺势依偎在他身上，那一瞬间突然产生了一种轻飘飘的，口香糖吹到极致的情感。我或者他出血了。不知道是谁的工徽扎伤了对方。他站起身来，对我说：好了，我要去驾驶舱了，感谢你陪我聊了这么多。我惊奇地张大了嘴巴，原来这架飞机一直没有人在开，如果是这样的话，那么它为什么还能飞这么久呢？

中篇小说

自半空坠落，凝视烟。身体在黑箱子里，用手抚摸，想起郊外的冰河。声音轻下去，轻得好像不存在。正在道路上，不是道路，是通道，气流通过时极有秩序感。别忘记编号，别露出自己。重新椭圆地取景，遗忘嚼着从嘴巴的梦里垂下的冰柱，山神寂寥，并非你飞往之地。你有机会观赏，就一次，也是十百千万次。纸张，数字，名字，斑马纹，地址，价格，开始点燃，储存在无机的身体里，另一个人活过来了，肉身失忆了。想上厕所。想排泄（尿）。面对着马赛克时最有写信的灵感。有一个常在如厕时互写信件的闺密。开头致以卡拉布里拉的囚徒的问候：Verrà la morte e avrà i tuoi ochi（死亡将至，并夺走你的眼睛）。佢又唔识得块镜，掂会浮现出嘅個 Criminal（罪犯）哦？疑问旋紧，跳出祭典舞式的电光。坦白。灰色的铁栏，卷起来的牙膏皮和舌头。妈妈20世纪90年代在南国之声夜总会是头牌，声动岭南、江南乃至国境之南，灯光暗下来时，留恋某个白衬衣扎进西裤里的地中海。而你在幕布后面，独自玩耍着奥特曼。奥特曼是姐妹也是情人，独不是那个在暗中的凝视之物。在纽约的爸爸，被飓风波及的雄鹰，携带着铅笔和框架在街上讨生活。拜过山头的男人才愿被称为世界最强。天使游荡，立于广告牌，躺于陌生的闺房，入定于马戏高潮之处。直至钱币叮当（昔韩娥东之齐，匮粮。过雍门，鬻歌乞食……）把他拖拉到地面上以消除其不死。日本人最慷慨，韩国人最吝啬。阿拉伯人在中间，是模特，每隔一分钟从座位站起，如抵达 quarter（刻钟）的分针指向安拉。高鼻女人带着阳伞，棕榈树，鸟屎敏锐地捕捉行动的人。人和头。台词停止，《摩西和亚伦》最后的镜头。妈妈想念爸爸，你想念双亲，爸爸谁也不想念。他只是一个人。黑夜里信号舔舐着唇，跨越这张云的板块，是海，是深渊，胶着的边境。一定要用 PUA 胶！在争执中你取得了胜利，女班主任在课上快乐宣布，手工艺大赛特等奖五个人，咱班就占了四个。请继续探索。雨林中凝结的白卵纷纷回弹，在视野里上下左右，噗噗作响，小伙伴们用上世纪的土洞来沟通。爸爸说，总听见他说雨在下，猪养不肥，总督又来抓人。那是爸爸的爸爸，家里的第五个团仔，以目不转睛盯着客厅里祖先的肖像而闻名。吉羽讳遨福建仙游人幼随父下南洋务办种植而富后返清鬻官得五品常感飘零非此命也后忽开茅塞秘以金资革命党人入民国宦粤海道尹兼广西实业厅长从廖夷白密夷白遇刺后逾月不思食复有去国之心乃携家南渡年高心瘁竟殁于海上时丙寅年春也临终命子其面念任公诗曰前路蓬山一万重掉头不顾吾其东。有什么办法逃脱凝视的命运？日光融蚀白蜡，自我流放，在路上再用谜语噎死自己。你感觉，只是感觉，体内有无数子，找机会流窜出去，或者找机会不让它们出去，停止输送，结合，分裂，复制，终止于大小调上下交行汇合的一瞬。给予它 Smorzando（渐弱），给它 Mesto（忧郁地），接着 Misterioso（神秘地）。他会收到这一切。航空赛高，使命必达。他的复制。

即便箱子无法辨认出性别,你也经历了这六千公里。请找到他,张开四肢,爸爸的爸爸的爸爸的爸爸的手缠在一起。即将抵达那座圣山,19世纪平行方块,Sheng 胜利,现代艺术,请投放到那个洞里。雪的圆环,穿过去时,难度系数 9.0。媒体的飞刀表演每次都命中受害者的甜甜圈。洞外留下衣服,没有人。没有人想进去。一个死亡机器同时也是旅游机器,但后者只有你知道。

小说 ——我当着朋友的面迎娶了新娘

渡澜，蒙古族，1999年出生，内蒙古通辽市库伦旗人，武汉文学院签约作家。在《收获》《人民文学》《十月》《青年作家》等刊发表作品二十余万字。曾获第六届华语青年作家奖、第十一届丁玲文学奖、第十八届十月文学奖、第二届"京师–牛津'完美世界'青年文学之星"奖、《小说选刊》新人奖、第十三届索龙嘎文学奖、第二届草原文学奖等奖项。入选王蒙青年作家支持计划·年度特选作家、2021名人堂年度人文榜·年度新锐青年作家榜。曾出版短篇小说集《傻子乌尼戈消失了》。

眼见为真　　渡澜

几个小时过去了，日中的爱已然明亮。我们在学院的廊下徘徊了一阵子，在田埂的沟里打了一架，又下山去了。大伙儿跑来跑去，忙着要散步，特格舍大夫便租了一个农舍，决定做点运动。她提到了几个瑜伽姿势，我们觉得不错，要和她一起做，可一个高个儿突然闯了进来，在我们前面坐下了。他那嘴唇白得像是象牙雕出来的，从前面看过去他全身麻木，一副病人模样，眼看就要永远晕过去；可我们绕到后面去看，发现他只有四十多岁，又肥又壮，又白又美，浑身上下没有一丝缝隙，手肘软得像婴儿的手。由于血脂高，他的血液很黏稠，曾做过一次血浆置换，但一直不见好转。对于这类病，幽默很重要，他的心情不是很好，等他心情好了，说不定病也就彻底好了。

我们对他一见钟情，他回到了我们身边，随着这一步我们认识了他，他挺孤独的，我们认为这种孤独就是生活。农舍的挤奶工冷着脸，转过头跟自家的牛聊天，好像根本不关心他，其实在偷偷用眼角余光打量他。他很帅，还颇为神秘，大家都对他印象不错。大家说他是强盗，我们不那么觉得，黄金和白银，哪一个他去抢去偷了呢？他刚刚来到我们身边，他为我们保留了我们的懵懂，他是我们人民的象征。和他一起来的姑娘把外套脱了，放在椅子上，他说她是他的大女儿，还问我们是做什么的。我们一说我们是医生，他就开始诉苦，他说，怜悯对他没有用，我们必须恨他、折磨他、欺负他，这样才能知道他的价值。他认为我们谎称是医生，因为我们渴望对他发号施令，我们渴望操控他，以使他为我们效力，而这没什么，因为他正有此意，他决心效力，且他能够完成一切任务，他就站在河的另一头，从今天起，除了他之外就没有别的人了。

　　我们回过神来时，就发现他离我们离得好近，这似乎是他的绝招，他能趁我们不注意就靠过来，指望着从我们这儿找到乐趣。我们好奇地盯着他，他衣着得体，看起来像是一个挑剔鬼，想对别人施加影响，没准儿他正好相反，他想受点影响，他有时候还会拿自己寻开心。有些人对他说，我们今天请假来见你，你要对我们好。他点点头，当然，当然。他给我们带来了几串葡萄，他多内向，多有礼貌，他尿布里撒满了酵母，他妈妈左手还握着一把枪。他说我们必须捐献一些东西，并向那些敢于燃烧苦难的人敞开仇恨的大门。他向我们倾诉心声，但有时我们充耳不闻。他说他打拳击，还会做面包，这挺好的。他说他曾是警察，知道大便的味道，因为他吃过大便。他说他打过一个法官，差点把法官给打死了。他去过海边和沙漠，而且是在同一天里。他还会抓老鼠，不过他不杀老鼠，他抓到老鼠就给它放跑了。他说他是个矿工，他会挖矿，他说他见过海豹，见过海豚，他还有一个心胸宽广的学徒。他养过一只小狗，后来那只小狗跑到他姐姐家去了，再也没有回来……这些都是他献给我们的回忆，他说得太多，咱们的身体都吃不消了。他说三维的灭亡只是四维的异化，他说他诞生，他又死去，在这年头，像他这种干脆利索的人真是越来越少见了。

　　我们正忙着探寻他的秘密，有个穿格子裤的人走到我们旁边，他是农舍的会计，他说话清清楚楚，低声对我们说，我看，他是个耐不住寂寞的人。正说着，就有人给这个美男子端水来，水喝到一半，他的鼻子就开始流血了，他抬头往回跑了一会儿，被我们叫回来了。我们说问题并不严重，并告诉他不要太担心，他说谢谢您女士，问我们到底是不是医生，是不是在骗他呢？特格舍大夫点了点头，后半场他又问了我们一次。见他流血，乡亲们都昏迷了，只有农舍的会计有些高兴，嘴里还哼着小调，他有些讥诮，有些欣慰，却又带着几分实话实说的感性，他边走边笑话这个可怜人，哎呀，您怎么了，死了就别想了，来之前吃了菠萝吗？他还脸红心跳地说，您刚才走进来，我就在想，我一定得把您请回家去，我太太也想要见见您，您是个数一数二的好心人。咱们都想见见您，一定得把您请到家里去，咱们想了好几天了。

这时候，这白嘴唇的男人又显得太无辜了，他露出不解的神色，在午饭和久违的朋友之间，他用心声说，"你无凭无据的……你们太把我当回事了。怎么了，为什么要见我？奇怪，我一个普通人，我有什么稀奇的，我就是个普普通通的人，为什么想见我呢？"他一边说一边自己吃惊起来了。

会计笑着对他说，您竟然说自己是个普普通通的人，我看您不是个普通人，你带领普通人朝您的方向发展，您培养人，正因如此我才想请您去我家里坐坐。如果别人不开心，或者别人看起来不开心，那您一定不开心，因为你把人当人，却又不把他们当作完全的人，您有一种不可动摇的想把人看透的欲望。您没有责任的概念，这使您不至于太过劳苦，但您有至死不渝的关怀人心的愿望——这也是您轻松、自在、快乐、自信和满足的秘诀。每个人都喜欢您，那说明您不是普通人，每个喜欢您的人都一定不是普通人，那您怎么解释您是普通人呢？人家只会用新知识和旧知识来取笑你，他们隐藏了真正的好处，但我希望您不要用新知识或旧知识来愚弄我。若是您有使命，那您唯一的使命就是不要让您遇到的人感到自卑和卑微，您必须让他们感到高贵，您必须有这种能力，您必须告诉他们他们的价值。好心人，您得告诉他们他们是独一无二的，让别人感受到自己的尊严，这就是您的使命……我们的会计还没说完，这个擦着血的可怜人就朝他啐了一口，说：你爱我的心，我怜你的色，反反复复早该腻了。会计闻言，瞪了他一眼，没多久他就拿着账本走了。

　　他原本安安静静的，会计走后又活蹦乱跳的了。他突然趴到地上，吓了我们一跳，只见他又摸又蹭，摸了一手的泥巴和稻草，然后他又坐了回去。他直勾勾地抬起头，盯着头上的灯看。我们想和他说会儿话，但是他又自顾自地脱掉了他的鞋子和袜子，他用手捏着自己的脚趾说，哎呀，哎呀，我的脚趾里好像有一根钉子。好疼啊，好疼啊，他翻来覆去地看自己的脚，一边咳嗽一边看，偶尔还直勾勾地盯着我们。我们走过去，翻了翻他的脚，摸了摸他的脚，问他，您觉得哪里有钉子呀？他指着他的大脚趾说，就是这里，你们没有看到钉子吗？我们说，没有钉子呀，你怎么可能感觉到痛呢？他说，真的有钉子，我从刚刚走进来时就觉得疼了，只是人太多，我没有说，我现在一进来就疼得受不了，所以才把鞋子和袜子脱了，你们快点摸摸我的脚，钉子是不是已经进去了？我觉得钉子扎得特别紧呢，您不能把钉子拔出来，因为钉子已经陷进去了——医生，快帮我琢磨一下吧。

　　我们还在帮他看钉子呢，他又开始说话：也说不定，你朝天打出去的子弹，六十年后又打在你的胳膊上，谁也说不准呢。

　　"你放心，没有钉子。"我们安慰他，他的女儿则一言不发。旅客边吃边啜饮曲酒，他们吟唱往事，以撼动他的哀思。突然间他不再害怕这根空灵的钉子，他重新站起来，沿着裂开的边缘往上走，他走在地毯上，鞋底还有一些潮湿；他站在门前片刻，就绕过门来对着我们哭了，他一边哭一边讲："医生，我独自在屋里。先是大雨袭城，房顶腐烂，后是闪亮的、白色的、丑陋的巨雷砸碎了我的心。紧接着我病倒了。她们说有一首诗，你可以照着读，读完病就好了。可我就是看不懂纸上的字。"

我们这儿的商贩都离开了，余下的商人从春天开始相爱，如今这爱的面孔已经干涸了。因他与孤独长谈，大家就都觉得他是个寂寞的好人，所有人看到他都哭了，农舍里的人们也为他感到难过，他们看着他哭，问他为什么不吃钙片？大家都为他觉得不值得，可没一个人听懂他到底说了些什么。他们围着他打转，喋喋不休："您病倒了，是因为您太聪明了。这堵墙年代久远，人们甚至不清楚是谁建造了这座墙。这堵墙不是文化，不是战争，不是欺骗，甚至不是重量，水可以穿透它——这堵墙就是我们的聪明伶俐。为什么我们总是比我们真正需要的更聪明呢？为什么我们必须如此聪明不可呢？为什么我们要上月球？为什么我们要发明这么多的东西，发明这么多的制度，写这么多的书呢？我们为什么非得这么聪明不可？因为有钱人死后无事可做吗？我们有很多钱可以花，但没有人能够承受孤独，咱们心里都渴望太平，谁不羡慕孩子有如此平静和温柔的生活呢？"

哭过后，他送给我们一个飞吻，这蘸着空气的吻是他唯一会让出来的东西。我们突然因他是个病人而我们是医生而感到内疚，当全世界都在谈论内疚时，内疚就是关于窃喜的。他一直看着我们，我们明白他将给予我们稳定且运动式的诡计，他将在光天化日之下谈论它，果不其然，他说："大夫，医生，罩子太大，但是我一眼就瞧见你们了，这世界不能没有您，您要去哪里？今天我不打架，我要善待您，您也需同样善待我，因为我是一个病人，我是一个路人甲。"大多数时候他说的话比我们说的话要多。

"您为什么觉得没有钉子扎我？"他问特格舍大夫。

"因为没有钉子。"

"您是如何判断的？"

"我没看见钉子。"特格舍大夫耸着肩说。

"那您看见我满头的玫瑰花了吗？"

"哈哈,我可没见着。"

"的确有钉子,深深扎进了我的脚里。它还踢了踢咱们的腿,它警告我,它威胁我,叫我向我平静的心告别,它让我学会玩得开心,还得坚持下去,说来很奇怪,它们偏要我在学会如何极尽享乐的同时学会如何忍耐。它们有呼吸,还漂浮在水面上——它们就是这么厉害哩,大夫!若是我过于惧怕它,甚至依赖它的话,我很快就会成为它的小跟班。您是个医生,您一定明白,对于我这样的患者,您的诊所都太小了,我这类人需要更加复杂的刺激,更加广泛的互动——像我这类病人,您必须把我安置在更加宽广,更加复杂的环境中才可以找出我们的真正病症。我已经受够了,咱们都是精英,虽然咱们住在棚屋里,且我们不是在等待新的,而是在寻求新的……您肯定在心里头研究我呢,您得给我安排一个宽敞的病房,您一眼就看出我的毛病了?"他没打算翻页。

"没有钉子。谁都没看见,您进来时还好好的。"特格舍耐心地说。

"可您的意思是,只有眼睛看见的才是真的?"他惊讶地说,"我觉得恰恰相反。"

"说一说。"

"人只能看见他认为是真的东西,而这不能证明,这件东西本身是真的。"

"有道理。"特格舍点了点头,悄无声息跟着他。

"您只能看见您认为是真的东西,以此类推,有时候我们得去看点用眼睛看不见的东西。若是只去依赖眼睛,只依托于眼睛的判断,靠着眼睛审判一切,那便是在幻觉之内审视幻觉,在平白无故中耗费了精力,人便会变得僵直、刻板,严肃古怪。有很多东西可以用眼睛看到,但也有很多东西是用眼睛看不到的……有一类愚昧的人,这样的人想要杀死与其意见相悖的人,这种人并不少见,不对吗?这种人,我们统称为愚昧的人,但凡有意见不同的,他们就想搞死对方,这些人都是依赖眼睛的人。我们一来,您就在照顾我们,可我们反倒是想为您效力哩,医生!"他又说起效力的事情,还说狗有足够的时间来听故事。

"正因为我们是医生,我们更应该为您效力啊!"特格舍笑言道。

"您决心研究研究我了?"

"不,没什么好研究的,您就放心吧,您什么毛病都没有。"特格舍大声吆喝着。

"您是个医生,您觉得人为什么会生病?"他又问。

"有先天性因素,也有后天的。"

"您说得对,我认为,流动的水不会腐朽,不会滋生病菌。人也一样。"

"细细说一说吧。"

"总而言之——人之所以生病,是因为太守规矩了。人太有规矩了,才会得病。我也是这样。"

特格舍拍着腿大笑了起来:"哈哈,谁都可以这么说,可你……我们刚才可都听着呢,您的经历多么丰富多彩,您看着可不像是什么守规矩的人啊!您当过强盗,当过警察,还殴打法官……"

"但我是最守规矩的。"

"您守了谁的规矩?您依据谁的心行动?"

"医生,我遵守我的规矩,我依据我的心行动。"

"所以你过于遵守自己的规矩,因此生病了?"

"是的,就是这么回事。对,这么说或许有些模棱两可。但是简而言之,就是一句话,这句话就是——我应该怎么样,别人应该怎么样。总是想着,我应该怎么样,以及别人应该怎么样的人,就是守规矩的人。我厌倦了这颗死去的心。孩子们是流动的。我只盼望着孩子们不要生病,我女儿说我的香水闻起来像屎。她妈妈叫我不要任由她淘气。每次我要走的时候,她都说我原谅你。我原谅你,我原谅你所有的错误。也许别人不会原谅你，但我会原谅你。别人可能会向你抱怨，但我不会向你抱怨。你可能说过一些可笑的话，做过一些自私的事情，你伤害过一些人，你也被伤害过。有些话无法收回，你做了一些错误的决定，但我会原谅你。她多好，别人都恨我，她不是……我们为什么要审判对错呢？医生，咱们的规矩在不断变化啊。我们根本没有一个固定的标准，也许现在是对的，但放在几年前就是错的。即使在短短的一天中，我们的标准也一再改变……我们本就如此，更别提我们去审判别人的对错了。她点醒了我，她是我的老师，她叫醒了我，她提醒我，我是需要点什么的……对，刚才您又把我看透了。我有病，您也是，谁都逃不掉，我们都是病人，都是医生。"

"我们生了什么病？"特格舍细问。

"我们原本站在台子上……"

"什么台子？"

他直起了腰，吞吞吐吐："好大夫，是阅兵……咱们几个站在台上看阅兵。"

特格舍思索片刻，说道："我不记得曾与您一起参与阅兵式。"

"您经常和我在一起。我们时常在一起。您想，士兵们整齐划一地走过，每当我们有一个想法冒出来，就让它变成一个新的士兵，让士兵前进。我们站在看台上，当士兵前进的时候，我们就一个个看他们，静静地看着，不会妄加评价。当我们沉醉于某个想法之中甚至走到士兵面前时，我们要警醒，因为我们挡住了他们的路，我们得跑回来，跑回我们的看台上。我们有我们的规矩，那就是不要爬下台去干扰士兵们前进，也不要试图去消灭某一个士兵，或是对某一个士兵评头论足，要记住我们只是看台上的人。我们唯一的任务就是站在看台上看这些士兵。除此之外的我们不做。当我们冒出一个想法，比如说，'我为什么要干这么蠢的事情'，这个想法一冒出来，我们就得把它当作一个新的士兵，把他放在队伍里，让他前进，看着他离开。他们不会停止，他们永远都在前进，他们按照自己的步调在前进，永远不会停止，像是水流。一旦我们迷失，走进了他们的队伍里，我们就会被踩死。"

特格舍搓了搓脸："您怎么突然提起……你说的是 ACT 疗法？"

听到特格舍这么问，他又立刻伪装成了一个没有时间记忆的人："是的，我们都是瞎子，但您不是，只要您能站在台子上，一动不动，您就不是个瞎子。您是个天才，我们每个人都是天才，我们独一无二的天赋，我们区别于其他的任何人的一种独有的天赋，便是我们可以观察自己的思想。我们可以观察自己在想什么，我们可以思考我们正在思考什么，这是非常伟大的一个创举，您可能觉得这微不足道，甚至觉得这没什么大不了的，但这是一项非常惊人的举动，这是一种奇迹，这是一种伟大的事实，这是一种神技，这是只有神才可以办到的，如此来看，咱们个个都是神。我们可以看见每一个士兵，我们存在于这个世界上的任何一处，能够感知到这个世界上任何一处发生的事情，我们感知一切，我们观察一切……咱们得学会旁观自己。眼见为真吗？您得明白，您看到的树不是树，使树长成了树的那个才是树。"

"对对，就是树，让树长成树的那个……好极了，您得帮我们个忙，"特格舍急忙逮住了他，"接下来你会带来收获吗？"

"是的。"

"那么我们的收获是？"

"我们的收获在于付出，而不在于收获。"

"这就说得通了！"她问，"您惹了什么麻烦？"

"我瞎了。"他平静地说。

"我爸爸是个瞎子。"和他一起来的女孩也这么说。

我们都惊呆了，尤其是坐在他对面的特格舍，她瞪大了眼睛，仔细端详着他的脸，在她眼里，他多么性感，他有一双漂亮的眼睛，他那双活泼的眼睛正静静躺在眼窝里。人们对他撒谎，他反倒变得彬彬有礼，并以这类感激之情接近每一个人。在他的默许下，他身上的一切都成为他孤独的持有者，这是多么了不起啊。他就像一个温度计，随着靠近他的人们的心扉而上下跳动。他一生的工作，他用时间和精力驯服的美丽肉体，他的灵魂，他的一切，他的信仰，他的意义，就是要看透这个世界。他是一面镜子，一丝不挂；他清醒地面对她，在闲暇的欢笑中，在帷幕的残骸中，他展开一种清晰而不突兀的探索，表达着思路和寂寞。他是一个独立的人，他将访问灵魂，他将访问世界，他会取得自己的成就。可他竟然说自己是个盲人！他骗了我们。阴谋诡计。

他觉得结束了，他完成了他的任务，他像是老师那样用手揣起自己的包，把烟盒和门票塞到自己的口袋里，他郑重其事地说我要走了，然后就好像下课了一样离开了。我们赶忙追了上去，我们在后面走着，他找到我们，说他有耐心，说他看不见。我们以为他在开玩笑。

"弱视还算不上瞎子。"我们笑着说。

"我什么也看不见。"他说

"您不是瞎子，我们知道，您的眼珠一直跟着我们转呢。"

咱们的忠诚的受试者返回了，他强调我们之间的上和下，如怨如慕，特格舍便提出想要为他做个检查，他答应了。我们带着他去山上的研究所，他的女儿没有跟过来，说她就在农舍里等我们，他没有拐杖，他不需要引路人，他走起路来不需要人搀扶，他没瞎。特格舍和她的实习生为他做了几个简单的视力测试，五米远视力表检测、三十三厘米近视力表检测，散光轴检测都没有任何问题。特格舍移动自己的手指，他的眼珠跟着手指移动，甚至红绿色色盲检查他也万无一失，他的视力甚至接近 2.0，她们调笑他是个小骗子。后来她们为他的头连上设备，检查结果时，她们都惊呆了。

"这是怎么回事？"特格舍惊叫起来，"他看不见。"

"他的眼珠在动。"我们说。

"对,但是他看不见。"

"你为什么说他看不见。"

"因为脑子里——他不可能看见!"

"什么?"

特格舍指着表盘给我们看:"不止是视神经,你们发现了吗?我检查了他的大脑,视觉功能已经完全受损,他根本不可能看见东西。路都没了,人怎么可能看见光线?难道是幻视?是想象出来的?不对,他的动作非常灵活,可他的大脑已经失去了图像解析的功能。"

"他就是自己上来的,谁都没和他说话。"

"不可能。"

她执着地说:"或许是颅内出血,严重的脑外伤引起的,几乎要了他的命,视觉中枢受损……我看您唯独看不清自己的女儿。"

"他看不见,那为什么他的眼珠在动?"我们困惑地看着他灵动的双眼,"或许因为他的眼球可以看见?"

"怎么可能?图像的整合可离不开大脑……"所有人都这么说。

"就是这么一回事。他的确无法看见。他是个盲人。这点千真万确。"她收回了手指。他的眼球不再转动。

她问:"你能看见我的手指吗?"

"看不见,医生,我是个瞎子。"他说。

我们都给他吓坏了,我们沉默了很久,还试图边睡边说。我们在事故中失去了一种秘密的乐趣,还掉进了一个陷阱里。鸟装鸟也可以是圈套,此人表里不一,他表面上只向我们传达简单的信息,实际上他想通过不经意的邀请来试探我们的心情。农舍的会计猜对了,他就是个耐不住寂寞的人,他想试探我们,看看我们有没有与他合作的意向。我们的个性似乎揭示了彼此的愿望,我们认为他是一位知道自己归属的人;我们认为他在与知识打交道,但知识只能渗透他的皮肤,或到我们的内心;我们都睡在一个死人的嘴里,在一个结里。有些人想着,我们灰溜溜地走吧,没想到最后竟是他主动起身!他熟练地跳过了设备,轻手轻脚地取下了衣架上的衣服。他多美!他说他明天还来。告辞后,他毫不犹豫地推门走了出去。实验室里的人都惊呆了:"这是盲人?到底是怎么回事?这是个骗子,他看得见!他第一次来,毫不磕磕碰碰!别是你的仪器瞎了,特格舍大夫,问题在您这里!"

"他看不见。我的设备没有任何问题。"风尘仆仆的特格舍坚定地说,"我调试了很多次。"

"他看不见……他怎么知道门在哪里?他说他看不见,或许是为了逃避什么。他用了点小诡计,您是这儿最有权威的,您等着,他明天就来向您要证明。可咱们也别太惊讶,这世上的确有这种人,可以用耳朵或是皮肤看见东西,"实习生一边收起医疗器械一边说,"这世界上有我们肉眼可见的光,也有我们的肉眼看不见的光——比如 X 射线,也比如宇宙微波背景辐射,你们看宇宙微波,这是宇宙最古老的光,这当然也是一种光芒,现在仍然充满整个宇宙,若是我们的眼睛能够看见微波,那么我们自身以及我们眼中的人无疑都正在散发出耀眼的光芒,甚至空无一物的空间也会发出耀眼的白光。它存在,无处不在,只是我们的眼睛看不见。他说他看不见,但言行举止全无盲人的样子。他一定有别的本领。"

"他是吗?他看得见这种光?"特格舍拧起笔帽,不由感叹道,"太奇妙了!他是个大师。"

非虚构

· 茶山系列 布朗山 徐兴正

徐兴正，1976年出生。云南昭通人。主要写小说，兼及散文、文学评论。作品见于《滇池》《山花》《边疆文学》《大家》《散文》《四川文学》《青年作家》等刊。供职于云南省作家协会，现居昆明。

茶山系列 布朗山

徐兴正

南方

以后退方式前行

C384动车车厢的座位一半正向、一半反向，居中那两排之间布置了小桌子。动车启动时，我确认自己坐在反向座位上，因而，能感觉到动车以后退方式前行。后退一开始比较缓慢，前行却越来越快。这是一个关于方向和速度的悖论。乘客无条件接受它。因为轻微致幻，感觉还是微妙的。迅速驶出城市，动车确实像一枚稍显庞大的时间胶囊，而乘客仿佛是灌装其中的药粒，获得同样速度，朝着相同方向，在这人生的肠道里，去治愈大同小异或者千差万别的隐疾。这种治愈似乎有预期，结果也明确，因此谁都不慌张，无不表现出足够的耐心。不过，事实也可能并非如此。人生隐疾即使普遍存在，也未必谁都能意识到。而意识到人生隐疾者，也未必会去治愈它。人人都是时间的附着物，尘埃一般。乘客无非是手里有张动车票，一趟旅程才显得正儿八经，像那么回事儿。

  这列动车2023年7月4日8点10分从昆明站出发，开往磨憨站，我11点37分将在经停的设在景洪市的西双版纳站下车。我坐在3车厢19排F座位上，靠窗。我身旁靠过道的E座位，坐着一位年轻母亲，带着一个三四岁的男孩。我帮她往行李架上放那个庞大的旅行包，她道谢后让稍等一下，然后从包里取出一只折叠起来的凳子。打开，摆在座位前。牛津布座面，那种凹陷度和柔韧度，男孩坐上去应该是舒适的。男孩与母亲相向而坐，这样，他以前进而非后退方式前行。当然，男孩可能不会注意到这一点。除了这只折叠凳子，母亲还为男孩准备了一袋玩具。男孩从座位下拿出来，把袋子摊开在母亲膝头，玩具有单体的，也有拼搭的。单体玩具有大象、孔雀，也有裙摆夸张的女孩；拼搭玩具有火车、站台，也有形成闭环的轨道。既有阴柔之美，又有阳刚之气。如果男孩记忆开始得足够早的话，那么他到了回忆的年龄，就还能回想起自己三四岁时动车上这一幕情景。时间必定赋予他更多东西，他将重新理解，母亲膝头曾经为他展开一个辽阔世界。这一点很重要。而实际行程中，男孩觉得这样摆弄玩具过于无聊，不久就不耐烦了。孩子总是心大，心野，他们想要把整个世界当玩具。男孩与母亲讨价还价，索要手机观看视频。一开始，母亲没答应男孩。一番纠缠，男孩生气了，猛然将袋子推下母亲膝头，玩具散落到车厢过道上。男孩不由得哭起来，母亲为他耐心收拾玩具。男孩如愿以偿拿到手机，但动车上信号不时中断，视频不流畅，他就又哭又闹。母亲安慰男孩，比收拾玩具还要耐心。剩下来的旅程，男孩终于在母亲怀里睡着了。睡梦中，男孩偶尔抽泣一声，母亲就轻拍一下他后背，在他耳边呢喃，他又睡安稳了。这位年轻母亲的肤色、面孔、体形、身段、声音、表情、神色、举止，几乎所有方面都带有西双版纳少数民族的印记，我猜测她是本地人。男孩与母亲的区别，只是皮肤白皙一点，他身上的那些印记却更明显。这是母亲带着男孩外出一趟，乘坐动车返回西双版纳吧。这列动车终点站磨憨是西双版纳边境口岸，如果去老挝就从那儿出境。

我曾动念给这位母亲调换座位，她和男孩靠窗的话，窗外的原野、山岗、峡谷，特别是繁茂的热带雨林，也许能让男孩兴奋起来，或者安静下来。但我并没有观察到男孩看过窗外。是因为男孩出生在这片土地上，见惯了这一切，已经没有多少兴趣了？还是因为他年纪太小，对于自然界，还来不及产生好奇心？一路上，天气变化很大，阴晦有时，降雨有时，云朵飞扬有时，阳光明媚有时。这位母亲也不曾被窗外变化的景色所吸引，男孩睡着以后，她埋头手机观看视频。这样一来，给这位母亲调换座位毫无必要。如果她注意到我专注于窗外的事物，可能还会难以理解吧。而我订票时，专门选择靠窗座位，就是为了沿途有机会观察到尽可能多的事物。

布朗山是南方的南方

我此行目的地是布朗山。

布朗山不是一座山，孤山，而是一座又一座山，群山。在云南，布朗山就像无量山、乌蒙山、横断山一样，皆是群山。不用去比较谁最绵延，谁最高大。也不用去计较山系、山脉、山峰、山头之类概念，谁被写进，谁不曾被写进地理教科书。群山就是群山，群山都是群山。

还未与布朗山谋面，我这样想过。这不一定正确，还可能犯下地理学常识错误。但这种大而化之、混沌一片的想法，似乎更能吸引我。而我受到的吸引，与身旁这对母子表现出来的无视，又形成某种对照。就连这种对照本身也能吸引我。这对母子生于斯长于斯，热爱藏在熟悉里，反而被误以为无动于衷。这种可能性极大。谁"误认为"？外人。我就是这样一个外人。而我这个外人，又因为他们的漫不经心、毫不在意留出了空间，才可能更多去观察和想象。这动车窗外的世界，就好比一张信用卡，他们是持有太多资产和现金的，随时随地可以自行支配，不必动用信用额度，我则两手空空、一无所有，唯有刷卡才能支配眼前的风景，所以需要获得授信，大额授信。尽管动车所到之处足够宏大、辽阔，看起来取之不尽用之不竭，几乎可以无限授信于我，但我还是感激包括这对母子在内的本地人，仿佛他们将原本属于自己的那一份风景慷慨赠予了我。

布朗山位于勐海县南部。西双版纳州下辖景洪一市和勐海、勐腊两县，勐海位于西双版纳州南部。云南省下辖十六州市，西双版纳州在最南端。云南省位于中国西南。

所以，布朗山是南方，南方的南方。

我故乡昭通位于云南省东北部，那儿似乎自古以来就承接了一个省份的苍凉、荒芜和枯焦。在那片土地上，我自然习得的植物学经验相当匮乏，认识的树种极其有限，不超过十种。以昭通看云南，尤其是以出生地看云南，我到了中学时代，都还不敢相信地理教科书上"植物王国""动物王国""生物基因库""万绿之宗"诸如此类描述，毕竟自己身在其中的云南真不是这种地方。南方，西双版纳这个南方，消除、矫正了我的成见、偏见。南行，一路南行。动车一进入云南最南端，地理教科书的经典描述就初见端倪。没有一句夸大其词、溢美之词，南方终于坐实云南的这些美称。

一百多年前，具体是1867年10月初，法国湄公河考察队抵达这条河流上游的中国西双版纳。这支考察队由二十四名年轻人组成，其中正式成员有六名，辅助人员十八名，包括翻译和士兵。这群年轻人次年回到法国，由一位时年二十三岁、名叫加内的成员，同时他也是法国外交部代表，执笔撰写了著名的《湄公河考察报告》。这份报告写道，考察队到达西双版纳时,"景洪王国"的"国王"为他们举行了声势浩大的迎接仪式。而真正把西双版纳摆到世界面前的,则是这支考察队另一位成员,时年二十四岁的铜版画家路易·德拉波特,他为西双版纳留下了数十幅铜版画。铜版画上的澜沧江,河谷中的野象,群山中的佛寺,江两岸的茶山,茶马古道上的商队,铺天盖地的泼水节,这些景观与物象,为世人展示了西双版纳神秘而美丽的形象。

借助路易·德拉波特的铜版画,在漫长的时间里,西方人习惯于将西双版纳想象为铜版画上的一座宫殿。

这是一座热带雨林植物宫殿。

在南亚东南亚地区,稍早一些时候,西方人还发现过另外一座伟大宫殿。那就是1860年,也是法国人,几位博物学家,他们穿过茫茫丛林,拨开时间迷雾,发现了柬埔寨王国的吴哥遗址。在法国博物学家发现吴哥遗址之前,它已经荒废了整整四百年。这座荒废的宫殿,为曾经称雄一

| 十九世纪后期,法国铜版画家路易·德拉波特铜版画中的中国西双版纳(之一)

方、繁盛一时的大帝国吴哥王朝所建。吴哥王朝兴起于公元九世纪，鼎盛于十一世纪，衰败于十五世纪，它从公元802年起开始兴建吴哥王城，前后用了四百年时间，仅建成的单体建筑就达六百多座。对于吴哥王城来说，它就像吴哥王朝一样，走不出时间的宿命，耗费四百年才建成，荒废四百年才发现。在被发现两百多年来，几乎全世界都有人前往游览、观瞻、凭吊，吴哥建筑中的美学、佛学、哲学、社会学，令人叹为观止，但它毕竟是一座遗址，疯狂生长的热带植物一刻也不停歇地抢占建筑物地盘，不断蚕食它们的根基，随时准备推倒重来。可想而知，推倒之后重来的，或许不再是一座宫殿，将变成一片密林。在那里，植物和建筑物一直在搏斗，其实是两种不同类型的时间在搏斗，虽然现在还处于相持阶段，但最终谁胜谁负，似乎也只是一个时间问题。

与柬埔寨王国吴哥是一座荒废的宫殿完全不一样，中国西双版纳却是一座生长的宫殿。

在现代傣语中，"西双"是一个数词，意为"十二"，"版纳"指的是行政区域，"西双版纳"意思就是"十二行政区"。而在古代傣语中，"西双版纳"则是"理想而神奇的乐土"之意。

西双版纳属北回归线以南的热带湿润区，年平均气温在18～22℃之间，只有干季和湿季或者说旱季和雨季两个季节，这一点与南亚东南亚地区毫无区别。正是这样的气候环境，西双版纳热带雨林就像若干强大的集团军，驻守着宏大、辽阔疆土，而其他热带植物，仿佛不计其数的散兵游勇，布防到每一个据点。

如果故乡真会产生某种"规定性"的话，那么，我的身体、生命难免有一部分也是苍凉、荒芜和枯焦的。此次布朗山之行，南方带给我抚慰、活泛和滋润。从个人角度看，这超出对我的补偿（何况，凭什么要给予补偿呢），已经是一份额外、丰厚的恩赐了。

这还面临着如何定义或者说界定"我"的问题。我真就是这么一个

| 19世纪后期，法国铜版画家路易·德拉波特铜版画中的中国西双版纳（之二）

人，一个个体吗？如果仅限于个人，那么是身体的还是精神的？还是两者旗鼓相当，恰好五五分成？还是占比不同，三七开或者一九开？其实，我希望这个我，是复数的我们。这倒不是基于从众心理，而是期待身体和精神的普遍性。如果其他人和我一样，能身临其境、感同身受，多好。

至少，南方，南方的生长状态、繁茂景象、旺盛生命、热烈情绪、神秘氛围，南方的这一切，应该被观察、认识、感受到，不要被忽视、阻隔、辜负了。

茶山

西双版纳是世界的另一副面孔

这样说起"南方"，我并非从写作策略上考虑，不顾冗长、拉杂和旁逸斜出、王顾左右而言他，还不惜翻出西双版纳的时间旧账，回溯到百年之前发生过的情形，逾出西双版纳的地域范围，牵扯出它之外的事物，也要进行叙事铺垫。而是这种前所未有的经验，我感触太深，几乎是照直、如实写来。

我注意过，法国人类学家列维-施特劳斯在其最为著名、同时也最为特殊（带有自传性质）的著作《忧郁的热带》（王志明译，生活·读书·新知三联书店，2000年4月）里，曾以多达数千字容量，用一个专节来写"落日"。这位声称"我讨厌旅行，我恨探险家"的学者，"长于社会与文化的比较研究，于血族关系、宗教及神话尤有独到见解，在50年代至80年代初期主导英国、西欧及美国思想界，影响遍及社会科学、哲学、比较宗教、文学及电影的结构主义研究，位如宗师"。他这样写道："日落的第一阶段开始的正确时间是五点四十五分。太阳已低垂，但还没触到地平线。太阳一开始在云块结构底部出现的那一刹那，像蛋黄一般喷射而出，光芒四射于仍然与之连结在一起的云块上面。光芒四射之后，紧接着的是光芒回缩：围绕太阳的四周变得暗淡，在海平面与云块底端之间的空间，一整片迷蒙的山脉出现，一下子闪闪发亮不可名状，一下子阴暗而棱角峥嵘。与此同时，本来平坦稀薄的云块变成浑厚汹涌。那些坚实黑暗的形体慢慢地移来动去，背景是一片宽广火红地带慢慢从地平线上往天空的方向延伸，色彩缤纷的阶段于焉开始。夜晚的庞大结构慢慢消失。在白天里占据西方天空的庞然大物看起来好像是一块金属，其背后照着亮光，先是金黄，然后是朱红，最后是桃红。已经变形最后要消失的云块，开始被那亮光所溶解、所灼烧，被一群鬼火牵引上升。"施特劳斯也解释过自己为什么写下这些，他说："经过这么多年以后，我怀疑我能够再有这种如蒙神助的感觉。我还有机会重历一遍那样热情满怀的时刻吗？那时候我手拿笔记本，一秒一秒地记下我所见的景象，期望能够有助于把那些变易不拘、一再更新的外观形态凝住并记载下来。现在我还是对我那时的企图感到深深着迷，还不时发现我自己的手仍然在尝试。"

相对于云南东北部，以及中国整个北方，西双版纳这个南方，无疑是世界的另一副面孔。世界的多面性，在所有的脸中，总有一张脸与众不同。亚马孙河流域与巴西高地森林的落日，施特劳斯发现了它的新奇。太阳每天都是新的，不是这个意思，而是那儿的落日与别处的还真不一样。

这列动车的语音播报，在汉语和英语中间，插播了傣语。反复播报"乘客禁止吸烟"时，"公安"一词傣语与汉语的发音非常接近，或许就是根据发音翻译过去的。到站提醒播报，"西双版纳"这个地名，汉语就从傣语音译而来，而英语又从汉语音译过去，三种语言读到这个词，都温润、绵软、悠长，有如那位年轻母亲对男孩耳语，呢喃式抚慰。

西双版纳的热浪将火车站团团围住。开往终点站磨憨的动车带走一小部分热浪，绝大部分热浪留给这里出站的乘客。如果仔细听过动车天气的语音播报，乘客下车、出站，离开空调环境，对播报数据就会有切身体会，温度、湿度、风力、风向，具体意味着什么。热浪一点也不猛扎猛打，它甚至是温柔妩媚的。也不是施特劳斯所谓"忧郁的热带"的感觉，是一种你不愿意拒斥的，油然而生的，铺陈的，无边的，近乎浪漫的热忱。这种热忱倾注于你，你会出汗、兴奋，但不至于带来过度的不适、烦躁，几分钟、半小时后，可能会感觉到舒服。最明显的是，感觉到呼吸酣畅淋漓。

这些都是拜西双版纳热带雨林所赐。

这个"一"也是茶

此次布朗山之行，大益集团勐海茶厂为我提供帮助和便利。勐海茶厂驾驶员卢俊荣开着一辆丰田越野车来接站，上车后，我立即回到与动车相类似的空调环境中，身上的汗水迅速被衣服吸附，皮肤暂停沁出汗水。出现轻微疲惫感，很快过渡到同样轻微眩晕感。而这种眩晕，准确说是玄幻。来到新奇之地，感受新奇，从过往日常经验逃逸而出，一个人似乎变成了另一个人。而实际上，接下来这段时间，我们只有一些简单安排：接着在景洪市区吃午饭，中午到勐海县城大益茶庭小坐，与勐海茶厂原料部负责人李贤飞见面，然后再去布朗山，晚上借宿大益基地，那儿给我腾出一间职工宿舍，住几晚都行。

卢俊荣生于1991年，身体敦实，头发浓密，肤色黝黑，这些都是常见的西双版纳特征，但交谈下来，才知道他并不是本地少数民族，而是汉族人。众生归一，这个"一"就是西双版纳。西双版纳也可以缩小，缩小到很小范围。缩小到我们吃午饭的地方，榕树和董棕团团围住的餐馆，室内的空调，双人卡座，几份菜肴，菜肴的柠檬和小米辣味。缩小到这辆丰田越野车，车内的空调，从景洪至勐海不到一小时的车程，途中的原野、树林，偶尔能听到的虫鸣、鸟叫，倾注在挡风玻璃上的雨水。缩小到勐海县城大益茶庭，室内的空调，穿着大益标识蓝色T恤服务员穿梭的身影，窗外雨过天晴的光线……这些缩小，就像风中的树叶，将水汽收集起来，形成水珠，落在比树叶还小的地方。往常的人生可能大而不当，这时有机缘小而化之了。

这个"一"也是茶。卢俊荣母亲曾经是制茶工人，在勐海茶厂工作一辈子，现在退休了。当她还是一位姑娘的时候，就开始在勐海茶厂上班，从事普洱茶制作"成型"环节工艺，这一生，经她之手，无数茶砖、茶饼、茶坨从流水线上传送到下一个工艺环节。他出生之后，母亲用这双永远散发茶香的手抚育他。他在厂区长大，幼儿园也是厂里的，整个童年弥漫着茶气。对他来说，母亲的气息，就是茶的气息，母爱的味道，也是茶的味道。女医生的孩子，都记得母亲身上来苏的味道。不同的是，医生母亲身上来苏的味道，有的孩子可能会讨厌，而制茶工人母亲手上茶的味道，或许每个孩子都喜欢。茶味，毕竟是人间好味道之一。他本人是茶厂第二代工人,为厂里驾车,未从事茶叶制作、包装,手上不曾沾染茶气。不过,茶的气息、味道,已经是记忆和生命的一部分。茶气将弥漫他的一生,以及他的整个家庭。他父亲供职于政府部门,是公务员。他们家两代人下来,他非常清楚,在勐海茶厂上班,是西双版纳最好的工作之一。他入职勐海茶厂,是人生的重要选择。这选择是对的,好的。勐海茶厂工人收入稳定、丰厚,过着比较宽裕、有尊严的生活,令人羡慕。茶,勐海茶厂,是他们的衣食父母。他们对茶的感情朴素,真挚而深沉。

在县城大益茶庭见到的勐海茶厂原料部负责人李贤飞,以及当时到厂里来参加会议的布朗山基地的厂长宫大龙,还有后来到布朗山基地见到的副厂长陈玉寿,他们的一个特点是,都很年轻,比我要小十至二十岁,另一个特点是,都不是本地人,来自外省或云南其他地方。这说明什么呢?茶,勐海茶厂,布朗山在召唤,而他们听从了召唤。

茶在布朗山的召唤也是植物对人类最早的召唤

布朗山的召唤由来已久。

荷兰人乔治·范·德瑞姆在他一百多万字的巨著《茶:一片树叶的传说与历史》(李萍、谷文国、周瑞春、王巍译,社会科学文献出版社,2023年2月)中,从语言学角度考察"原始茶的起源"的这一部分,以语系语言中"茶"这个语素(书中使用的术语是"词根")出现的时间,来推断使用这种语言的地方,究竟是茶的故乡,还是茶的流经之地,其结论是:"茶的故乡可以被定义为这样一个地区:与历史的偶然因素导致的现代政治疆界不同,它广泛分布于从尼泊尔中部开始,跨越锡金、不丹、阿萨姆、印度东北、上缅甸、中国西南(包括藏东南)、泰国北部、老挝,并远及河内的地区。这片葱翠的、遍布山地的、语言种类极其复杂的地区是野生茶自由生长的地区,同时也是在这片地区最早发展出了茶树人工栽培。"

布朗族语言中"茶"这个语素的出现，伴随着这个族群的繁衍。同样在布朗山繁衍生息的濮人、僾尼人，以及拉祜族、哈尼族、傣族，也都是这样，语言中很早就出现"茶"这个语素。根据德瑞姆的这种推断，毫无疑问，布朗山就是茶的故乡之一。茶，在布朗族、拉祜族、哈尼族、傣族和濮人、僾尼人语言中那些最早的发音，就开始了对这些族群最早的召唤。茶在布朗山的召唤，或许也是植物对人类最早的召唤。

继古老的召唤以来，茶在布朗山不同时代发出不同召唤。二十世纪晚期，当人口流动成为可能，一群群昭通人离开苍凉、荒芜和枯焦的故乡，来到热带雨林西双版纳，其中一部分人登上布朗山。茶在布朗山的召唤，与工厂在广州、深圳和打桩机、塔吊在建筑工地、铁锹在矿硐的召唤都不一样，它只是这个语素在多个族群语言中的发音，不容易被听见，更不容易被听懂。误打误撞，歪打正着，他们就到了布朗山。原本只是过客，但

| 作者到大益勐海茶厂布朗山基地　张保强摄

茶山收留他们中的大多数人，只有少数人离开。被茶山收留的，大多数人成为大益集团勐海茶厂布朗山基地的茶农，子女成年后几乎都成为第二代茶农。这些昭通籍汉族人，学会了布朗山上一些语言，第二代茶农不再讲昭通方言。我年纪介于第一代和第二代茶农之间，身为昭通老乡，我的方言已经让他们感到陌生。他们都叫这里"万亩茶山"，它的正式名字是"勐海县布朗山乡班章村委会茶叶基地小组"。《勐海县志》记载："勐海县，系傣语地名。勐：意为平坝或区域。海：意为厉害或恶。勐海：意为勇敢之人居住管辖的平坝或区域。"布朗族语属南亚语系孟高棉语族布朗语支。而班章，则是"窝棚旁边有桂花树的寨子"的意思。偶然来到布朗山，这个万亩茶山1988年开始种植，三十多年过去，茶的召唤越来越熟悉，他们一直在听从。基地厂里的技术工人，也有来自昭通的。和基地昭通籍茶农不同，厂里昭通籍工人经常利用休假时间回故乡。故乡很少接收到前者的信息，后者却不时带去布朗山的消息。

这也是一种现代性回应

两三年前入职基地厂里的工人张保强，他是普洱市澜沧县人，拉祜族。2007年，他十七岁，在故乡上完初中后，应该也是听从布朗山的召唤，投奔在基地当茶农多年的父母而来，成为第二代茶农。比其他茶农幸运的是，他后来又成为基地厂里的管理人员。工作性质、方式和茶农不一样，收入、待遇较高一些。他已经娶妻成家，是两个孩子的父亲。妻子也是基地的茶农。和父母住在一起。一个大家庭，六口人。

张保强晚上下班，从基地厂里回家住。

张保强家离基地厂里只有几公里。那是茶园中间的一片山坡，集中居住着十五户茶农。房屋依山坡地势而建，在平整出来的大小不一的地块上，就像基地种植茶树一样，一排又一排，一共七排。从上而下，第一排四栋房屋，第二排只有一栋，第三排两栋，第四排又是四栋，第五排又是一栋，第六排也是一栋，第七排又是两栋。一条公路从第五、第六排之间穿过。每一排房屋前面都有道路通达，宽度和这儿的公路差不多，也被用作场院。这些房屋设计、格局、大小都相同。一栋两层，底层和二层分别是三个房间；左边一道楼梯连接一、二层，二层带阳台，屋檐盖过阳台；右边搭建附属的厨房和隔开的卫生间。一户茶农住在一栋房屋里。因为山坡落差不同，要么上一排房屋的地面和下一排房屋的屋顶在同一水平面上，要么上一排房屋二层的阳台与下一排房屋的屋檐一样高。这样一来，房屋、道路反而呈现出不规则错落，打破了点、线、面结构的刻板。而屋顶的人字形斜面和棕红颜色，又建立起持重、平稳、协调的观感。他家住最下方一排，即第七排，右边一栋房屋。这些房屋刚入住不久，每户茶农都是新家。

这是布朗山基地茶农第一期安居工程，由大益集团出资修建。

| 西哈寨新居，由大益集团出资建设，十五户茶农入住　　李贤飞摄

基地的厂长宫大龙、副厂长陈玉寿和工人张保强一起，去这儿走访。他们带上了我。

傍晚，天色尚早。下着雨，不过雨很小。十五户茶农都回家了，大多数正在准备晚餐，也有吃过晚餐的，还有已经到卧室休息的。选择这个时间走访，好处在于都能碰到茶农，几乎一户也不落下，而且又不至于过分打扰他们。

宫大龙、陈玉寿和十五户茶农户主之间都熟悉，张保强更不用说，本来就与他们住在一起。只有我是陌生人。

宫大龙、陈玉寿和茶农交换看法，讨论茶农的三轮摩托、二轮摩托分别停放在哪儿，汽油桶存放在哪儿，农具又摆放在哪儿更合适。这个合适，包含了安全、有序、方便、整洁多层意思。随着讨论的深入，他们与茶农逐渐达成两点共识：一是在房屋左边楼梯下加装一个角铁焊接的筐子，用来存放汽油桶；二是如果房间够用的话，将右侧靠近厨房的房间作为杂物间使用，在杂物间最好布置一些搁物架，农具摆放到一个角落里去。这样，合适的意思，就更进了一层。

这些是生产延展出来，生活予以接纳的部分。

至于生活，居家生活本身，比方说：房间如何划分功能使用？杂物间就不说了，客厅如何布局？卧室、主卧、次卧、客卧怎样布置？衣柜如何放置？衣物、被褥如何整理收纳？厨房如何完善功能用途？卫生间如何将洗脸台、洗衣机安置妥善？宫大龙、陈玉寿挨家挨户看了个遍，终于发现其中一户做得稍微好一些。就连张保强家里，也习惯将干净衣服和脏衣服一股脑儿挂在窗框上，房前屋后多处散落着本该作为废品或垃圾处理的啤酒瓶、编织袋等物。为此，张保强的妻子很不好意思，向宫大龙、陈玉寿报以羞涩的微笑。天黑后，张保强开车送我们返回基地厂里。途中，宫大龙、陈玉寿商议了一番，他们打算物色一两位女工人，帮助做得最好的那一户茶农，教会女主人更好地打理居家生活；然后，再让其他茶农去她家参观学习，掌握最起码、最基本的方法技巧。

这些茶农大都从一个叫西哈寨的地方，寨子里干栏式、窝棚式旧居搬过来。他们过去一直居住在那里，有的甚至居住了几代人。入住西哈寨新居以后，基地希望帮助他们在此新建一种与房屋、环境相适应、匹配的生活方式，更加接近外部世界、现代文明的生活秩序。

茶在布朗山召唤，这是一种现代性回应。

德瑞姆在《茶：一片树叶的传说与历史》中写道，"全球茶叶产量每年都远远超过了四百万吨，除了水之外，茶已经是我们这个星球上喝得最多的饮料"。他从人类经济学、社会学、文化学甚至宗教、哲学、美学角度考察，发现茶对经济、社会和文化的影响是历史性的，也是世界性的。他还研究了茶和中国道教、禅宗的关系，茶和中国诗歌、市井生活的关系，茶和中国瓷器、丝绸之路的关系。也研究了日本茶道，一度时期，茶深度介入日本生活、礼制和意识，参与这个民族性格、精神和美学的构建。茶，在世界的现代性进程中始终扮演重要角色。

茶的现代性，理应包含了茶农生活的现代性。

茶中贵族

拜访班章村，不管是老班章小组还是新班章小组，与之前走访西哈寨，是完全不同的感受和体验。

打个未必恰当的比方，如果西哈寨是茶之平民，那么班章则是茶之贵族。

二十多年以前，就有人预言班章茶必然成为茶中贵族，将卖出高价甚至天价。一位德国人，Dr.Josef Margraf，中文名马悠，博士，曾经考察布朗山时就这样预言过。这位马悠博士，后来转让了班章村委会一片山林，携妻李旻果进驻天籽山，在这里再造山地热带雨林，因病去世后安葬在布朗山高高的山岗上。这位马悠博士，生前是布朗山的心，死后是布朗山的魂。这位马悠博士，和他几乎所有的预言一样，关于班章茶中贵族的预言，也都应验了。但与别的预言家不同，马悠博士再造一座山地热带雨林，其中也包含一座生物多样性茶林，这件事本身，以及他作为世界著名生态学家的身份，还有他将天籽山从一座布朗山上的山变为世界上的山，这些都对班章产生过不可低估的影响。

老班章小组、新班章小组均在一两公里之外公路入村路口修筑寨门，安排村民值守，实行"准入"制度。通过询问，清楚你前往拜访多少号茶人，经确认，才放行。这是基于多种因素考虑，其中之一：采茶季节，杜绝鲜叶从外部流入班章，保护班章茶的信誉和消费者的利益。

还是张保强开车，宫大龙、陈玉寿和我，去新班章小组。在离大益基地不太远的途中，一个楼房林立的寨子，叫坝卡囡小组。楼房大多三层，也有更高的。每栋建筑面积都不小，如果在镇上或城里，一个小单位办公差不多够用了，但在这里，只是一家几口人居住。陈玉寿认识一位名叫大图的拉祜族人茶人，我们就去拜访他。

对方接听电话，陈玉寿问："大图，在家吗？"

"在。来喝茶。"

大图家在公路正下方，他从家里上来，来到更靠近公路的一栋楼房顶楼上。顶楼加盖了屋顶，空间极高。一半用作茶叶晒场，屋顶是玻璃瓦。架子席面上还晾着茶叶。一半靠着一面墙壁，茶台就摆放在这边。大图也是年轻人，坐下来泡茶。

今年大旱，茶叶采得少。

现在终于下雨，接下来还会生长好多茶叶出来。

古树、大树混采，茶叶公斤单价七千元。古树单采，价格就更高。

我只顾了解这些，忽略了一个礼节：大图把过了一遍冲茶水的公道杯放到我面前，让我嗅一下停留在公道杯里的茶气。陈玉寿提醒我，我匆忙中嗅了一下。

边喝茶，边聊天。

大图起身那一刻背对着我，我这才注意到他短袖T恤衫背上印着一个醒目的标识："老班章五寨64号"。

大图这样的标识，新班章小组途大的短袖T恤上也有。"班章村90号"。数字使用了大写。途大出门接我们，一转身，带我们上楼，就看到短袖T恤背上的这个标识，比大图那个更醒目。

新班章小组我们没有认识的茶农，途大是大图介绍的。大图给途大打了电话，我们顺利通过寨门，来到新班章小组。途大住宅非常容易找到，看得出来是刚落成的新居，外墙正立面也有"班章村90号"这个标识，白底，红字，比镇上或城里牌子上的单位名称还要显眼。环顾左右，发现新班章小组每户茶人都这样，所以无论找多少号茶人，不用打听，都能找到。途大和大图的名字容易混淆，他身份证用名、汉语名字叫杨东升，哈尼族，两人是生意伙伴、好朋友。

"班章村90号"茶人途大家的住宅确实是新建的。我们看来，住宅气派，宽敞。场院就在公路边上。穿过场院，爬上台阶，进入一楼。一楼就像酒店大堂，面积足够大，高度足够高，悬挂一盏庞大的呈螺旋式上升状的吊灯。客厅在二楼，比中小学一个标准人数的班级教室还要大。而一二楼之间的楼梯，也几乎和中小学教学楼楼梯一样宽大，多人并排通行而不至于拥挤。二三楼之间的楼梯也是这样。不过，途大认为，他家这个建筑规模，在整个新班章小组处于中间偏下水平。途大生于1996年，夫妻俩与父母住在一起，一家四口人。途大是班章村90号的主人，早在新建房屋这件大事开始之前，父母已经完全放手，交由他当家作主。房屋落成，年轻人喜欢快节奏，途大用三个月时间完成装修。装修团队来自广东，方案、材料也来自广东，家具、灯饰、窗帘还是来自广东。我问，花了多少钱？途大说，不多，不到三百万。途大一家住进来几个月，隔三岔五总有人登门拜访，邻居前来参观装修。途大认为他家的装修风格，怎么说呢？属于低调的奢华，比如我们喝茶的这个房间，背景墙、文化石，就非常不容易照搬，即使搬过去也未必匹配。

我们喝茶的这个房间在二楼，客厅旁边。途大说，小了一点，这几个人还勉强可以，人再多就不合适了。我目测了一下，其实接近二十平方米，足够大了。

在我提议下，途大将我们带到三楼，看一下"正式的茶室"。相当于我们喝茶的这个房间的两倍，真够大的。大而得当。毕竟这是在新班章小组，途大家的茶叶年产量一两吨，这些带来巨额财富的茶，才是真正的主人。茶台其实是一扇门板，曾为深宅大院的大门，太大了，至少占据茶室面积三分之一。这可能是途大家里唯一不是来自广东的家具。门板是几十年上百年的那种，还完好地保留着门轴两端的铁套。铁套上有些许锈迹，但更多地方散发出光泽。途大说，门板两扇，兄弟分家，一人一扇。那么，这可能是他们祖宅的大门。祖宅拆了。我回忆了一下刚才进到新班章小组的印象，感觉整个寨子都在翻修。

从途大家离开，我再次注意到，场院的一角，开挖了地基，堆放着建筑材料，一群工人正在忙碌。而在喝茶时，途大就说起过，他不满意总是将茶叶晒场搭建在屋顶，要专门建造独立晒场。

我们又到一个叫老曼峨的寨子，我去看茶园包围着的佛寺，然后返回基地厂里，未能再到老班章小组，因为暂时不知道能去拜访多少号茶人。

去老班章小组是两天后的上午，午饭时分。李旻果女士带我去的，开车的小伙子叫赵俊，他生于2000年，刚从云南大学环境设计专业毕业，保山人，入职天籽山，任李旻果女士助理。我们拜访的是已卸任老村长杨之学，并有幸在他家里吃午饭。不同于新班章小组途大的情形是：杨之学住宅外墙正立面和门头上都有标识，分别为圆形和方形，圆形标识里，在"老班章108号"之间，设计了一个"杨"字和一支二叶二芽茶叶图案进去，还放上"唐姐"和她的手机号码，方形标识则比较简洁，将"老班章108号"设计成两排；一楼会客厅墙上也有标识，是加上一圈木框装饰的那个圆形标识，省去了"唐姐"和她的电话号码；他也穿短袖T恤，但不是特制的，没有标识。这天上午，我们在天籽山参与种树，直接从林地上过来。我的塑料洞洞鞋底上凹槽又密又深，塞满了泥，在大门边自来水管旁清理好久，才好意思进去。赵俊的皮靴底上泥也多，不过不像我赤着脚，穿有袜子，他脱下鞋就进去了。李旻果女士长筒靴靴帮、靴底上也有一些泥，但她没在意。杨之学都不在意这些。我落座时，他们三人开始喝茶了，李旻果女士告诉我，错过了从公道杯里嗅茶气，我又失礼节了。

杨之学住宅位于老班章小组村口。这种位置，就是人们常说的"龙口上"。我们谈笑起来，他却笑而不语。与坝卡囡、新班章小组一样，老班章小组也处于不停翻修之中。茶人的编号，是从边民证编号、户口登记住址编号来的。因为茶，这里户口管理极其严苛，杨之学任村长（村长这

| 作者与天籽山主人李旻果女士拜访老班章108号茶人杨之学老村长　　赵俊摄

个职务,一些年又称为村主任)那些年,老班章小组 134 户茶人,现在是 136 户,仅增加两户,可以说长期稳定。在一楼会客厅,老村长坐在他那个位置上,看向窗外。屋顶上的晒场和茶人,街道上的挖掘机和工人,这种兴盛与繁忙景象,即使在镇上也是少有的。在布朗山,特别是在班章村,留住了几乎所有人。大学毕业,考上公务员,也有辞职回寨里继续当茶人的。积累了财富,到外面投资的,绝大数时间还是生活在寨里,守着古茶树、大茶树(比如,我们拜访过的途大,就到勐海投资酒店业,仍然常住新班章小组)。我想起刚才经过老班章小组又一个寨门之后,见到了云南省农村信用社设在这里的营业点。布朗山流传着老班章小组过去的一个故事:茶叶售卖之后,如果天气放晴,茶人往往会守在家门口晒钱。这里空气湿度较大,纸币难免受潮。据说这也是云南省农村信用社到这个寨子设立营业点的原因之一。又过了一些年,茶人几乎都购置除湿机使用,保证茶叶干燥。茶人家里不再存放大量现金,要不然,也可以给钞票用上除湿机的。线上支付普及之后,这个营业点的业务不再拥堵。这时,杨之学住宅窗外,阳光直射在老班章小组房顶和街道上,那些玻璃瓦的反光,还有挖掘机挡风玻璃和观后镜的反光,特别强烈,李旻果女士让我拉上落地窗的薄纱,会客厅光线这才柔和下来。通过一层薄纱看窗外,世界影影绰绰。

老村长收回目光,笑眯眯地看着我们。

我问起古树茶、大树茶的产量,茶叶初制的工艺,是完成初制还是成型包装后售卖,销售的方式和渠道,搞其他投资与否,等等,杨之学均以最简单方式作答。李旻果女士不满足于杨之学给我模棱两可、似是而非的答案,据她自己所知,做了一些补充介绍,比如:老班章 108 号只有少部分茶叶完成初制后即售卖,大部分是以成品茶卖出去的;杨之学销售渠道非常广,他也会帮助老班章小组其他茶人出手一些茶叶。

这天,杨之学老村长家人均外出,一位家政阿姨准备午饭。

席间，李旻果女士又一次提醒我，想要问杨之学什么就问什么，不能再占用他午饭后太多时间了。而我，似乎更喜欢听李旻果女士和杨之学叙旧。多年以前，正是时任村长杨之学向李旻果女士推荐老班章小组一片"放牛山"，马悠博士在那儿再造热带雨林，取名为天籽山。热带雨林生态效应日益显现，曾经严重缺水的山林，如今天籽山有了八处水域。今年布朗山大旱，云南大旱，中国西南大旱，但天籽山热带雨林与往年无异，到处都是湿润的，没有一株植物枯死。天籽山出现了被称为植物活化石的桫椤，还成功培育了望天树。今天上午，杨之学也熟悉的那位老沈，天籽山几十年的护林员，带着两名工人，将低洼处被积水浸泡到的一株桫椤，移栽到李旻果女士居住的天籽山房背后。老沈名叫沈家园，曾为一名特种兵，他参与移栽桫椤时，看得出身手依然矫健。

在布朗山，我更愿意将这样的班章往事，视为一种召唤。

这种召唤，理应被听到，被听从。

天籽

应许之地

2007年的一天，德国人马悠博士忽然问妻子，你听到……声音了吗？家里安静极了，中国人李旻果女士惊讶地看着丈夫，她摇了摇头。

那时候，这对夫妇和他们2001年、2003年出生的女儿林妲、宛妲，住在湄公山庄。湄公山庄位于流经景洪市的澜沧江边，山庄的名字取自这条河流。这是一条国际河流，从中国出境后，在泰国、老挝被叫作湄公河。澜沧江的傣语意思是"百万大象的地方"，湄公河的泰语和高棉语意思是"母亲"。2000年，李旻果女士与马悠博士结婚后，从当时景洪市区郊外转让到这 15 亩橡胶林。马悠博士的身份是西双版纳热带雨林再造与保护中德合作项目的德方代表，他这年四十七岁。此前二十年，作为世界著名生态学家，马悠博士已经研究出一套群落式雨林再造模式，因在菲律宾的出色之作，改写了菲律宾的国策和林学院教材。1997 年，他获得菲律宾政府总统奖"雨林再造之父"荣誉。英国《卫报》首席环境记者约翰纳森·瓦茨评价，马悠博士的群落式雨林再造模式，"它被国际上公认为最先进的样板，……为正在被破坏的中国南方和东南亚地区森林的大面积单一种植农业提供了一种经济的替代方案。"美国加州大学伯克利分校人类学教授卡洛斯赞誉马悠博士说，"这是一个伟大的人"。西双版纳热带雨林再造与保护中德合作项目背景之一是：自 20 世纪 50 年代西双版纳出产第一块生胶以来，这里原始森林以每年 1.5 万公顷的速度在缩减。而早在一百多年前，正是欧洲人将橡胶树和单一种植方式带给了中国。在马悠博士的国家，德国大概只有两百多种植物，物种太少了。他代表德方与中方合作，怀着"通过弥补过去的错误来展望未来"的心理，以及对生物多样性的热爱，来到了云南西双版纳，推进热带雨林再造与保护项目。这对夫妇保留了橡胶林里的几株橡胶树（毕竟橡胶树也是生物多样性构成者之一），开始在 15 亩土地上再造热带雨林，并把他们的家安在这片雨林里。西双版纳植物总是奇迹般生长，七年时间成就了这片雨林。景洪市区迅速扩张，房地产热潮迅速出现。转让到这片郊外之地时，马悠博士就曾预言过。那时，他听到的声音，是尚在远处的工地打桩机的闷响，还是越来越靠近的各色人等的喧嚣？也有可能，是未来的噪声被他提前听到，就像必将发生的事情为他所预言一样。

还有另外一种解释，它也成立。这就是，马悠博士听到了布朗山的召唤。

马悠博士和李旻果女士说，我们还是上山吧。

上山就是上布朗山。

相对于景洪市区郊外、澜沧江边来说，布朗山可谓天宽地阔。

不再作为中德合作项目的德方代表，不再代表一个欧洲国家，仅仅以一位生态学家个人方式再造热带雨林，占地15亩的湄公山庄也太小了，而且业已完成，马悠博士需要一个更大的地方。但不可能在山下拿地，那儿的地炙手可热，出让价格高。马悠博士和妻子李旻果遍访了布朗山。当时，老班章小组是班章村的偏僻之地，时任村长杨之学推荐这片山林。这儿也是整个班章村唯一能够捡拾到绿孔雀羽毛的地方。这意味着神灵到这儿游荡，还作过短暂逗留。但另一方面的事实是：多少年来，村民轮歇烧山，为的是让牧草生长起来，好到山上放牛。山林稀疏，许多物种都被烧没了，只剩下青冈这样的树种。青冈籽壳带刺，遭焚烧后裂开，种子跳脱出来，掉落灰烬间，侥幸的那些能得到新生，再长成树木。这片山林没什么稀奇，对村里来说可有可无，放在班章村手里意义也不大，十分愿意出让。在马悠博士眼里，这儿的万代兰都要灭绝了，山地热带雨林必须再造和保护。马悠博士回德国处置了个人财产，将这片山林转让过来。马悠博士和妻子李旻果，有时还连同他们的孩子，一起在这里再造雨林。不久，也在雨林里安了新家。

李旻果女士相信老村长杨之学说过山林的那句话，如今，她深信这片热带雨林里已有绿孔雀了。

李旻果女士深信，马悠博士从一个高位就是异于、超越世俗意义的位置，以近乎全知的视角，拣选了这片山林，在这里再造山地热带雨林。这儿是中国，这儿是云南，这儿是西双版纳，这儿是勐海，这儿是布朗山……要在中国文化，以及他们愿景之中，给这儿取个名字，那么，最合适的名字莫过于"天籽"。2010年1月26日，马悠博士在天籽山突发心脏病去世，但他并非撒手不管天籽山。从此，马悠博士变成了两个他：一个他不曾离开，长眠于天籽山，驻守天籽山；另一个他去了天国，在天上，还守望天籽山。

| 马悠博士　李旻果摄

　　天籽山热带雨林6666亩，其中666.6亩为森林式茶园。这两个面积，是近乎偏执地测定、界定出来的。茶树种植疏朗，好多都长成大树了。只要这儿是应许之地，给森林茶园足够长久的时间，它们都将成为古树茶。遵循生物多样性原则，茶树并不完全连片种植，总是间有其他树种。无论如何，茶园也决不再扩大，控制在总面积的十分之一。天籽山房，马悠博士生前住地，虽然经过扩建，主要还是整修，院落、房屋整个占地面积并不大，在这片热带雨林里几乎可以忽略不计。更小的是已经废弃不用的两层木头房子，如今就在进入天籽山腹地的路旁，全家人曾经住在里面。旧址，保留它。为了纪念过去的一切，也为了预示现在的开始，在天籽山房上方，修建两层木屋。占地面积可能是天籽山房院落的七分之一，比较小。这个木屋取名巽屋。巽，在《易经》里有风的意思。那儿的地势，天籽山落日，余晖从巽屋屋顶退去。天籽山日出，最先照到巽屋上。巽屋旁边留出小块空地不种树，李旻果女士和女儿林妲、宛妲会在那儿看日出日

落。在天籽山边缘筹建的"天籽聚落",占地最多30亩,建筑面积将不超过5000平方米。与天籽山房、巽屋不同,天籽聚落是与有心人、有意者分享热带雨林的,外人到那儿可以小住几日。

天籽始于斯

马悠博士和李旻果女士夫妇,以及女儿林妲、宛妲,他们浪漫而传奇。

李旻果女士总是称丈夫为先生。

她说:先生其实是一位艺术家。

1999年,香港文汇报记者李旻果女士在中国昆明世界园艺博览会上,见到德国生态学家马悠博士。李旻果女士采访过世界精英、名流,马悠博士之所以令他印象深刻、感受亲切,是因为他是一位生态学家,而她父亲作为一名工程师常年在四川攀枝花等地工作,很小就鲜有父母陪伴,在外公的花园长大,树木和花卉成为她的云南血统和生命记忆。这次采访完毕,马悠博士表示要送给李旻果女士一份礼物。这份礼物十分特别:在酒店大堂旁,马悠博士向李旻果女士献上一支钢琴曲,然后,他向她求婚。这一年,李旻果女士二十九岁。

结婚后,在湄公山庄、天籽山房,通常是,马悠博士弹钢琴,李旻果女士唱歌。有时,他俩还会喝上两杯红酒。

日常生活中,马悠博士总有一件事乐此不疲:采摘鲜花,插在妻子头发上;妻子不在身边,就放在她枕头上。

李旻果女士外出,马悠博士总是将他在热带雨林最新录制的天籁之音放到她的包里,方便她随时播放。

她说:我带你去见先生。

马悠博士去世十三年了,墓地上,当年的小树都已长高长大,唯一一棵过去历次烧山中侥幸存活下来的青冈，如今非常高大，目测一下，树高相当于巽屋的屋顶，而树干之大，李旻果女士双臂勉强可以合围。几乎所有树木上，都附生着一种叫作万代兰的兰花。当年，万代兰还特别珍稀，如今天籽山热带雨林生态环境已经非常适宜它们生长了。马悠博士尤爱万代兰，次女宛妲的名字，就取自这个谐音。长女林妲的名字，也是一种兰花名称的谐音。除了万代兰，墓地还种着其他好几种花卉。它们陪伴着马悠博士。

好几年时间，李旻果女士经常到墓地陪伴先生。墓地上砌有一方茶桌，她在那儿沏茶，斟茶两盏，一盏敬先生，一盏自己喝。阳光从树叶间隙投射下来，有时恰好照到茶壶、茶盏和她手腕上，光斑随风晃动。夜晚，她也曾在这儿久坐。明月当空，天籽山一片寂静，有时月亮也会被云朵遮挡，墓地光线变暗。这些场景，不完全是凄美，其实也有欢乐。

我见到，在树林掩映的高高山岗上，马悠博士坟墓基座是红色砖块砌

| 马悠博士墓地　李旻果摄

成的星形，上面爬满苔藓，仿佛整座坟墓就是一种从山坡上生长出来的植物，附加在他毕生再造和保护的生物多样性之上。墓碑上镶嵌着马悠博士肖像，卷发，大胡子，既是老成的面孔，又是孩童的笑脸。马悠博士生卒时间是：1953年4月3日—2010年1月26日。墓碑上刻着的，不是"马悠博士之墓"，而是"马悠博士之苑"。墓碑上还刻着：天籽始于斯。

墓地前方安放着一块巨大龟形石头，上面刻着：马悠博士的夙愿是理宇宙生态之系统，解生态景观之玄秘。

她说：先生安葬，出现异象。

马悠博士去世太突然了。中午，外出普洱的李旻果女士给丈夫打电话，只为问问他，西双版纳是否也是雷电交加，天气异常？马悠博士安慰妻子，没关系，或许马上就变晴天了。一小时之后，李旻果女士接到林妲电话，女儿说，爸爸走了。

李旻果女士为丈夫守灵三日。

她为他捡拾骨殖，为他收殓入棺。

给马悠博士送葬那天，从清晨起就是一个晴天丽日。布朗山来了好多人。棺木运送到墓地等待下葬，忽然之间天空出现云团，又大又厚、又紧实又沉重的云团，笼罩了整座天籽山。也是忽然之间，云团又出现一道口子，太阳的光柱，就那么一束，明亮而柔和，几乎竖直地照射到棺木上。光柱略大于棺木盖子，周边的小块泥土也被照射到。还是忽然之间，光柱里开始出现蝴蝶、草蜢、蛾子和所有有翅膀的虫子，左右穿梭，上下翻飞，然后停留在棺木上，最终几乎覆盖整具棺木。棺木放入墓穴之前，它们被小心翼翼拂下，落在地面上，久久未能散尽。

这座山可以收留所有的魂

她说：先生去世后那么几年，几拨人觊觎过天籽山。

与别的女孩不同，爸爸去世时林妲、宛妲只有九岁、七岁，但在她们记忆中，马悠博士生前每次出门，不是吩咐妈妈陪伴好女儿，而是交代女儿照顾好妈妈。

马悠博士，这位父亲，他带给女儿善良、勇敢和智慧。

天籽山又一次被烧山。李旻果女士外出，十一岁的林妲和姨妈守山，和工人一起救火，大火烧到马悠博士墓前，熄灭了。森林公安接警，上山，到场。林妲筋疲力尽，坐在变冷的灰烬上，一脸尘土，面向一队警察叔叔。警察叔叔问：有没有看到纵火者？林妲回答：只看见火，看见起火了。询问到这里，林妲轻声说：这里的每一株植物在别人看来不算什么，但是对我们来说它们很珍贵。这次烧了，我妈妈回来还会继续种的。我希望这样的事情不要再发生了。警察叔叔的声音也轻下来，表示这次会查明情况，以后也会保护好这儿。

这确实是天籽山最后一次被烧山。

李旻果女士被又一次约去洽谈天籽山的去向，这次，七岁的宛妲与她一同前往。那天的谈判僵持许久，耗到深夜，一直在外面等待的宛妲冲进来，将妈妈推到门外，关上门，她自己来谈。不到三分钟，宛妲就开门出来了，让妈妈带她回家，回天籽山。宛妲向妈妈宣告，她谈判结束了。她的谈判方式是：让对方，以及在场的每个人，都要发誓，谁也不可以夺走天籽山。

林妲、宛妲在湄公山庄和天籽山热带雨林长大，与植物为伍、动物为伴，有时一整天消失在父母视线之外，幸运的是，她们从未受过伤害，平安，健康，喜乐。林妲、宛妲不曾接受完整、系统的学校教育，就像热带雨林一样自然生长、"野蛮生长"，但基于她们的禀赋、自律和努力，姐姐学习哲学、医学，已经成为一名不错的中医，妹妹则通过严苛招录考入北京舞蹈学院附中学习舞蹈，现在是崭露头角的演员。早在2011年，林妲、宛妲就出现在"中国达人秀"节目上，后来又在人民大会堂唱了一首《地球之歌》，这些都与天籽山紧密地联系在一起。之前一年，2010年1月，《时尚先生》杂志为他们一家拍摄一幅全家福刊登出来。在国内，国家地理出版社、新世纪出版社出版过诗文、绘画集《雨林精灵》和《找到回家的路》。在国外，这两部书外文版也出版了。它们的主要作者当然是林妲、宛妲，马悠博士、李旻果女士将他们有限的参与视为给两个孩子的成长礼物，书中第一主角固然是天籽山。中国最著名的肖像摄影师之一，肖全从2013年4月开始到天籽山拍摄林妲、宛妲姐妹，跟踪拍摄六年后出版《肖全和妲妲的世界》，被评为2020年度最美的书。肖全的跟踪拍摄还将长期持续下去。

这是中国的天籽山，也是世界的天籽山。

马悠博士曾在湄公山庄和天籽山房建立实验室，李旻果女士也曾将原料来自天籽山的植物精油送往欧洲检测。世界生态科学界朋友，在马悠博士生前身后，多次到天籽山拜访、拜谒。这些年，就连文艺界，也有不少朋友慕名来到天籽山。旅居云南的作家马原，拜谒马悠博士墓地，他说：这座山可以收留所有的魂。

天籽山热带雨林让我想起拉丁美洲作家笔下，那些偏僻之地，其实它们都在"世界上"，因为那里有火车通往，也有实验室，还有教堂。

2023年7月6日晚，我有缘留宿天籽山房。

李旻果女士和助理赵俊与我聊到深夜。院落里用于照明供电的发动机耗尽既定油量后，停止了轰鸣。窗外，虫鸣，繁复的虫鸣，让天籽山终于陷入寂静之中。气温开始变凉，赵俊往壁炉里加进最后一段木柴。李旻果女士打开音箱，连接蓝牙播放林妲的英文歌曲。我几乎不懂英文，林妲唱第一首歌的时候，李旻果女士在我采访本上写下歌名：*Back to you*。后边再唱，她就不再写歌名。我感受到无边的神秘，还有巨大的喜乐。一曲又一曲听下去，李旻果女士轻声说：林妲每首歌都是写给她爸爸的。停顿了一下，李旻果女士又说：马悠先生……可能是为了弥补我听不懂英文歌曲

| 雨林精灵林妲　周赛男摄

| 雨林精灵宛妲　周赛男摄

非虚构　茶山系列 布朗山

的遗憾,李旻果女士最后播放了一首中文歌曲,她说明了一下,这首歌,在家里林妲随口唱、她随手录下来,未经专业制作。林妲唱的是苏轼《水调歌头·丙辰中秋》这首词:

明月几时有?把酒问青天。
不知天上宫阙,今夕是何年?
我欲乘风归去,又恐琼楼玉宇,高处不胜寒。
起舞弄清影,何似在人间。
转朱阁,低绮户,照无眠。
不应有恨,何事长向别时圆。

人有悲欢离合，月有阴晴圆缺，此事古难全。

但愿人长久，千里共婵娟。

李旻果女士为我续上茶。天籽山茶。话题转移到茶上来，她说：

天籽山森林茶园未受今年干旱任何影响，茶叶质量、产量和往年没有任何不同，是森林庇护了茶树。

这种庇护，说明天籽山是布朗山的挪亚方舟。当然，庇护的不光是茶园。2023年初，天籽山启动中科院首个水体生物多样性检测研究实验，从监测研究实验结果来看，天籽山动物物种也在增加。这里出现的新物种，都处于天籽山庇护之中。绿孔雀或许是其中之一。

天籽山还是布朗山的芯片。这片热带雨林，以生物多样性刻下生物全息性。茶，作为一种全息性植物，它激活了天籽山这块"芯片"。

当年作为天籽山物种之一，遵循生物多样性原则种下的茶籽、茶苗，隐匿于森林之中。到2021年，为纪念宛妲成年，天籽山决定开始采茶。茶树树龄比宛妲年龄要小，它们一棵棵被找到，都比成年人高出一大截了。天籽山将春茶取名为"兜唇"。这也是一种兰花的名字。

天籽山茶开始被流传、品鉴、收藏。

生长在森林里的茶，是一种自有其灵魂，也能收藏别的灵魂的茶。或许可以将其命名为魂茶。

茶，魂茶，它是一种载具，灵魂的载具。大象，这种大型动物，肯定也是一种载具。它们可能被驱使，用来搬运东西，曾经还有一种战象，用来作战。人作为万物之灵，有时候也会成为一种载具，承载太多东西。在这种情况下，种茶—制茶—喝茶，更应该成为重要的人生功课。

| 天籽山水域之一处　　李旻果摄

佛寺

我可以进来吗

老曼峨佛寺里一块碑石上刻着,"老曼峨是西双版纳最古老的布朗族村寨,据历史记载,建寨在公元141年","老曼峨佛寺是西双版纳州勐海县布朗山乡境内最古老的佛寺之一"。

公元七世纪、八世纪之交,佛教传入西双版纳地区。古印度初创于公元前六世纪至公元前四世纪的佛教,公元前四世纪中叶,内部基于对教义和戒律认识上的分歧,产生了大乘佛教和小乘佛教的分野。传入中国西双版纳和南亚东南亚地区的,主要是小乘佛教,也称为南传佛教,其经典属于巴利文系统。小乘佛教传入西双版纳后,经过四五百年的传播,至十二世纪末、十三世纪初，信众已有很大规模；又过了三四百年，到十六世纪，成就了一个佛国，出现"村村有佛寺、人人当和尚"的繁盛景象。

在西双版纳这个佛国里，生长着一种名叫贝多罗、形似棕榈的树。这种树傣语称为"戈兰"。戈兰叶就是众所周知的用来刻写佛教经文的贝叶。这种贝叶经过特殊处理，用特制工具将佛教经文刻写在上面，可以保存使用上千年之久。这种经文就称为贝叶经。全世界一共有贝叶经八万四千多部，西双版纳就保存有五千多部。当然，贝叶经是傣族人的百科全书，上边刻写的，除了佛教经文之外，还有哲学历史类、政治经济类、生产生活类、民情民俗类、语言文字类、文学艺术类、宗教信仰类、天文历法类、法律戒律类、医理医学类、体育武术类、书画艺术类、制品工艺类、建筑设计类等经典与文献，可谓洋洋大观、囊括天下，宛如热带雨林植物一样丰盛和繁茂。刻写佛教经文的贝叶经，只限于在佛寺里保存和使用，管理十分严格，因此，虽然多为孤本，但很少发生流失、损毁现象。

很多佛寺都保存有贝叶经。但我不清楚老曼峨佛寺贝叶经藏经情况。

拜访老曼峨佛寺时，雨下得越来越大。进了大门，来到廊下，我抖落伞面上的雨水，收起雨伞，向佛殿走去。

请问一下，我可以进来吗？

回答是：抱歉，暂时不能进来，但你可以在外面转一转。

西双版纳佛寺与民居融为一体，凡是有民居的地方，几乎都有佛寺。

老曼峨佛寺建筑有着十分明显的傣族风格，为方形，坐西朝东，屋顶坡面由三层相叠而成，中堂较高，东西两侧递减，交错起落。屋顶使用长方形片瓦，瓦尾钩在平行的竹制横椽之上。屋顶正脊及檐面之间的戗脊，用石灰抹平，上面排列各种瓦饰。正脊上的瓦饰呈火焰状，戗脊首端大多竖有凤的形象。佛殿由佛座、僧座和经书台三部分组成。佛座上塑的释迦牟尼佛祖，为坐像，呈双手扶膝姿态，耳朵异常宽大，身材十分瘦小，眉目特别清秀。虽为异象，流露出佛法无边的威仪，但也和蔼亲切，仿佛四周升腾着人间烟火。

西双版纳佛寺近旁一般建有佛塔，种类和样式很多，有覆钟式舍利塔、折角亚字形高基座塔、亭阁式塔、多层须弥座佛塔、金刚宝座式塔群、僧侣墓塔、井塔等。这些佛寺和佛塔，体现了西双版纳建筑的美学、佛学、哲学、社会学。

进到老曼峨佛寺之前，我在佛寺下方的佛塔周围转了一会儿。那时，雨还不大，不过也没遇到什么人。

就像佛寺与民居融为一体一样，西双版纳佛教信仰与世俗生活也是融为一体的。即使不去参加佛教功课和仪式，人们也天天生活在佛寺边上，从未远离信仰。到了上学年龄的小男孩，几乎都要进入佛寺当小和尚。数年后，极少数人留在里面继续当和尚，大多数人回到世俗世界，娶妻成婚。生儿育女，该干什么还干什么。当初在佛寺里留下来的，不想再当和尚了，随时可以还俗。人们还认为，人生失意，生活不顺心了，不妨出家去佛寺当一段时间和尚，或许一切都会有转机，再回到俗世中来，享受世俗生活的快乐和幸福。

走向下一座殿堂

西双版纳是一个不同凡响、别开生面的佛国。在这个佛国里，宗教信仰和世俗生活之间几乎没有隔阂，它们完全是相通的。

那么，在宗教信仰与世俗生活之间，究竟是什么东西充当纽带和桥梁，将两者如此紧密地联系在一起呢？非常有意思的是，在云南少数民族传说中，居住于澜沧江中下游地区云南腹地的布朗族、哈尼族和僾尼人、濮人，早在两千多年前就开始种植茶树，也就是说，西双版纳的少数民族先民，最早驯化和栽培了茶树。而茶学界也有一个共识，中国云南是世界茶叶的故乡。通过科学鉴定和历史考证，在西双版纳古茶山上发现的最早古茶树，树龄长达一千三百多年，八百年以上树龄的古茶树十分常见。西双版纳古茶山一座又一座，见诸典籍、众口相传的就有"六大茶山"。而这"六大茶山"究竟是哪六座，一直众说纷纭，长期未有定论。通行的说法有两种，以澜沧江为界，江南有"六大茶山"，江北也有"六大茶山"，这样一来，最为著名的茶山，至少就有十二座了。仅凭这些事实，倒也不能匆忙地下结论，给茶叶贴上宗教的，或者世俗的标签，使之神圣化，或者庸俗化。但同样可以认为，西双版纳少数民族先民驯化和栽培茶叶，大量种植茶叶，西双版纳最终成为最重要的普洱茶原产地和主产地，并因此引发普洱茶热，形成普洱茶文化，这与佛教传入西双版纳，出现繁荣昌盛景象，最终成就一个佛国，至少在时间上是完全同步的。即使将这个同步的现象看成是一种巧合，也能发现另一个微妙的现象，那就是在西双版纳这个佛国里，始终弥漫着从尘世中来、往仙界里去的茶气。或许，只有在西双版纳，才可能将精妙的美学、高深的佛学、透彻的哲学、变通的社会学融为一体。而在布朗山，老曼峨或许已经达到这样的至境。

我在老曼峨佛寺里转了很久。雨又渐渐小了。

我看到佛殿一侧，一间开放式茶室里，茶台周围圈椅上坐着一群小和尚，他们在喝茶。也许在研读佛经，也许在闲聊、开玩笑。他们穿着露出手臂的袍子，其中几位褐色手臂上还有青黑色文身。由于观察角度的原因，一位小和尚的笑容让我印象深刻。他笑得那么单纯，那么清浅，那么洒脱，那么飘逸。我感觉自己从未像他那样欢笑过。

我穿过一长排房间的门廊。一个又一个房间，完全相连地铺满席子，房间进深与席子长度恰好相等，每张席子靠墙那一头叠放着薄薄的被褥，除此之外，里面空无他物。这些房间，应该是佛寺修行者晚上休息的地方吧。门廊里每隔一段，就码着一堆木柴。木柴几乎等长，圆木被利斧劈开而成。码放整整齐齐，仿佛文具店柜台上同一牌子的铅笔束。每道房门外两旁墙壁上，钉着一排钉子，钉子上挂着扫帚。钉子钉得笔直，或许是弹出一条墨线，沿着这条墨线钉上去的。两颗钉子之间，相隔一个拳头的距离。挂在钉子上的扫帚，帚身都没有接触到地面，不过，它们与地面的距离并不完全相等。这是因为，新旧不一的扫帚，本来就长短不一。而且，扫帚柄顶端系绳套的位置并不等高，绳套大小也不一样。扫帚都是芦苇的。

经过殿堂门外，我看到佛寺修行者赤着脚，用扫帚在殿堂里扫地。这些修行者都是成年人，没有小和尚，其中中老年人居多，男女都有。他们有的穿上佛寺的袍子，更多的穿着自己家常衣服。他们不停地扫，一直扫。扫什么呢？扫灰尘，也扫爬虫、飞蛾，还扫孤寂、虚空。或许只是扫过，什么都没扫到，也不用去扫。不扫的时候，这些扫帚被挂回佛寺修行者寝室门外墙壁上。

细雨里，佛寺修行者从一座殿堂出来，依然赤着脚，身上斜挎一个小布包，手里握着扫帚，走向下一座殿堂。

2023 年 7 月 25 日，昆明

译文

·高兴专栏·

·精美食品十道（短篇小说）

[罗马尼亚]贝德罗斯·霍拉桑捷安　高兴　译

·罗比·布拉迪惊人的终场射门载入了我们的私人史（短篇小说）

[爱尔兰]萨利·鲁尼　钟娜　译

贝德罗斯·霍拉桑捷安（Bedros Horasangian, 1945— ），罗马尼亚著名小说家和随笔作家。生于布加勒斯特。毕业于布加勒斯特理工大学。出版过《子夜的光晕》《约阿尼德公园》《候车室》《出海》《告别之橙》《绵羊之雪》等十多部长篇小说和中短篇小说集。小说外，还出版过《你好，人民》等随笔集。曾多次在国内外获奖。访问过中国。

高兴，诗人，翻译家，博士生导师。《世界文学》主编。出版《米兰·昆德拉传》《孤独与孤独的拥抱》《水的形状：高兴抒情诗选》等专著、随笔集和诗集；主编《诗歌中的诗歌》《小说中的小说》等外国文学图书。2012 年起，开始主编"蓝色东欧"系列丛书。主要译著有《梦幻宫殿》《托马斯·温茨洛瓦诗选》《罗马尼亚当代抒情诗选》《水的空白：索雷斯库诗选》《尼基塔·斯特内斯库诗选》等。2016年出版诗歌和译诗合集《忧伤的恋歌》。曾获得中国桂冠诗歌翻译奖、蔡文姬文学奖、单向街书店文学奖、人和期刊人奖、越南人民友谊勋章、捷克杨·马萨里克银质奖章等奖项和奖章。

精美食品十道（短篇小说）

［罗马尼亚］贝德罗斯·霍拉桑捷安　高兴 译

杏仁软糖

"小时候，我曾在祖母家住过两年……父亲远走高飞了，而母亲拉扯着三个孩子，实在支撑不住了……于是就把我送到了祖母家……在伊克洛德，阿尔迪亚尔那边……克鲁日附近某个地方，不知道你是否到过那里……我们整天都在山坡上疯跑……那是个特别美丽的地方……我同教师的儿子成了朋友……他比我大两岁，已经上学了。一放学，他就来叫我，嘿，嘿，快，快！我们迅速跑了起来……天哪，那是怎样美好的时光！……等祖母听到动静时，我们已跑出老远……夜幕降临时，我们手牵着手回来，饥肠辘辘，筋疲力尽，浑身脏兮兮的样子……有时，祖母会动气，但我们都长得那么好看，真的，那么好看，也许正因如此，她很快就消气了……祖母给我们端来吃的，随后，谷斯迪，就是那个男孩的名字，才回自己家……我们是邻居，他父亲是个心地善良的人，对祖母很好……好像祖父曾帮过他，而他一直感恩在心……祖母竭尽全力……整个家都靠她撑着……她养了几头母牛，奶牛……有一回，谷斯迪的父亲拿回家满满一袋杏仁软糖，准备分给孩子们吃……谷斯迪发现了那袋糖，当作礼物送给了我……我们俩一起吃着，吃得精光，一粒也没剩……我们挨了好一顿臭揍……我们俩……要戒除贪婪……祖母揍的我，谷斯迪的父亲揍的他……我给你讲述这一切，貌似和我们的谈话没有半毛钱的关系……

"我偶然听说那个谷斯迪问起过我……你瞧，这么多年了……我会给他写信的……我相信自那以后，我再也没有吃过杏仁软糖……那么好吃的杏仁软糖……"

小羊肉

"跟你说过多少遍了，不要再用这种口吻和我说话……拜托了！到此为止吧！"

"怎么呢，亲爱的，我说什么呢？怎么我一对你说点好听的，你就生气？我说'我爱你……'，这难道很可怕吗？你没事吧？我还以为你也被那出戏打动了呢……我该怎么对你说话？……你到底怎么呢？"

"我也不知道，但求求你别再这样了……至少在公共场合……稍为注意点分寸……你这样，就像个十七岁的傻丫头似的……"

"嘿，瞧你说的，真是绝了！你说得可真叫高明啊……气死我了……还和我玩深沉……你自己在盖拉西姆家，同他老婆说起话来，就像嘴上抹了蜜似的……在外面装孙子，回到家，反倒说我神经兮兮的……瞧你……露馅了吧……你要是一贯如此的话，倒也罢了。"

"你可真把我惹火了……你的玩笑实在过头了……我的神经是有限度的……你要是对我不满的话，那就请便吧，想干什么，就干什么去吧……

但别这么歇斯底里……起码别在外面丢人现眼……"

"得了吧，想得倒美，让我离开这个家，你一个人待着，谢谢了！给我摆臭架子……你以为我能一直这么忍下去吗？……行了，让人听见好了……别人你倒是在乎，就是不在乎我……让别人听见也好，至少让他们知道你是哪号人。摊上你这种男人，算我倒了八辈子霉了……如果我稍稍用点脑子的话，可以找上一打好男人……我可真傻呀！整天顾着这个家，也不出去会会其他帅哥，享受享受生活……行了，我受够了……明天，你就给我滚蛋，爱去哪儿去哪儿……去找盖拉西姆太太吧……我不想再见到你了……像我这样重感情的傻女人，你打着灯笼恐怕也找不到了……"

"孩子们，开饭了……别再玩录音机了……搁到一边去……还有这些废话，跟录音机里放出来似的……楼下那家邻居今天早晨问我你们小两口到底怎么呢……连续三天吵个不停……别人会说闲话的……别再斗嘴了，好好过日子吧，斗起嘴来，你们倒挺能耐，真是傻透了……赶紧来吃饭吧，要不菜就凉了……我今天做的菜，准保你们爱吃……小羊肉……只要一吃上，你们就会把那些个情感剧搁到一边去的……"

罂粟点心

哈内洛雷·秋克太太的丈夫因工作需要，调到了德勒巴尼地区森尼科劳乌·马雷市。消息传开，所有亲戚都很不开心，就仿佛他们将永远失去她似的。还不仅仅因为将他们分开的那上百公里。那上百公里，其实不用怎么伤脑筋，坐上两趟火车，再换乘一趟当地公交，就能摆平。

性情使然，哈内洛雷太太反倒比较冷静，不那么多愁善感。她以客观的姿态，仔仔细细掂量了一下此事，努力让自己适应形势。市中心一套三居室公寓可不能说不要就不要。还有厨房的热水供应，加上旁边的晾衣间，这样的生活水准，在特雷米亚·马雷，即便将所有家产加在一起，她连做梦都不敢想。

秋克，刚刚晋升为一家十分现代化的家禽饲养企业的总工程师，干劲十足，正计划因地制宜，同化并养殖一批加拿大火鸡。必须一提的是，秋克实际上回到了老家，也就是说，回到了他的原籍地摩尔多瓦。畜牧饲养专家生涯将他抛到了巴纳特地区。但他在那里感觉很好，而且还遇到了自己的幸福：哈内洛雷。

回到德勒巴尼，秋克想方设法，竭尽全力，要让妻子感觉美好。他求助于一些老友，一些亲戚，差不多两个月，正好两个月，因了秋克动用的所有关系的合力支持，哈内洛雷新居里已经应有尽有了。

简直就是一个小公主。

她没再上班，也无必要，因为她已在待产，不值得为了几个月而来回折腾：填写各色表格，办理各类证件，上岗，下岗，产假，等等。生下孩子后，孩子的教育她自然还得负责。既然秋克先生为家里挣这么多钱，她何必还要这么费劲呢？

然而，生产前这段时间，哈内洛雷该做些什么呢？她开始感觉无聊了。这可是压在可怜的女人头上的大不幸啊。她读了几本丈夫的有关家禽或战争的图书，还在周边城区散了几回步，但城市太小了，好像也没有什么可看的东西。加上丈夫常常吃完饭后才回家，就连做饭也花不了她太多时间。

晚上，她试图同丈夫聊聊天，但秋克通常读完报纸就开始犯困，总是亲了亲她额头，咕噜一句"晚安，亲爱的"之后便呼呼大睡。

这倒也行。总比，上天保佑，喝得醉醺醺地回家要强多了吧。

她渴望一个闺蜜，一个善解人意的闺蜜，可以说说心里话，可以相互倾诉，相互倾听，谈谈各自的生活。这样的闺蜜，在所有她接触过的女人中，一个也没找到。有几个喜好八卦的女邻居总想同她搭讪。还有几个在各种场合碰到的秋克同事的太太同样如此。

没有,一个好友也没交到。如此情形下,年轻的姑娘——必须一提的是,哈内洛雷年方二十四岁,曾在一家电子产品商店当售货员,正是在那里,她才认识奇普里安·秋克的(朋友们都叫他奇皮)——翻开各类杂志,找到了几个愿意通信的女士的地址,寻思着这样兴许可以减缓待产的无聊,时间可以过得更快些。书信往来没准,天晓得,还真能帮她找到某个闺蜜呢。

起初,丈夫注意到妻子的新动向后,流露出不信任的目光,但随即他便表示同意,因为这"总比我不在家时她和谁知道哪个小鲜肉搅和在一起要好"吧。秋克先生曾是,也许今天依然是,一个爱吃醋的男子。再者,他和他亲爱的哈内洛雷间十四岁的年龄差距,也曾让他,也许依然让他,谁又能说得准呢,产生某种额外的不安。

瞧,就这样,哈内洛雷学会了应该如何准备待产,而伯勒耶拉那位佩内洛帕·瓦克斯莱尔-特纳塞女士,则学会了如何做罂粟点心,最主要的是,在丈夫去世后,她也特别渴望有个闺蜜。"天哪,他是多么好,多么棒的男人啊,"不幸在多瑙河一次沉船中遇难,在一个恶劣得不能再恶劣的冬天。

奥尔特尼亚八宝鹅

"鹅一只,栗子500克,牛肉200克,鹅肝一块,黄油50克,洋葱一个,绿欧芹叶或胡椒,葡萄酒半杯,水半杯,奶皮或乳脂一小杯。

"将鹅清洗干净。用清洁布将鹅胸内部反复擦洗,然后撒上盐。将栗子在烤箱里烤熟,再去壳,彻底捣碎。牛肉和鹅肝用绞肉机绞成肉馅,放入锅里,浇上黄油,添入水,没过肉馅,再盖上盖,用文火慢炖。水熬干一点后,肉馅继续慢炖,直至透红。将火关掉,在锅里放上盐和胡椒,切碎的绿欧芹叶,栗子泥,一匙黄油,奶皮或者乳脂,再好好搅拌搅拌。然后，将这些填进鹅胸：先煮，再放入盘子，倒上红酒和水，放进炉子，用文火慢慢、慢慢地煎，直至完全入味。煎好后，让它晾凉，然后切掉鹅腿，取出鹅胸，将其切成一块块薄片。再切好馅料，在盘子上码得漂漂亮亮，这时，就可用辣汁做调料开始享用了。

"也可以用煎菠萝片代替辣汁，一起食用。"

"哎，现在我们做什么，你是想让我再给你念上一段书呢，还是想稍微眯会儿？……听见医生怎么说的了吧，中午你起码得睡上两个小时……如果你不遵守所有方子，节食也不会有什么结果的……如果你不老老实实地遵守医嘱，你又怎么可能减掉三十公斤啊……你说呢？……你要是不在那里，那家店可就要完蛋了……你很清楚，翁加努一直想坑你呢……"

"好吧，好吧，我这就睡……但有个噩梦，有个噩梦……我总是梦见牛奶酪……该怎么着就怎么着吧……但菠菜汁太可怕了，请相信我，我感觉总在喝菠菜汁……所以我才出了这么多汗……因为恐怖，因为神经……"

"好了，亲爱的，要听话，再稍稍坚持一下……就差一点你又能像刚刚出生似的了，年轻，漂亮……最重要的是，健康……并不是因为菠菜汁，你才出汗的，是因为饮食限制……你总是胡吃海塞，那是万万不可的……你必须管住嘴巴……打从我认识你以来，你就那么胖……"

"被你赶上了，让你费心了……再给我读点什么，然后我就睡……"

"芸豆烧鹅……"

"哦，不要，别的什么，鹅已经够了……"

摩尔多瓦肉饼

他中断了《伪日记》阅读，给乌尔奇克夫人打电话，缓缓地拨着号码，一个又一个数字。也不知怎的，他突然心血来潮，纯粹就想听听她的声音，就想和她说说话。她可是位有夫之妇。这就要求他同她通话时，得掌握起码的分寸，还得符合高等教育领域起码的准则。

电话里传来一个男子的声音："您稍等，我来看看，我想她刚出去……我不敢肯定，我刚从地下室上来……您知道，我家有根管子裂了……"

他等着，图尔盖什先生，也就是公公，找了一圈，确认了自己的猜测："抱歉，孩子们今早去雅西了……您周二前后再来电话吧……"

"谢谢，打扰您了，请您原谅……"

"不用客气，下周您再来电话，再来电话吧……"

他放下话筒，开始琢磨。各种假设。各类想法。他的思绪在迅速滚动，就像手里反复搓着一根线索：什么，哪里，何时，怎样，为何。

他拿起火车时刻表……"显然，他们只能乘坐六点十分那趟列车……"而如果她乘坐六点十分那趟列车，就意味着一大早就得起床。而如果她决定要乘坐那趟列车，并且知道一大早就得起床，那么，按照常理，自然就会早睡。在恰当的时间。可是情况并非如此。当他九点钟给她打电话时，她丈夫——头一回，他的声音听起来很可爱，极像约尔古雷斯库的声音，而他的淡定并未令他不快——以电台播音员那种庄重的方式回答他："太太还没回家呢……"

然而，电话线另一头那声弱弱的"喂……"有点像……像谁来着？她哥哥从山上回来了？他要是在，会头一个接电话的。她妈妈也一样。肯定不是公公，他的男子声音很清楚。因此，第二个声音只能是她的。通过排除法，逻辑推动着事物。

这就是说，她在家，不想接电话。不想和任何人说话。不想受打扰。那她又为何拿起话筒？让我们假设她确实不在家，丈夫说的是实话。那么，一个第二天就要乘坐六点十分火车的女子，那么晚了，又会在哪里呢？

他们两点刚刚在大学分开，仅仅几个小时前。不可能！她一定在家。

谁来收拾行李？真是见鬼了！好吧，孩子有老人照顾——母亲和公公，或者反过来，父亲和婆婆，他们相处得十分融洽，虽然这有点反常——可是行李，谁来收拾行李呢？

第二天就要去雅西，可她为何没吱一声？四十八小时前，他送给她一本凯斯·凡·东根的画册。"天哪，你给了我多大的惊喜啊，谢谢你……你真是个小可爱……瞧，这封面真是绝了……"分别时，他还祝她"一路顺利"。去雅西并非什么秘密。可她？"唉，得了，到那会儿还早着呢……"

何时？怎样？为何？周六发生了什么？她说"这一天过得糟透了，糟透了……"加上感冒。每年秋末，她都会得重感冒。流鼻涕，咳嗽，眼泪汪汪，萎靡不振，对一切兴趣全无。

接着周一，再接着周二，他们还通了电话，虽然城里正在下雨。到了周三，她好了，不再感觉糟糕了，好像她丈夫也回家了。而到了周四，她简直洋溢着热情。

她为何没说周五要去雅西？

思绪纷乱。在整个事情中，有一点是确凿无疑的：就是他们去雅西所坐的列车。其余，都是一团乱麻。

他打开一瓶伏特加，喝了一杯，然后继续阅读《伪日记》。

忽然，他用手掌猛击额头：坐飞机去一趟怎么样？开车不行：晚上他还要同学生聚会，没有足够的时间，太累了。

他放下书本，拨通罗航电话，查询飞往摩尔多瓦的航班时间。"多谢，我记下了……"

在狼吞虎咽了一块从"主妇"食品店购买的摩尔多瓦肉饼后，他又喝了一杯伏特加。

夜幕已经降临。

蜜桃罐头

每当他生某人的气、和同事吵架或情绪不佳时,就回到家里,吃上一个蜜桃罐头。就是这样。

就是这样,气冲冲地吃。用不了几分钟,感觉也好了,心情也平和了,不知怎的,气全消了。得!

没有任何人教他这样。是他自己习惯于"这一模式"的。他说这是他的模式,就好像人人都有一种模式似的。

他的名字极好记:米哈伊·尤内斯库。可同事们存心逗他,都管他叫迈克·琼生。整个单位,就他一人会英文。这样,一有什么外文要翻,香水说明书或面膜新配方之类的玩意儿,大伙儿都找他。

更甭说通常那些个外事方面的琐碎事了。

当然啰,他的工作不算太好。可比起下乡来,他就算幸运的了。

他小小的个子,有点多愁善感的样子,喜欢将面包掰碎,放在阳台上,给鸽子吃,最最喜爱的情侣是:罗密欧和朱丽叶。"瞧,就这样开始,然后再梦见勒布西内亚努大公,你的事业就成了……"

他不生气。他开得起玩笑。

可不知怎么搞的,他和戴莉齐娅·古达波闹翻了。戴莉齐娅与其说是他的情人,倒不如说是他的女朋友和未婚妻。他们互相谩骂,甚至还动起手来。最后,他单方面决定让她滚蛋,再也不想见她了。

"哼,见鬼去吧,我受够了。难道还要让我再忍下去不成?……"

他怒气冲冲地回到家,一股脑吃下了两大罐头蜜桃,直叫他母亲看得目瞪口呆。她不明白,儿子既然不太把古达波小姐当回事儿,那又哪来的这等胃口。

"行了,米哈伊宝贝,明天再吃吧……"她对自己那个不到三十便已开始歇顶的儿子说。

"求你别烦我了,我胃口正好着,就现在吃,决不留到明天……别再婆婆妈妈了,求你了!……我毕竟也有自己的生活呀……"

接着,他倒头便睡下了。而他那可怜的老母亲还在一个劲儿地祷告,希望儿子吃下这么多桃子后,千万别消化不良,出什么意外。可他没事儿。第二天一大早照常上班去了,情绪还特好。

"我又是个自由的人了……"看来,蜜桃罐头还真帮了他。

几瓣大蒜

他是拉小提琴的,喜欢吃蒜。对于一位知名艺术家而言,这是个多么可恶的习惯,多么糟糕的口味啊!太恐怖了!任何敏感一点的人都会反对的。满嘴的大蒜味,还要演绎克莱斯勒或帕格尼尼。

不可思议!

可他却说:"怎么,我们不是人吗?每个人都可以有点小小的偏好嘛……"

唯有那些真正热爱内斯特-约基姆并接受他的怪癖的人才会同意这一点。再说,所有大艺术家都有自己的怪癖,他为何就不能有呢?

只要吃些桂花,蒜味就没了。要命的是,他既受不了桂花,也受不了那些随时可以从斯图加特或毕尔巴鄂买到的化学制品。

命中注定他得满嘴的大蒜味。

他们巡回演出时,来到了一座国内和国际大腕儿和明星常常绕过的小城。这是秋天的一个温柔的夜晚。在文化馆的临时舞台上,他为慕名而来的观众们演奏了塔尔蒂尼、波隆贝斯库以及其他好多名家。演出最后,一个纤细的,头上系着丝带,胸前别着校徽的女中学生走上舞台,为他献上了一束秋水仙。他大为感动,在观众热情的喝彩声中,吻了吻姑娘的面颊。

"太可怕了！这个姑娘刚吃过蒜……简直太可怕了！怎么能这样捉弄我呢？太不像话了！也没人检查一下她吃了什么。"他面带微笑，一边谢幕，一边说道。

姑娘同样感到大失所望。

"哦，大师吃过蒜……"她觉得，一位小提琴演奏得如此美妙的艺术家，除了玫瑰花瓣，不会吃别的。

就这样，一气之下，小提琴家第二天离开了小城，连地方上安排的打猎活动都不参加了，并发誓，从今往后，再也不吃蒜了。"那个傻姑娘的眼睛可真美啊！……"

他哪晓得，与此同时，那姑娘也打定了主意，以后再也不向音乐家献花了，不管他演奏什么乐器。

牛排配绿色沙拉

"这里有人吗？我可以坐吗？……"

"请坐吧……"

"祝您胃口好！葱头杂烩怎么样？我也想点来着，但又放弃了……"

"谢谢，也祝您胃口好……还行吧……"

"您常来这家馆子吗？……我头一回来……因此有点好奇……看到'快餐酒吧'的招牌，嗨，我就进来了……我看这里有好吃的……您做饭吗？……"

"不太做……"

"啊哈，明白……只是偶尔为之……我也一样，我老婆做饭手艺不错……但我说过，我是个好奇的人……好像这里生意一般……也许是价格关系……您不觉得您口味太重了吗？我可以为您分析一下原因……我读过一篇这方面的文章……"

"也许吧……"

"我想咱们稍微聊会儿天，不打扰您吧……我喜欢在饭桌上聊天……我知道这不值得推荐，吞咽太多空气，对消化不利，可我已习惯了……人总要聊上几句的……交流交流嘛……就像如今的时髦用语，不是吗？您在教育部门工作？我看您十分平静……通常来说，我这样喋喋不休，人们是要气恼的……要是打扰您的话，请您一定直言……您难不成是官员？您有一种气质，我不知怎么表达……"

"我既不是教师，也不是官员……"

"也许您是象棋教练？"

"也不是……"

"也许您不许说出，而我却像个傻瓜似的刨根问底……请您原谅……您有孩子吗？……"

"没有……"

"我还以为……刚才望着您……我几乎肯定您有……您看上去是个镇定和安静的父亲……真是绝了，您能吃得下这么多盐……您会不舒服的……"

"貌似如此……但你好像很懂似的……"

"您从不动怒吗？……我嘛，喜欢吃牛排配沙拉……那是我的偏爱……配很多很多绿色沙拉……通常来说，人们拒绝沙拉，但我喜欢……就这样，您是如何做到不动怒的？……我觉得您很可爱……说实在的，至今我还从未遇见过一个像您这样的人……我喋喋不休，人们总会气恼……或者骂我一通，扬长而去……他们忍受不了……您却不一样……我还是不明白您是如何做到保持镇定的……我好羡慕您……"

突然，那个正要吃蘑菇煎鸡的人抓起盘子，一把扣在了这位吃牛排配沙拉的人的脸上。很多很多的沙拉。

"无赖家伙！大伙看啊，他在杀害一个无辜的人！用拳头欺负可怜的人,你不害臊吗?你们快叫警察啊!"一位头顶黑帽的女士开始激烈地大叫。帽边很小。

"你要是对社会不满的话,为何不待在家里,先生?您都看到了,尊敬的女士,您可以做证,我正安静地用餐时,他冷不丁地对我抡起了拳头……我发誓,就是这样的,这些人必须被关进牢里……"

锡比乌香肠

寒冬。苍白的太阳,装饰性地悬挂在空中。雪在各种各样的鞋底下吱吱作响。树木披上了银装。孩子们乘着雪橇,投掷着雪球。

真冷!

他们俩出门散步。到路上走走。像那些希望得到片刻休息、宁静和清闲的人一样。他们穿戴得厚厚实实。寒冷对他们构不成障碍。他是建筑师。她也是建筑师。他尊重她,她也尊重他,也就是说,他们相互尊重。他们相处得很好,甚至可以说是好朋友。他们俩都是山区出身,走起路来,步子又大又快,擅长滑雪。夏天,他打网球,她游泳。俩人都不吸烟,有许多共同爱好,喜欢桥牌、古典时期以前的音乐、冲浪和美国短篇小说。他看《时代》周刊,她则读《观点》。常到欧洲各处旅游,喜欢看彩色幻灯片,16毫米的胶片,他们的生活水准挺高,超过了平均水平。去年,他们还获得了建筑设计大奖。更不用说其他了。

他们甚至都不需要说话。

俩人实在太默契了。

结冻的湖,挂满冰凌的松树,博那萨桥,还有那座小修道院——冬季的每个礼拜天,要是不去锡纳亚的话,他们都会沿湖走一圈,洋蓟,从前的外交官板球场,小高尔夫场,柳树,医务中心,然后再往下,潘格拉底街,赞巴齐安博物馆,走到这里,离他们所住的别墅就不远了。

安娜别墅。

回到家，清除雪，换衣服，洗一洗。她照着镜子，将头发松开。他打开电视，倒上一杯杜松子酒，准备看约瑟夫-沙瓦演的片子。"亲爱的，你也想来点吗？"他问。"就一点……你不想要点锡比乌香肠吗？""行啊，请你切点吧，几片就成，切完后快过来看电视，就要开始了……还有六分钟……""好吧，我这就过来——"她说。他舒舒服服地在沙发上坐下，而她迅速走进厨房，不一会儿就端来了几片面包和香肠。他们俩早就决定少吃东西，多做运动。"今晚，我来对付吧——"

两个幸福的人。

奶油泡芙

每天早晨，她都会带上一个餐盒。两三个三明治，仅此而已。或者两个煮鸡蛋。软乎，溏心。她不喜欢太肥的肉，也不喜欢酱油食品。烹饪时，她特别注意食材，一定得充分地擦好，洗好，煮好，煎好，也许有点过于迂腐了。

她不吃任何熟食。一切都得是自己亲手做的。还要新鲜。一天，顶多两天。超过两天，就扔进垃圾桶。经年累月，她已习惯如此：少而优。

她没太多知识，总的来说，是个有点孤僻的女子。她一直迟迟不嫁——总能找到理由和原因，且还不少——然后，就为时已晚。

"什么叫为时已晚，亲爱的，我发誓，如果你想找到一个理想的小伙，如果你想要幸福，什么时候都不会晚的……你也太悲观了……噢，我五十岁时，还第三次嫁人呢……更甭说我订过多少次婚呢……噢，也许，抬起头来，我的姑娘……你也得稍稍捯饬捯饬……我明白，你是个本分的姑娘，可也不能这样啊，好像刚刚离开娘胎似的……"

她只是笑，点头，不敢同婶婶顶嘴。"我都有点迷糊了，我的好婶婶……"说着，端出所有好吃的，招待婶婶。

婶婶太喜欢她做的点心了，而且每回都有不同的花样。

一天夜里，她在听完《统一霍拉舞曲》后，刚要上床睡觉，突然，电话铃声响起。"这么晚了，谁会来电话呢？……"

是侄女的邻居。"您赶紧过来吧……发生了一件不幸的事情……"她立马打上一辆的士，火急火燎地赶到侄女住处。"会出什么事呢，老天保佑啊……"

几个邻居正在商议该如何处置：有人建议给她喝点牛奶，又有人觉得应该让她弯下身来呕吐。"稍等，大夫这会儿来了，我们看看该怎么配合吧……"第三位说道。一位女子用手抱住她的头："小可怜的……真是太傻了！……哦，您来了，太好了……这样，也有家里人在场了……她多么爱您，总是和我说到您。"

婶婶在一把椅子上坐下，点着一支烟，身子缩成一团，手里攥着一张纸。用力地。一位七十老妇的全部力气。

"快点回过神来吧，我的姑娘……该给你吃点奶油泡芙……"方子里没有其他东西了。大夫说，到明天一切都会好的。他给她打了强行泻药针。"还得让她大量喝水……"

萨莉·鲁尼，世界知名的爱尔兰新生代小说家。1991年出生。2017年出版首部长篇小说《聊天记录》，萨莉·鲁尼因此获得2017年《星期日泰晤士报》年度青年作家奖，该书也被《巴黎评论》杂志评为年度最佳小说。2018年出版的第二部长篇小说《正常人》入围布克奖、都柏林国际文学奖、英国女性文学奖、迪伦·托马斯奖，被评为英国国家图书奖年度最佳图书、水石书店"年度图书"，获得科斯塔年度最佳小说、爱尔兰年度图书奖。第三部小说《美丽的世界，你在哪里》于2021年9月在英美同步出版，迅速登上《纽约时报》小说排行榜榜首，并被Goodreads评为年度最佳小说。

钟娜，中英双语写作者、译者，现居纽约。译有萨莉·鲁尼小说《聊天记录》《正常人》、比利·奥卡拉汉短篇小说集《我们所失去的，我们所抛下的》。

罗比·布拉迪惊人的终场射门载入了我们的私人史（短篇小说）

[爱尔兰] 萨莉·鲁尼　钟娜 译

康纳尔站在小巷里给她打电话，旁边立着一只塑料垃圾箱。要是她接了，会花掉他不少电话费，所以他本以为自己会希望她不要接，哪怕为时已晚，然而他发现自己还是希望她能接。她最后接了。她那声"喂"很清脆，带着笑意，仿佛这通电话已成为他们之间的一个老笑话。

你刚才在看比赛吗？他问。

嗯，在看。场上氛围看起来很好。

对，的确不错。

我有点嫉妒你。过去一小时我一直在看表情包，海伦说。

他放松下来，靠在巷子的墙上。里尔这边天色已晚，但还很温暖，带着潮湿的热气，他从下午晚些时候一直喝酒到现在。

比赛的表情包？这么快就出来啦？他说。

对啊，几乎马上就出来了。这点其实很有意思——你忙不忙，想不想听我发表关于表情包的观点?

不忙,你继续说。

你要付漫游费吗?

这是免费通话。他下意识地撒了谎,自己也不知道为什么。

电话那头,海伦没有质疑康纳尔为什么在法国还有免费通话,主要因为她并未真正注意到他说了什么,只知道他同意自己聊她之前一直在思考的话题。她坐在床上,背靠床头。她就这么坐着看完了整场爱尔兰对意大利的足球赛。她一个人在线看的,边看边用一次性筷子吃方便面,直到窗光从泛蓝的白褪成发白的灰,最终昏暗下来。

观看一个事件被实时回收转换成文化,这很有意思,她说。你知道的,你在实时观看文化生产的全程,而不是看回放。我不知道这是不是一个独特的现象。

对,我明白你的意思。嗯,好吧。我喝醉了,脑子不是很清晰,但我想说的是,那个,作者身份这个概念的瓦解。

没错。很敏锐,你很敏锐。你听起来一点都不像醉了。

我经常思考表情包这个东西,他说。

海伦把笔记本电脑从大腿上拿下来,放到床上空出来的地方,以示更专心地参与对话。

不过照你这么说,棘手的一点是我们很难去定位权力,以及分析权力在文化层面上的运作,她说。我觉得我们习惯面对一个霸权式的作者形象,或至少是某种可以辨别的权力结构,比如电影工作室或广告公司。

对,而现在它是通过自发的大众参与发生的。

我觉得你可以说,网络空间在某些方面也是有性别和阶级之分的,它们之间是平等的吗?

别忘了性别。我认为性别无处不在,康纳尔说。你有没有觉得我这边很吵?

一群球迷正从他身边的酒吧走出来，欢呼着涌入街道。酒吧灯光下，他们的尼龙球衣泛着廉价的光泽。他们在跟着村民乐队1979年发行的热门单曲《向西行》的旋律唱着什么。不知道为什么，他们都跟着《向西行》的调子在唱，于是每个人的歌词在很多地方都变得难以辨认，虽然很有创意，并带有自发性大众参与行为的强烈意味。

现在能听到一点，她说。你在外面有事吗？之前听起来很安静，我以为你都回酒店了。

没，还在酒吧里。和传说中的爱尔兰球迷在一起。

那是你吧，你现在是传说中的爱尔兰球迷。你穿球衣了吗？

没有，我在有意保持距离，他说。我没怎么唱歌，也没有去向警察献媚。

我不得不说，向警察献媚这点真是丢脸丢出国门了。

而且还是对着法国警察。一个以种族歧视闻名的国家的警察。不过，算了，就这么回事儿。

话一出口，康纳尔意识到，他听起来像要改变话题，转移目的地。他几乎能听见他们两人陡然领悟到，他还没解释为什么会给她打电话。他在对话中挖了一口小小的井，现在该把解释放进去了。但他找不出理由，而且也无话可说。他甚至想就此挂断电话，然后发邮件说信号断了。

他上次见海伦是六周前。五月初一个周末，他去剑桥找她。他赶了一天无聊的路，还因为货币不同而隐隐焦虑，周五晚上抵达剑桥。一整天他都在心里把英镑换算成欧元，想弄明白自己在巴士车票和咖啡上浪费了多少钱。这种琐碎却重复的运算让他精疲力尽，觉得自己既抠门又敏感。下车时天已黑了。他记得车站旁那个公园，平坦的蓝色表面在街灯下很显眼。还记得那里的气候奇怪的味道，空气清新，之前可能挺暖和，现在温度渐渐降下来了。接着他看见海伦等待的身影，穿戴着她小小的外套和围巾。不知怎的，看见她让他有点乐，他于是笑起来，觉得舒服多了。

他们一起走回她的公寓，聊些有的没的。她把手插进包里找钥匙，他记得她住的大楼泛黄的石头表面。上楼后她泡了茶，摆出一些小食。他们聊天聊到很晚。最后，她在自己的房间里换上睡衣。他坐在沙发上，上面放着他的睡袋。她在讲论文的事，她之前瞄过多少阅读资料，现在要动真格的了，觉得有点心虚。她一面说，一面站在衣柜边换睡衣。衣柜打开的门把她部分遮住，似乎不是她有意为之。不过他还是能看见她裸露的左肩，洁白苗条的上臂。她把衬衣挂在铁丝衣架上，放回衣柜，头也不抬地问：你在看我吗？

我大致在朝你的方向看，但算不上"在看"你，他说。

她听后笑了，把衣柜门关上。她穿着一条黑睡裙，有点长，带了肩带。

我在听你讲话，他说。

嗯，我知道。我对别人走没走神很敏感。

他当时觉得这个说法很意味深长，令人愉悦。现在他等待电话那头的海伦说点什么，尽管按照日常对话的不成文规定，既然他已暗示自己有话要说，自然该"轮"到他开口了。

话说回来，比赛挺精彩，他说。

真希望我也在场。你有没有被情绪卷走？

对，有一点点。我落了一滴泪。

她笑了，说，好可爱。真的吗？

我的眼睛里来了一滴泪，我不知道它有没有落下来。

我是一个人看的，所以没法真正体会完整的情感，她说。就像你在电影院看电影时，会在自己一个人看时不会笑的地方笑。但这并不代表你的笑是假的，你明白吗。一个人就是没那么尽兴。

你寂寞吗？

她顿了一下，因为康纳尔很少问她这个问题。聊了这么久，她第一次意识到他可能真的醉了,尽管他之前说过。

不得不说,我不大喜欢大部分的英国人,她说。所以在英国生活的确有点寂寞。可能只是因为公投将近,我对他们的印象有点差吧。

啊是的,看上去的确挺糟的。不过我觉得他们会留在欧盟。

希望吧。不管结果如何,它还是揭示出很多丑陋的东西。

我很同情你不得不待在那儿,他说。

她也想起他来找她的那个周末,那天风和日丽。周六早上他们很晚才起床,天空碧蓝耀眼,粉状的云团小朵小朵散布其间。她泡了壶咖啡,他们吃了吐司和橙子。他洗澡的时候,她收拾早餐餐盘,热水炉和水龙头放水的声音让她感到惬意。他回到厨房时已经换好了衣服,她还穿着睡裙,外面裹了件针织衫。有一瞬,他们猝不及防地目光相接,她感觉仿佛自他抵达后,他们还没好好看过彼此。他们的注视让整个房间静止。她想稍稍讽刺一下这个瞬间,让它不那么严肃,或许假装调点情,但她拿不准他会觉得她的调情好笑还是怪异。于是她慌慌张张转过身去,而他犹豫不决地定在那里,什么也没说。

那天很暖和,海伦记得自己的穿着:薄薄的白衬衣,浅色芭蕾短裙,平底鞋。她并不在意,或者不记得自己在不在意究竟看起来怎样,但她隐隐意识到,自己宁肯看上去很糟,也不想看上去费尽心思打扮。他们下午在菲茨威廉博物馆里闲逛,聊天。然后一起吃了午饭,吃完后喝咖啡。康纳尔跟她讲他工作上发生的趣事,海伦笑得太厉害,把咖啡洒在了裙子上,这让他很高兴。她知道他很享受她的笑声。它似乎能带给他某种私密的满足感,几乎叫他不好意思。她大笑时他会略微移开目光,仿佛直视着她会让他承受不了。

她在剑桥遇到很多聪明人,骄傲又玻璃心,乐于展示自己有多聪明。她有点喜欢逗他们说话,和他们你来我往地舌战,直到对方开始自我防卫,变得暴躁易怒。本质上这属于猫科动物的娱乐,仿佛她在懒懒地用爪子来回扇打对方。他们那种聪明不够生动，也不具备好奇心。康纳尔尽管在一家移动运营商的客服中心上班，却是她最好的聊天对象，在他身边，她感觉自己头脑最清醒，也最亲近。他们能毫不费力地跟上对方的思路，或许因为这一点，也或许因为他们对彼此抱有真诚持久的好感，他们不会在讨论时争个输赢。两个人，对所有事情都持有相同观点，却还有这么多话可说，这件事带给海伦很多哲学上的宽慰。

这里大部分人都是自由派，并且为此自鸣得意，她说。你看得出他们很瞧不起普通人，那些没考上剑桥或者没上过大学的人。我觉得他们其实还以这种轻视为荣。

我对你来说是普通人吗？

你是说……你是在反对我用"普通人"这个说法，还是在探讨我们之间的关系？

他微笑起来。他的眼睛很累了，于是闭上双眼。不知道为什么，他的眼皮感觉湿湿的。他说，好吧，我希望我对你来说在某种意义上是独一无二的。他听见她的笑声。

我想知道你为什么打电话过来，她说。当然我很高兴能跟你说话，所以你要是没有理由我也不介意。

老实跟你说，比赛看得我有点不能自已。就是你说的那种席卷而来的情绪。冲动之下我想给你打电话。想跟你说我爱你什么的。

有几秒钟，他什么都没听见。他不知道她是不是在电话那头干别的事。然后他听见一个轻轻的声音，像笑声，他意识到那就是笑声。

我也爱你，她说。我刚才想说点深刻的话，说我们通过足球这种社群文化体验来感受和表达爱意，然后我又想，哦天哪，闭嘴吧。我也爱你，我很想你。

他用没拿手机的那只手擦了擦眼睛。她的声音听起来柔软湿润，让他联想到某种最深刻的慰藉。

他说，来找你的那个周末，我本以为我们之间会发生什么。我不知道。或许什么也没发生是件好事。他吞了下口水。我撒谎了，我没有免费通话，他补充道。我大概不该讲太久。

哦，她说。好的，没事。你去好好庆祝吧。

在沉默的尾声中，两人感到一种无名的感受，一种悸动，渴望发起某种未知行为，他们其实都想再听对方说一遍——我爱你，我很爱你——却都没法说出口。尽管感到一种出乎意料的犹豫，一种未完成感，他们还是很高兴能从对方口中谋得这份前所未有的告白。海伦认为自己更得意，因为是康纳尔先开的口，而康纳尔认为自己更得意，因为海伦没法拿醉意当借口。他们说了再见，各怀心思。康纳尔把手机放回口袋，从巷子的墙边站起来。大路上一辆警车开过，警灯无言地旋转，球迷发出欢呼，或许因为警察，或许因为别的不相关的理由。海伦把手机放在床头桌上，发出轻柔的咔嗒声，类似玻璃杯放在木头表面发出的声响，然后她停下来，一动不动。她看着对面的墙，仿佛刚想到一个想法。她心不在焉地摸摸头发，她今天还没洗过头。接着，她以一气呵成的动作，自然而不假思索地把笔记本电脑抬起来，放回盘起的双腿上，用两根伸展的手指敲了敲触控板，点亮了屏幕。

视觉

浮目三记 严明

严明，中国著名摄影家。70后，安徽定远人，现生活于广州。摄影代表作品为《大国志》《昨天堂》系列，作品由多家艺术机构及国内外收藏家收藏。2010年获2010法国"才华摄影基金"中国区比赛纪实类冠军、大理国际影会最佳新锐摄影师奖；2011年获侯登科纪实摄影奖。2014—2015年出版有摄影随笔集《我爱这哭不出来的浪漫》《大国志》及同名摄影画册。2018年凭借《我在故宫修文物》获第二届京东文学奖年度传统文化图书奖。2019年出版摄影随笔集《长皱了的小孩》。2021年9月推出摄影画册《昨天堂》。

浮日三记　　严明

    这几年,不是闲嘛,胡思乱想的时间变多,这是我喜欢的。也常在网上闲逛,看些有用、无用的知识,继续胡思乱想。我不在文章里解释摄影作品,更不敢教摄影,我只记叙,偶尔忍不住偷偷夹叙夹议。这仍属胡思乱想。好在脑子还可以转动,让大段的孤寂没有被浪费。还是有所得,许多不值钱的道理更明晰坚固了。

    我常说拍照就是拍自己,你是什么样的人,就拍什么样的照片。事情都很小,鸡毛蒜皮,甚至幼稚滑稽,但都是实意的袒露。与摄影作品摆在一起,互不干扰,但互为因果,倒也合适在理。

    多年前我跟歌手小河聊天,我说到"艺术家应该自觉保持长期的精神活动",小河的认同很精练,他说对,想,不能停。

蓄须记

几年前去成都,朋友老 G 请我吃饭。他方脸,络腮胡像一只密实的黑网兜,向上兜着他的脸,只善意地空出嘴巴来允许他吃东西。在我看来,他的络腮胡是最正宗、最完美的,跟影视剧、动画片里孔武有力的古人别无二致,看来艺术确实来源于生活。他近视,戴眼镜,文气中和了一部分武功。看着他吃饭的样子,我总是精神漂移:原来张飞戴眼镜是这个样子的。吃饭时老 G 的儿子也在,五六岁,不老实吃饭,在长条板凳上翻过来翻过去地玩。我捏着他白嫩的小方脸,笑着感叹:"小家伙,你知道吗?你将来是个毛脸哦。"

就在去年,我因在家中无事,有几天大意了,竟让胡子长了出来。既然胡茬丛生,就突发奇想,决定先不刮了。反正不用见人,即便见人也会戴口罩。值此特殊时期,干脆开始一段储蓄。

我心里还挺期待——见一下从未见过的自己的样子,这确实是充满悬念的事。看白面书生后面的自己到底是个什么样,是诸葛还是李逵?师爷还是张飞?无关好坏忠奸,总该看一看基因赐我的本来面目,让它显个影。

日子一天天过去,剃须刀一直休息。每天早上起来镜前刷牙,先在自己脸上凝望一下。最初,短胡茬像卷曲的钢针一般,朝不同的方向乱长。这个阶段很乱很难看,慢慢长长一些之后,感觉它们在变软变顺,有了集体意识,野草一般向同一个方向倒伏。渐渐地,越来越浓密,遮蔽了嘴唇、下巴,一个多月后,甚至有些鲁迅的意思了。这让镜前的我有些激动也有些惭愧。

我在魔镜前又与自己重新认识了:还行,镜中人一副办事挺牢的样子,中规中矩、老成持重、略显颓废,看着想笑。

不过,我想不出来胡子的功能是什么。我用力想的时候竟然会不自觉

无头将军　浚县　2011　严明摄

视觉　浮日三记

夔门的猴子　奉节　2009　严明摄

云墙　重庆　2011　严明摄

视觉　｜　浮日三记

地捻须,仿佛在揉捏我那枯竭的思绪,给思考施以外部动力。

男人的胡子,说到底是一种性征。虽然合法显露,但初次蓄须的人内心里会有一种微妙的不好意思。在公共场合摘下口罩时,甚至还有些难为情。长过嘴唇的胡子,似乎就得修剪了,不然吃饭喝粥的时候很容易污染,饭后还得洗胡子,这些都是新烦恼。

发现有几根白须,倒也无啥大碍,内心里又开始想象着它们全白的样子了。唉,累!其实应该是怕。这种面对自己的惊心动魄倒是要些心理素质的,我感觉要败下阵来。

剃了吧,没有什么舍不得的,见过就可以了。再拖几天也不是不行,事实上已经一拖再拖了。胡子日渐浓长,哪天才算终章呢?这反倒成了个负担,就像已经偷偷看了答案后还在无休止地检查试卷,又有什么意思。虽然说魔镜可以随时开启,但以我的感受来说,这是可一不可再二的。如果再见,我又更老,那时候也更脆弱。

人吧,在选择一种装扮的时候,应该是让它为精神增辉添彩,总不能让精神费劲巴拉地去伺候它。于是手起剃刀落,那个白面书生又回来了。

不用说,这是我最后一次蓄须。

似乎在并不久远的过去,我去参加活动,主持人的介绍里,经常将我的名字,明确地冠之以"青年摄影家"。我每在台上听着"摄影家"前面那个词,如偷饮甘泉。后来不知道从哪天开始,那个词消失了。纳闷了,总觉得自己是上进自律型的,身体也没走样,并无多少白发,可人们的眼光什么时候变得尖刻了呢?我不还是当初那个少年吗?

说到白头发,也是一大烦心事。白头发是我脑袋上的叛徒,最初发现有三两根,就薅掉,这被我称为小规模整容。后来越来越多,觉得这样薅下去不是个事,就用剪子齐发根剪,剪除那些出卖我的叛徒。这样的话白发跟黑发不在同一起跑线上,就根本看不出来。有黑发遮蔽和压制下的叛徒们万一哪天幡然悔悟,悄然变黑说不定也是有可能的。留头察看,以观

拈花大叔　清远 2009　严明摄

视觉　浮日三记

双鹤人　淮阳　2011　严明摄

发光的球体　玉门　2020　严明摄

视觉　——浮日三记

雪地舞者　嘉峪关 2020　严明摄

下班的米妮　重庆　2009　严明摄

视觉　浮日三记

后效。年龄的界线被暂且搁置。模糊,也好。

2019年,我去法国参加摄影节,大获成功,至少我自己这么认为。因为我的个展作品量大,展场最好,又很受好评。最让我满意的那些来自世界各地的摄影家几乎都比我老,有几位已经白发飘飘了,跟他们一比,我简直是少年得志。算一算,我赢了好几次。

从巴黎回国的飞机上,我躺在过道边的座位上大睡,远征的"少年"太累了。

"叔叔,叔叔……"

我醒了来,昏暗的灯光下,邻座的中国小伙站在我腿边,他要去上洗手间。我挪腿让他过去。揉揉睡眼,恍惚得很。俯脸朝舷窗外望去,已是深夜。

滚滚浮云之上,皓月当空。

钓鱼说

我是不钓鱼的,这不是一个休闲故事。

记得初二结束后的那个暑假,我曾迷上过钓鱼。搞了竹竿,把鹅毛杆儿剪成小段做浮漂,带些米就去我家附近的水库里钓了。那时候也是我第一次戴手表,我爸的,用它来掌握时间。兴致很大,技术很差,时间在手腕上飞旋而去,收获却实在可怜。总共持续了一两个礼拜吧,只钓得小鱼两三条。这个爱好很快就被家人叫停了,认为马上就要升初三,太耽误学习了,收走了我的竹竿和手表。

我也觉得钓鱼太花时间,不知不觉三四个小时就没了,这对一个学生来说实在铺张,还是老老实实在家学习吧。当我再想掌握时间,抬起晒得通红的手臂时,只能看到腕上一块浅色的手表印记。

在那之后,我再也没钓过鱼。

小镇青年　晋城　2011　严明摄

视觉　——浮日三记

墙上的小马　新乡　2018　严明摄

拾荒者与热气球　重庆 2009　严明摄

视觉　——浮日三记

毕业、上班、迁徙，后来的生活一直没有能跟钓鱼有交集。但我记得钓鱼是有趣的，在公园里或江河边看到有人钓鱼，还会远远看一会儿。

当我年过三十，喜欢上了摄影，打算转行时还给父母打过电话。说不清是商量还是告知，电话里我是那么认真且有些惴惴，生怕他们像当年一样。但他们并没有管，我都那么大了，他们也渐老，给我的指示是"能吃上饭就行"。老一辈人常会认为不打粮食的都是瞎折腾，我有点怀疑如果当年我是垂钓神童，打鱼狂魔，说不定他们会让我钓下去。

摄影之于我来说，是从举目无亲、颗粒无有开始的，一做二十年。

就在去年，在家中闲极无聊时看视频玩——我喜欢看骑行的、看钓鱼的——有几个小伙子搞得不错，骑行钓鱼两结合了，网称"游钓"，于是我就追着看。每天看他们到一个新地方，在水边扎起帐篷，支了柴火炉，现钓现杀现做，很有野趣。有鱼的地方就待上几天，没鱼就收拾东西走人。他们录下钓鱼、做饭、吃饭视频，每天上传，很多人看。

这样的视频太适合我了，每天看，一解不能出行的苦闷，也偿了当年没能进入钓鱼界的遗憾。更新的视频如果赶上饭点儿是最佳的，我就投屏到大电视上看，一边吃饭一边关心着别人的野外生存，还可以跟他们共同举杯。如果不在吃饭时间，就在沙发上躺着看，我把这称作"卧游""云钓"。

可怜的是那些鱼儿，刚上岸就入锅，未免太快太近，连运输、买卖环节都没有。刚才还在水里畅游，转眼就在岸边被烹炸得滋滋作响，甚至有可能被水里的同伴们听到。一咬钩成千古恨，纵然它们有八百个心眼，也想不到撞上这种结局，这就是它们的生死场。美味的鱼饵里边藏着锋利无比的鱼钩，这本身就是智商不对等的残酷游戏。

利用鱼对食物的忠诚，使了阴招，人类真是坏得可以。不过我还是爱看，像只死鱼一样躺着看。钓鱼人的苦苦蹲守，不知道能守来什么。

没用多久，我就发现一件好玩的事：钓鱼界跟摄影界一样，有各种讲

三等舱　巫山　2008　严明摄

视觉　——浮日三记

儿童与飞鹤　齐齐哈尔　2019　严明摄

究、术语、流派，还互相指指点点……

单说行业术语，密度就无以复加。整个钓鱼系统涉及的所有的名词、动词、形容词几乎全有"专业"词汇替代。比如你看到有人在钓鱼，凑过去问钓到没有？鱼多吗？那是不行的，一听就是围观群众，不乐意理你。你得问"有没有口"，人家一下子就知道来了内行。

打龟、空军、口绵、顿口、黑漂、消饵、放枪、洗腮、炒粉、走漂、切线、黑坑、爆护……你去猜吧，若想不被耻笑，得偷偷去查才能明白。钓鱼佬们嘴里念念有词，词词避开你能听懂的可能，从来之前到走之后，全过程都有暗语黑话表述，简直神秘莫测。

我对钓鱼的兴趣大减，幸好未入此圈。搞摄影之初，也常觉得出门拍照挺像打猎钓鱼，都需要设备器材、预判和蹲守，都有收获的喜悦。但说实在的，跟钓鱼相比，摄影界的专业复杂性和人员复杂性更甚，也更玄，搞出的道道更多。究其原因，我觉得多少有"设置门槛，摆弄偏见"的意思。但凡涉及设备、技巧的行当，就总有大批人乐此不疲地在工具和使用层面周旋，打造鄙视链，甚至以盲引盲。

所幸我入摄影圈有明白人指点引路，告诉我工具和表达关系，真诚和敏感的重要，才没掉入设备、装备的苦海，也没有为哪个流派拍照，没成为"老法师"。万幸，我逃脱了水里的千钩阵，成了一个过来人。

钓鱼的重点是什么呢？抛开了繁文缛节，让渔获说话。算是吗？好像也不对。很多钓鱼人都知道"钓，心也，非鱼也"。钓鱼被归为体育运动，需要体力、耐力、智力，可竞技也可休闲。你非要一竿子钓上什么哲理来，恐怕也是勉为其难的事。许多事，跳出来看会明了些，把镜头拉远了看，岸上钓鱼人何尝不是在一片稍大的水域翻腾沉浮，患得患失地提竿，也提心吊胆地待鱼咬钩。

我看到有些钓者，坚持把小鱼放掉，把满腹鱼子的母鱼放回水里，也有在回家路上把鱼分给环卫大姐的，令人欣赏。他们在孤独宁静的大自然

风化的佛　安岳　2020　严明摄

中，更懂得自然与人心，而没有堕落成纯粹的蛋白质猎取者，就是另一种格局和收获。

钓鱼的滋味并不是鱼的滋味，价值才是故事的灵魂。

给与取，物与我，技与能，生与死，在静寂的环境中合于大道。

哲理梦

从前，有个人连续几天夜里做了同样的梦，醒来却怎么也想不起来梦的内容。只记得自己梦到了一句非常有哲理的话，这让他非常焦急，可是再怎么急也还是想不起来。最后他想了一个办法：睡前在枕头下面放了纸笔，如果夜里再梦见哲理，看看有没有可能摸黑把它先记下来。次日早上醒来，他觉得自己又做了那个同样的梦！赶紧掀开枕头看，那纸上果然有一行字。抓过来一看，上面歪歪扭扭地写着：香蕉要剥了皮才好吃！

我不喜欢吃香蕉，不会为此焦急，但乐意看到哲理浮现。

见过一个视频，一位大妈在公园里练吹萨克斯，她是戴着白色手套的。有好奇的网友讨论为什么要戴手套？我专门问了一个会吹萨克斯的朋友，是否见过这种事？他说有，有毛病。他分析说可能早年乐器贵，金贵，怕磨损或锈蚀。他说，戴手套多少影响乐器演奏，这是事实。你们摄影师有没有因为相机贵重而戴白手套上街拍照的？如果手套是保护器材的神器，那早应该出现贴在各种乐器按钮上的布垫片、钢琴键贴膜这样的东西，而且应该很风行。

又看过一个在日本开飞机的华人机长的视频，谈论他见过有一些日本老机长同事戴手套，日本的航空题材的偶像剧里也总出现雪白的手套。他很不解，因为欧美以及中国的民航机师几乎没有戴手套的。他询问过，得到的理由有卫生、防滑等，但稍加分析，这些说法都完全不成立。

首先应该明确的是，飞机不是拖拉机，没有油污也不磨手，并不需要

美人 平川 2021 严明摄

做劳动保护。重要的是，戴着手套操作按键，只会触感更差，触控那些密密麻麻的按钮，会不会导致哪怕一丁点的不精准，因而不利于飞行安全？就这一条应该足够统一认识了，那么为什么还要戴着手套呢？

在制作旋钮、把手的时候，应该在材质表面上，已经全部考虑过人体舒适性。

那位视频博主思来想去，大概的原因只剩下：仪式感，出于对行业传统的尊重之情。可是，不靠谱的"传统习惯"为什么还延续呢？从来如此，就对吗？

另一位机师留言，把我给看乐了：这个问题我也问过同事，得到的答案是"对飞行和飞机的尊重"。他们说有的人不定期还会戴着手套洗头，顺便洗手套。

你在登上飞机的时候，瞥见驾驶舱的机长，是希望他戴手套还是没戴手套呢？

还有，有些影视剧中的机长开飞机时还戴着大盖帽，真正的机长看到是会笑的："你是有多喜欢那顶帽子！"真机长进驾驶舱之后，就会把帽子挂在帽钩上，因为头上要戴耳机、麦克风这些通信设备。再者，飞行中帽子掉落在哪儿，都是有隐患的。

我曾经拍过一个古书画文物修复非遗传承人，开拍之前我发现他只是把手洗净擦干，并没有戴手套，善意提醒是不是要戴上手套，我要开始拍了。他说：不戴，戴了没法干活。我暗自佩服他的坦诚，想到自己在处理底片、相纸的时候也并非全过程戴手套。而在我们这个行业，弄这些事戴手套似乎是专业标配，不戴就成笑谈。但要知道，手套表面可能更脏，还会散落毛絮，而且戴了手套，手指不灵活，不防滑，这些都是事实。我也是在有些环节因为戴手套出过事、吃过亏，才长了记性的。人教人教不会，事教人一教就会。

之所以之前没说，那是我真的软弱。

山神庙　榆林　2023　严明摄

厨师的手是最卫生的，摄影师、鼓手的手是最防滑的。权且信，只能信。

美丽的白手套倒是可以在仪仗、活动中出现，让形式的归形式，功能的归功能。有些手套，大概是戴给别人看的，戴给喜欢看整齐划一的人看。

你一定到过一些地方，特别是新规划的旅游区，会发现街道上各店门头招牌都是严格统一的：统一的位置，统一的大小，统一的底板，统一的字色字体，看上去有些恐怖。这样会使这些店的生意更好吗？我想说，妄想，永远不可能，店倒掉的速度可能比招牌烂掉的速度还快。不同的店行业特点不一样，历史和经济已经教会他们怎么吆喝、怎么招徕，让他们知晓路人因何驻足，而不需要谁来把它们整齐划一。一片难以辨识的商店，一定会被现实的大数据教育——招牌要有个性才好使。

这些乱七八糟的哲理，或说说常识，其实本来就在，并不是我这个轴人胡思乱想的产物。它们是我在闲得蛋疼的夜里摸黑记下的，确实又坚定，我怕梦醒了的时候忘记了。

随笔

- 黑夜里的活动　残雪
- 碎语闲言　石舒清

残雪,本名邓小华。湖南耒阳人。1953年生于长沙。1985年首次发表小说,至今已有700多万字作品。获第八届美国最佳翻译图书奖、美国《大他者》终身文学成就奖、花踪国际华文文学奖。入围英国独立报外国小说奖、美国纽斯塔特国际文学奖、德国国际文学奖,两次入围国际布克奖,并于2019年再次入围美国最佳翻译图书奖。

黑夜里的活动

残雪

丢脸

同很多同龄的小孩子一样,除了"死",我小时候最害怕的还有一件事,这就是"丢脸"。什么叫丢脸?简单地说就是被周围的人看不起,嘲弄,在别人心目中被列为"下等人"。

我们家的小孩都是穿得很差的。我妈妈常去市场上买一种最便宜的"夏布"来给我们做衣服。那种布里头掺了一些粗麻,摸上去很硬扎,手感特别不好。还有一个缺点就是"夏布"上面的花纹特别难看,可能那种布不适合于印染。妈妈用手工给我缝了一套衣服,是黑底起鲜红的大花,裤子是紫花绿叶。小弟弟们的衣裤则一律染成黑色。

啊,那套衣服真是难看!但我并不挑剔,因为没有选择的余地啊。我就穿着那套别扭的衣服去学校了。我没料到自己会被班上的同学注意。

"像个乡巴佬一样……"

"红配绿,看不够啊。哈哈……"

"这一身花多扎眼!"

这就是我听到的议论。他们都站在那边笑我呢。

我的脸在发烧,我坐在座位上不敢动,生怕他们说出更难听的怪话来。丢脸啊丢脸。可我又有什么办法呢,只能硬挺。那一天我深深地感到,我是世界上最不好看的小孩。

第二天我又穿着那一身花衣服去学校了,我没有别的衣服可穿。

第三天仍然如此。

后来我终于挺过了难关。因为大家已经对我这身衣服熟悉了,也就不感兴趣了。既然没有特别关注我了,我又偷偷地去加入了追跑游戏。仍然有同学恶作剧地喊道:"抓住这个乡巴佬!"我听了后心里很惶恐,但还是挺过去了。挺过去了就没事了,生活中总是这样的啊。我似乎很早就懂得了这个道理。

还有一件事。那天课间,厕所里人太多,我等了又等,还没能轮到我上课铃就响了。那是一节体育课,我们站在操场上操练,我忽然内急,就拉在裤裆里了。

"她把尿拉在裤裆里了!"一名男生大声叫道。

啊,我觉得我要死了,我无处藏身……

模模糊糊地听到老师叫我回家。我离开了队伍,走回家里。

我换了干净裤子后,立刻就往学校跑。

但我还是迟到了。迟到的学生就得站在教室后面等待老师叫他去他的座位。我往那个地方一站,老师立刻叫我去我的座位。我感到班上每个人都在盯着我看。我是逃不脱他们的目光了,我只能硬扛。也许过一阵他们就会忘记这件事吧。

过了几天,他们果然忘记了。而且我自己也不再感到这是什么要死要活的事了。

黑夜里的活动

那真是一个漆黑的夜晚啊,可说是伸手不见五指。我起来了,下了床,摸索着穿过天井,来到厨房里。学校要我们每人捐献两个煤球做冬天的烤火煤,我放学后只顾玩,就把这事抛到了脑后。然而我在梦里记起这一疏忽,立刻惊醒了。我是真的醒了吗?我扯了扯自己的头发,痛。我于是弯下腰去拿煤耙子。

什么都看不见,我胡乱一抓,居然就抓到了煤耙子。然后我将煤耙子一伸,就伸进了煤槽。我开始和煤了,我感到煤槽里头已经放好了水,于是就用耙子自如地在里头捣来捣去。水的分量正好,煤被我渐渐和熟了,有了黏性。

我弯下腰,用手抓起一把湿煤,做了一个大大的煤球。我把煤球放置在门口,让它晾干,再弯下腰去做第二个。我打算带两个大煤球去学校。我有点忧虑:煤球到早上会不会干?如果还是湿的,我就要用报纸包着它们带到学校去。我想到这里时,就听到外婆在说话:

"这么晚了你还在搞什么?现在是两点钟了。"

"我——,我在做煤球。"

"做煤球,好!煤和熟了没有?"

外婆的身影终于能分辨出来了,她显得分外高大,像一座小山一样。她找到凳子,在厨房门口坐下了。我还是什么都看不见,我和外婆在黑暗里含含糊糊地交谈着。我似乎听到她在说,邻村一个孩子去偷煤球,手里拿着煤球,天下雨,他脚下一滑,跌到坡下去了。这是外婆说的,还是我脑子里临时杜撰的呢?啊,要是那两个煤球到了早上还不干,该有多么糟糕!

我到了天井里,外婆打开自来水龙头叫我洗手。我洗啊洗啊,老洗不干净。她一生气就关了龙头,说"算了。"于是我跟在她身后进屋了。

在那张睡着好几个小孩的破床上,我的忧虑仍然没有平息。然而我必须闭眼,否则早晨就会迟到。我用力闭上眼,后来的事就不知道了。

那一年冬天,我是交了煤球的。两个很大的干煤球,里头并没有掺很多黄泥。我的煤球摆在同学们的中间显得特别好看。他们的一眼就看出是掺多了黄泥,颜色不正。

在我的记忆中,煤球分明是我在半夜起床做的,可是我询问家里的人,他们都说,煤球是早就做好了堆在那里的。也就是说,我没有起床,也没有做煤球。啊,我觉得这事很严重!我怎样才能弄个水落石出呢?我没能弄个水落石出,因为无法返回当时的情境。

白天里,天井里静悄悄的,那个自来水龙头早就坏掉了,怎么拧也拧不出水来。我再看厨房,同那天夜里也不一样了。啊,我发现了破绽:我们的厨房要爬七八级阶梯上去,而那天夜里,我并没有爬阶梯,我直接就从天井跨进了厨房。然而煤球明明是我做的,我记得它们的形状、大小、纹路,它们的确是用我的手掌搓出来的。

闲着的时候,我就会记起那天半夜的事,心里就会产生那种忧虑:真实的情况到底是怎样的呢?这种忧虑伴随了我几十年,每当遇到记忆中的黑匣子,类似的情绪就会油然而生。在我记忆的底层,黑匣子很多,它们是产生忧虑与困惑的源头。

敬礼

我们那个时代的小孩,大部分在大人面前都表现得比较腼腆,更不要说在学校的老师面前了。除了几个班上的班干部,我们都羞于同老师们私下里交流。下了课就各走各的。如果在校外碰见,也会羞答答地叫一声"老师好"。

我转过好几次学。那一年,有一位男老师来做我们班的语文老师兼班主任。这位老师是从军队转业过来的。他爱孩子们,但对我们的要求十分严格。他接手我们班的教学不久,就制定了一条规定,这就是,不论在校园里还是在外面,如果哪位同学见到学校老师迎面走来,就得主动停下脚步,向老师问好,还要行一个少先队队礼,等老师走过之后才离开。他是在课堂上宣布这个规定的。一下课,同学们就议论纷纷,说这条规定太难遵守了,而且多么别扭啊。老师一定是将我们当作部队里的士兵了吧。

难虽难,可还得硬着头皮遵守规定。

有一位男同学,远远地看见老师过来了。老师离他还有几丈远,他就慌了,站住后行礼,然后小声说了句"老师好",立刻转身跑掉了。我想象他一定是满脸通红吧。上课了,老师把这件事同大家说,我们都低下头偷笑。老师希望我们像训练有素的战士一样,大大方方地做这件美好的事。他还亲自在讲台上示范了两次,又叫同学上去演示。尽管我们老师苦口婆心,我们还是觉得别扭。

结果是,我们在学校或在校外时都小心翼翼,远远地看见我们老师就逃。只有个别很听话的班干部向老师敬礼。大概也没人说得清,为什么在外面向老师敬个礼有这么困难。如果去问班干部,他们可能也不知道。老师要他们敬礼,他们就出于一种惯性执行了。难道是我们不喜欢这位老师?不,大部分同学都比较喜欢他,因为他有时还会带领我们做游戏。一般来说,我们也愿意听他的话。

过了好久,敬礼的事还是收效甚微,这位老师也就对此不了了之。

"×老师,你们班的纪律怎么那么好?"

"因为我在班上威信高嘛。"

这是我偷听到的我们老师同另一位年轻老师的对话。那时我想,威信高也不必要大家敬礼啊。我心里很有些埋怨他的意味。现在已经不提敬礼的事了，可我还是生怕在校外什么地方碰见他。万一来不及逃跑，不是还得敬礼吗？太难为情了。和同学议论这事，有人说，他不敬礼，只叫了一声"老师好"，老师也没有批评他。我很羡慕这位男生，觉得他胆子很大。因为那条规定并没有取消啊。

幸运的是我一直没有在校外碰见过我们老师。真的一次都没有。

香港电影

整个下午我都在等待一个消息。今天是星期六，在假期里，星期六时常会放映露天电影。学院里面的露天电影场是一个很大的足球场，周围用铁丝网围起来，电影开演前还有不少工作人员在铁丝网边上守卫。要想逃票是不可能的。电影票的票价是三分钱。我盼望，我激动，我一惊一乍的。

终于盼到爸爸下班回来了，我从房里冲了出去。

"今晚是香港片《乔老爷上轿》。"爸爸对隔壁邻居老金说。

我的天哪，香港片！七岁的我虽然还不太看得懂电影，可也听说香港电影是最好看的。光是"香港片"这三个字就激发了我心里头的疯狂想象。当然我的想象并不清晰，似乎是一些红的、黄的、蓝的、白的色块在跳跃——我最爱彩色电影。一边心不在焉地吃饭，一边还在想着电影。爸爸吃完饭要洗脸，要等他洗完脸，我们全家人才能动身。而他洗脸很费时间。我和两个弟弟不耐烦地在走廊上等待。

眼看着天渐渐黑下来了。会不会已经开演了？真急人！

爸爸妈妈终于出来了。外婆和姐姐也出来了。每个人都拿着小凳子。去电影场还要走很长一段小路，还要过一座没有扶梯的木桥。"快点走，快点走，要开演了啊！"我在心里说。啊，终于到木桥了，已经走了一半了！我听到了麦克风里的声音，会不会开演了？！多么糟糕啊！过了一会儿，又听到了隐约传来的喧闹，还没有开演，还没有开演，太好了！

我们终于来到了电影场的外面。同往常一样，我们不能买票，这种事连想都不要想。我们全家绕到对面的高坡上，远远地面对着下面小得比巴掌大一点的银幕。可我一点都不气馁：要知道这是真正的电影，而且是香港电影啊。看着银幕上那小小的、一闪一闪的人影，听着麦克风里的声音，我无端地就心潮起伏了。又因为看不懂电影里的内容，我就急煎煎地想知道下一幕是什么，想从情节的变化中辨认出一点什么来。然而这是徒劳，真是一点线索都没有。唉唉，电影已经快过半场了，我还是一点都不知道演的是什么内容，"乔老爷"又是谁。我在焦急中煎熬！后来，这部香港喜剧片就在我的焦急地盼望中放完了。回家的路上，听见父母在谈论这部电影，我仍然听不懂。可这些都不要紧，我激动过了，努力辨认过了，发动我的想象力了——虽然没有成功。这就是我的香港电影啊，难道不是吗？

暴力

我一直很害怕暴力。那些年里有一种很受小孩们欢迎的游戏叫"攻城"。在地上画一个很大的"8"字，代表两座城，每座城有个缺口，是城门。一座城里的人是进攻者，另一座里的人是守卫者。如果进攻者攻入了另一座城就算胜利。进攻者在城外只能单腿跳，要攻入了城里另一条腿才能落地。这种游戏有暴力倾向，但我不知道。

下午做完作业，我们都兴冲冲地出来了。有几个高个子的、强壮的女孩站在她们刚画好的城里面招呼我们这些小不点过去。我们兴奋地冲了过去。

当我们用单腿跳到她们的城门外时，我们发现这几个大力士简直就像钢铁卫士一样，我们这些小个子根本就冲不破她们的封锁，只能无奈地在城外跳来跳去。后来我们在一块儿商量了一下，决定"智取"。我们仗着人多，先是一拨人假装要从右边攻城，将她们的注意力引到右边，然后大帮人马从城门的左边攻进去。这个设计是不错的，几个小不点差一点就攻进了"王宫"。但是我们毕竟太弱小了。高个子的大力士们将我们一个又一个地掀到了城外，我们集体落马了。

我跌跤得最惨，后脑勺砸在院子里的地上，差点晕了过去。我以为我会受伤。但是我慢慢地缓过来了。我在泥地上坐了好久，确定自己没有受伤，才慢慢地站了起来。那个推我的女孩也吓得不轻，一脸惨白地站在旁边。有人送来一把椅子，我坐在椅子上，大家这才松了一口气。"你没事吧？"大个子们担心地问。

"没有事。就是摔了一跤吧。"我故作轻松地说。

女孩们慢慢地散去了，都不玩了。刚才的一幕不堪回首。

"我看见谷芬下死力推你！"麻子愤愤地对我说，"她那么牛高马大。"

我没有说话，但是我在心里决定以后再也不玩这种游戏了。其实这种游戏以前我也玩过，但因玩伴们不像这次这样力量悬殊，所以也就没发生这种意外。

其实攻城游戏对我们来说是很刺激的，每个人都跃跃欲试，每个人都从身体到大脑全发动起来了，而且集体的合作性也很强。不经历紧张的搏斗，谁又能预料到这种游戏里会隐藏了暴力倾向呢？

我在生活中很少见到真正的暴力，一旦听到这类事就会有生理反应——一身发抖。也许在我的感觉中，暴力是同"死"差不多的事件，都是极为恐怖的。我一直本能地避免去看、去想这一类的事，我希望自己远离这一类事。可是忽然就撞上了。真像一噩梦啊。不过那女孩不是故意的，我的肢体感到了这一点。如果我像她那么高大，兴奋起来也会是那个样子。这是一定的。我为自己没受伤感到侥幸。

在澡堂里

那是我第一次去报社的澡堂。平时我都是在家里洗澡。不论冬夏，都是在煤炉上烧好水，倒在大盆里，兑好冷水，慢慢洗。我还是比较喜欢在家里洗澡的。可是那一天，我妈妈说快过年了，要干干净净地洗个澡。她帮我买了洗澡票，就带我去澡堂了。

一进澡堂，看到的情景就把我吓了一跳。到处水汽浓浓，裸体的成年妇女像影子一样飘动着，我根本不敢朝她们看。地面溜溜滑滑的，空气中散发出肥皂味。那么小的一个澡堂，却拥挤着几十个人。澡堂里有十多个隔断，有的放了澡盆，有的没放澡盆。我妈妈将我的干净衣服放在一个旁边的小抽屉里，帮我选了一个有澡盆的隔断，对正在洗澡的那个女孩说，她洗完了就让我去接她的位。我妈妈交代完就离开了。我站在走道旁等着。

唉，澡堂里太不舒服了！虽然是冬天，我却感到背上正在出汗，多么热啊！我在心里抱怨：干吗让我来这里洗澡啊。我觉得眼前这些披着湿头发走来走去的裸体妇女特别难看。而且我站在通道边上老是挡了她们的路。待在这逼仄的地方我就像受刑罚一样。但那些妇女显然特别开心，一边洗一边大声聊天。

忽然有人叫道："停水了！"

其实她们指的是热水停了，但冷水还有，所以暂时也没法洗了。据她们说这是锅炉的问题。锅炉熄火了，这事常发生。于是大家都去找衣服披上，站在隔断边等待。

约莫过了二十分钟，热水又来了。人们赶急赶忙地洗，生怕再次停水。

因为停水，我要去接位的这个女孩子洗了半个多小时。我眼看她洗完了，以为她会去穿衣服了，没想到她的小妹妹又来了。于是女孩又帮她妹妹妹洗。

我在一旁等得两腿都酸痛起来了，她们还在慢慢洗。打肥皂啦，用毛巾搓啦，洗得特别仔细。大概是想干干净净地过年吧。

终于等到她们出来我准备进去了，却又一次停水了。

我将澡盆用冷水洗了一遍，站在旁边等。又等了十来分钟。

后来热水来了，我到通道旁去脱衣。我特别不喜欢旁边的人看见我的身体。我，一个小学三年级的、极瘦的女孩，一直以自己的瘦为羞耻。可是没办法啊，我三下两下脱了衣，摔在一个放脏衣服的间隔里，立刻往澡盆里跑。我害怕洗到半路停水，就不敢洗淋浴，直接将热水放进澡盆。我放了浅浅的一层水，又停水了。这一次，我不再等了，我胡乱洗了个澡，也不洗头发了。我擦干身子，赶紧找到我的衣服穿上了。当我掀开厚厚的门帘来到外面时，外面已经下雪了。新的一年快到了。

走在街上，回忆起地狱般的、溜溜滑滑的澡堂，总觉得身上哪里还没洗干净一样。那个鬼地方，里面多么脏啊，在自己家里，将木盆擦得干干净净，慢慢洗，比那不知好多少倍。我也爱清洁，但我一点也不喜欢以澡堂那种方式清洁自己的身体。我妈妈不懂我的心思。

最为陶醉的事

我永远忘不了那些木楼，还有那些城市少女们的情致。

我是属于宿舍的孩子，后来转学到一所街上的小学上学了。时间一长，我发现我的同学们都住在小街小巷里，他们的父母则大都是干体力活的。大约过了一年多，我终于同两位女同学要好了。她们带我去她们家里玩。穿过长沙城里那些七弯八拐的小街小巷，甚至沿着一条细长的水沟走了好久。在这里她们告诉我，她们的家就在水沟的尽头。在火热的夏天，那青石板下面的水流十分吸引人。女孩坤告诉我说，沟里的水看上去很清,但不能喝,也不能用来洗菜淘米,只能洗外衣和鞋子。我一走一回头,闹市中的水沟令我遐想联翩。

吉(她是十一岁的漂亮女孩)一定要我去她家吃饭。走进她家,我才知道她家的主要家务都由她承担,因为父母都要上班。她一边洗菜、淘米,整理煤火,一边同站在厨房里的我谈话。手不停,话也不停,眼里的光芒在幽暗中一闪一闪的。她告诉我说,坤和住在水沟对面的男孩星哥是一对。男孩十六岁,已经是自行车厂的工人,每天骑一辆"凤凰"自行车去上班。他们的家人都知道他们要好,但两家都不同意。尽管家里人不同意,他们照样来往。坤坐在星哥的自行车后座上,像公主一样招摇过市。吉说起坤的情事之际,小脸就涨红了,脸上散乱的卷发颤动着,越发显得漂亮了。我注意到她的谈话一点都没有影响她手中在干的活儿,她的活儿干得利索又精致。

父母还没回家,吉和我先吃。她将饭菜舀出来,一人一份。我们坐在厨房里,一边吃,一边热烈地交谈。所谈的内容仍然是关于坤和星哥。那该是多么新奇的、有激情的话题啊!

吃完饭,收拾好厨房,将煤火封好,吉就带我上楼了。

摇摇晃晃的楼梯,清洁朴素的木板房,木床旁边还有一个小圆桌,桌上的针织桌布图案很美,吉说出自她姐姐之手。这间房是她俩的房间。我望着窗外,立刻就看见了小巷对面的木楼,离得那么近。

"那就是星哥家,看见那辆自行车了吗?星哥在家。坤家和他的家面对面。他俩好了两年了。"

吉那么为她的朋友坤激动,就好像是她自己在恋爱一样。这种美丽的情事对于住在宿舍里的、傻乎乎的我来说,简直像天方夜谭。我盼望她讲那些细节,讲得越多越好,就好像我也在恋爱了一样。在我的想象里,星哥应该是一位漂亮的大男孩,所有少女的偶像那种。

后来我一次也没有见到过他。

石舒清,原名田裕民,回族,1969年生于宁夏海原县,1989年毕业于宁夏固原师专英语系,当过中学教师、县委宣传部创作员等,现为宁夏文联专业作家,中国作协第八届、九届全委,宁夏文史馆馆员。写作以短篇小说为主,其短篇小说《清水里的刀子》获得第二届鲁迅文学奖,据该小说改编的同名电影获得第21届韩国釜山电影节最高奖。

碎语闲言　石舒清

1

想想凤凰要打理那么多的羽毛，就觉得真是太累了。那么多羽毛，使它飞起来也不方便。其实仅仅用于飞，是不必那么多羽毛的。

想过凤凰再想想麻雀。麻雀是鸟里面最朴素最其貌不扬的。像是直接从土块变化而来。麻雀是受惊的土。土是相对安稳了的麻雀。麻雀适合被称作群众。是土头土脑的劳动者。

我是麻雀中的一员。习惯了的缘故吧，没出息的缘故吧，就觉得凤凰那样的日子，真是一天也过不了。

2

经历了数千年寒暑的大树，好像相当一部分已经进入了历史，只有少部分还在现实里，还活着，但也活得热热闹闹蓬蓬勃勃。树冠盛大，鸟儿们在上面任性飞着。仰头看着的人们都觉到某种庄严和肃然。这古老而又斑驳的历史，这强固的根本和不停繁衍的枝叶，这打开着需要慢慢来读的大书。虽然它还活着，但人们看它的时候像在看着一样庞大的遗物，它活着的部分已经不是人们重点看取的了。数千年时间不动窝儿经风经雨只当一棵树，这耐心真是再好没有了。

从树下走过的人一拨拨换着，像它身上的叶子一样，落了又生，生了又落，没有什么格外新鲜和格外值得惊奇的事情。风好像也在一再地吹掠后终于放过它了，在别的一些树上发着声音，余出它来好用于沉思和打盹。

3

活着是一件很让人担心的事情，像一根火柴棍，不用使力就可以折断。如果火柴被折得只剩了火柴头，怎么来用它呢？

我清楚自己不过是一根火柴的命，亮那么一下，就结束了。至于亮那一下做什么，是点起一场大火？是烧断一根束缚着生命的绳子？是做一顿灾年的饭？是点燃一根烟？还是擦了几擦，没有擦亮，但火柴头儿却没有了？这一切都不由我。

有时候一根火柴在火柴盒里被忘记了很多年，不获一用，得保自身。神会忘记我吗？火柴的长寿有什么用呢？有时候同一盒火柴，用第一根和用最后一根，之间间隔了很长时间。好比第一根生下来就死了，而最后一根却是活到了耄耋的年纪。但是一根火柴，早死迟死有什么区别呢？

4

石头在水里久了，显出一种多方面都已经适应了的样子，好像它在水里一切都好，是在享福。水不停地流过石头，看着悦目，听不到任何声音。

但石头毕竟是石头，咬一口试试。

5

常常听到朋友说，你等我说完你再说。这样的提醒多了，就让我有反省。我的话就那么重要吗？需要急于说出来吗？实际从内心讲，我从没有觉得我有要紧的非说出来不可的话。

说话的要义应该是，有要紧的话，把要紧的部分说出来就可以了。何况还没有什么要紧的话。我觉得就我的认识能力和表达能力而言，闭口不言，于人于我都是更好的。

竟然抢话头，抢了话头又确实说不出什么，真是糟糕透了。

6

路越走越像棺材。白得刺目。人走在路上忽然瞎掉，就是路太刺目的缘故。再走一会儿就结束。把随身带着的水洒在路上，看见余剩的几个名字，洒在路上的水一样迅速消失着。时间耐心地静静地燃烧着，像燃着一根看不出长短的导火索似的。名字都没有了，路白得像棺材。

7

  我得到的工作是，闻空瓶子里的味道。

  瓶子装过各种各样的东西，现在都空着，我的工作是，就闻出来的味道判断瓶子里都装过什么，然后把写有名字的纸片一一对应着贴到瓶子上。出于信任，没有人来检查我的工作，全靠我一人来做着这项可以无休止做下去的事情。原来世上有那么多味道，可不只是酸甜苦辣咸而已，原来世上有那么多空瓶子，原来空瓶子里有这么多的踪迹和信息，原来味道是如此的顽固和经久，原来在看似没有了的地方还有着这么多实实在在真真确确的有，原来看不见的有比看得见的有里包含着更本质的信息，原来在貌似工作已经结束的地方开始工作，竟是如此的奥妙无穷意义重大。

  得百味滋养，我成了百病不侵的人，谢谢命运使我有如此的好工作。我全身心投入其中。悄悄劳作，独自守着一个金矿那样满足和怕人知晓。

8

  鹰就像一个命定的被流放者，所以从它那里也听不到什么牢骚。

  如果可能，和鹰近距离面对面看着。你看鹰的脸。鹰看你的脸。如果可以，如果鹰不啄你的脸，那么就这样面对面看着，就这样近距离看着，看鹰的脸，看鹰的眼，这就是一种修行。看过这样的脸后，曾经沧海难为水，别的脸就难中你的意了。

  因为鹰被流放，麻雀们的日子始终没能好过起来。

9

  诗近乎禁忌之物，是造物主的另一样带有禁忌意味的果子。忍不住诱惑会吃。吃了就会受罚。所以大诗人好命运的不多。所以好诗人对造物主的惩罚心服口服。就像拿金子来打你，越是大块的金子越是容易受伤，打中了，受住了，这金子就是你的。

10

鬼魂太多，大白天镜子在高处照着。镜子照过了，才轮到太阳来照。街是老街。人们穿着老棉袄大裤裆走来走去，像只被允许走动，却不知道去往哪里一样。

就这样走了很久了。忽然过来一辆洒水车洒水，人们纷纷躲避着水不要洒在自己身上，好像因此有了少有的活力和生气。一些人趁机拉风匣那样咳嗽。过后又安静了。又恢复为老样子。太阳的脸缩小为很小的一点，白得不敢看。看太阳的样子，好像天上有一个悬崖，它小心着不要掉下去那样。

11

在世上久了，眼神就像风雨吹打过的门似的，显得老硬不驯。在任何账本上都不愿有自己的名字。靠住门听着外面的敲门声，去吧去吧，在我这里只能干劳而无功的事情。我给枯萎的花浇水。给大树送去让它动摇的信息。给马骨送去崭新的铜镫。给瞎眼的老人送去他唯一可以看得见的东西。

然后我在路的尽头转过身来，在那一刻看见我的人无一例外看见了他们自己，褴褛的衣裳穿着，灵肉都不值钱。再多的灯盏也不够风吹。

12

  风狠狠地吹着枯草。枯草也是一副但来吹我，绝不认输的样子。我喜欢看这些，看风复仇一样吹着，看过膝的枯草经见多了的不服输的样子。

  在风和枯草的关系最激越的时候，我会忘我地投身进去，觉得我是风舍了命吹刮，觉得我是草狂乱摇摆。既然已经是草了，就会显露出一种舍命相搏的样子。

13

  关于人的定义，触动我的有两个，一个是：人是一根会思想的芦苇；另一个是：人是各种社会关系的总和。两个定义里，我亲近第一个定义，而疏远第二个定义。两相比较，百分之九十九的人符合第二个定义，但我祈愿我落在第一个定义里，脆弱如芦苇，思想不停息。

  至于说到人是各种社会关系的总和，如果是一个好的社会还罢了，如果是一个相互猜忌，以邻为壑的社会，这样的总和想想能总和出一个什么东西来。

14

  等待的时间延长了。排队的人越来越多。前后都望不到头。可不能把时间都浪费在这里。

  我就认定人生就是一个等待和排队的过程。我得在这个虚耗性很大的过程里设法劳动起来。如果我尽可能地利用了这个时间——其实是可以利用的——那么人群解散的时候，我就是那个称起来比别人某些方面重一些某些方面又轻一些的人。

15

母鸡刚刚生完蛋过来,就碰到这大群的蚂蚁。

蚂蚁们正围着一块脏兮兮油腻腻的骨头忙碌。很多在骨头上。很多围着骨头跑来跑去。一律不得要领的样子,好像被巨大的收获物冲昏了头脑,不知道怎么着才好了。

鸡有些从容地走到跟前,开始啄食蚂蚁。它不慌不忙地吃着,吃一个,抬起头看看远处,好像在品味似的,然后记起了似的低头又吃一口。蚂蚁那么小,使鸡好像并没有吃到什么似的。这样子总吃了有数百个蚂蚁,还像是并没有吃饱。

蚂蚁们的兴趣还在那根骨头上,它们好像并没有留意到吃它们的母鸡。而且可称奇怪的是,蚂蚁们的数量好像并没有减少,整个骨头都被蚂蚁爬满了,有些挤不上去的蚂蚁纷纷掉下来。母鸡好像给蚂蚁们弄得有些眼花,它向远处看着,吃了那么多蚂蚁使它的样子看起来没有任何变化。

一些蚂蚁瞎头笨脑地跑到鸡爪上去,像跑错了山头又不好下来似的。鸡就把爪子抬到半空,很久的时间也落回不到地上去。

16

他一直觉得院子不干净,就一直扫一直扫,用着力气。他因为扫院子获得了相当的荣誉。

但是院子给这样的人扫,一是他自己辛苦到有些蠢,岂止有些蠢,简直太蠢;再就是费扫帚,没有比这样的扫法更费扫帚的了;还有就是,院子永远扫不干净,越扫越脏。

后来他终于是扫不动了,就让他负责检查天下的院子扫得干净否。

没有一个院子在他眼里是干净的。他因为责任心太强的缘故,年龄很大了还很健康地活着。

17

当车子从窄路上过时,为了方便通过,它不能双轮着地,它得单轮着地,而且转动的轮子也处于非正常状态。仔细看,就是单轮也不能像正常那样着地,而是以很少的一部分和地接触,这样就使得轮子变形。这样走着,对轮子的伤害是很大的。显然,只能勉强支应一阵,要是走长路,轮子是受不了的,车子是受不了的,拉车的牲口和赶车的人都是受不了的。

所以逼迫得车子走窄路,实际对谁都没有好处。

18

他一直责备说,桃子只有桃子的味道而已,这是远远不够的,如果桃子除了桃子的味道,也还有别的许多味道,难道不是更可取更好么?对他这样的说法,凡是有脑袋的,都频频点个不已,听到了世上最好的道理似的。

桃子就灰头土脸的,觉得自己作为桃子,真是一无是处。

19

数数自己的怕:怕开会说话。怕老之将至,病而不能自理。怕轻易激动。怕地狱就在人间。怕过年。怕听各样鞭炮声喝彩声。怕体检。怕屠宰场。怕各种盛会。

20

要接受、允许甚至追求自己在无所谓的事情上多输,然后在自己在意的事情上悄悄地赢。在各方面都追求赢是很可怕的。

21

我喜欢听叮叮当当打铁的声音,借此看到黑暗、火光和汗水,看到粗壮的胳膊和果决的脸,看到铁在敲打和锻炼中的种种变化。

我喜欢淬火的一瞬,通红到透亮的铁在冰水中忽然面孔变化,像尸布不容商量地盖上鲜活的肉体。我走过铁匠铺的时候,那不停的敲打声让我咀嚼人生,满口重味道。一口上好的宝剑经历了怎样细致又反复的锻造?没有哪个好的宝剑却是轻的。火和铁,清亮的水,汗珠子也掉到里面,这叮叮当当的声音使世界安稳踏实。使太阳在半天空激动,涨红着脸想表达点什么。我的心稳稳地跳着走过铁匠铺。我要做铁匠的后代。我相信打了一辈子铁的人最终就是一个铁人。

22

当人变作枯骨后,相互之间的区别小多了。我听了老师的话,有意坐在枯骨堆里。枯骨一律笑得忍不住的样子。就这,我还不能醒悟过来,好像有许多事需要自己去做似的。那就问问这些枯骨们还想做什么。风从边缘吹过来,听到枯骨们像奇怪的乐器那样叫起来。我听着呀。我把我这把骨头也交了出去,让风一并吹着,从中得到的快慰,让我怎么来说好呢。

23

需要白马的时候,说了黑马许多的不是,好像马就不应该是黑的;需要黑马(肯定有需要黑马的时候)的时候,又说白马有什么好?好像马由于白即可以被抹杀一切。只有当用得到马的时候,白马黑马才突然都成为好的。

24

刚开始起微信名的时候,我给自己起了"臭石头"的名字,取"茅坑里的石头,臭而还硬"之意,也算是表达出了自己的某种取舍之意。也有贱而能存的意思。这名字大概用了有一年,就改成了现在的名字"耐喜",取"忍耐并悦乐"的意思,这意思是很合于我,而且这两个字我也很喜欢,不会再起第三个名字了。

有着"耐喜"这个名字,我会还算不错的活下去吧。

25

看一本刑事案例方面的书,发现,凡是在极小的事情上不依不饶不甘罢休的人,最终都没有什么好结果。而被这样的人所纠缠的人即成了人际关系中的不幸者。

26

在朋友圈里看到一个写小说的在晒一个画家的画,并配有点评,说该画家的画如何如何地师法造化,匠心自用。实际情况是,那画和行画差不了多少，属于一辈子也练不出效果的那种画。实际这个写小说的人他的小说也一般得很，一般到几乎还不能叫小说。他们在朋友圈里互相欣赏并激励着，就觉得他们弄出来的这种热闹也是很有意思的。

27

灯盏举得太高就成了一种象征，倒不能有实用价值了。

28

一切热闹的事情里，都有一颗冷清的种子，找到这颗种子后，你就尽情地热闹吧。

29

他总结说：我过了麻雀似的一生。
他说：我没有像喜鹊那样大声叫过。

30

他说，拴马的绳子不要太短了，你为了节约一点绳子，会毁掉马。

31

找了很多学问家注释青蛙到底在说什么。学问家们摇唇弄舌，连篇累牍，写出一些好像要传世的著作来。不能不说，学问家们是有学问的。

但是就有一个不识字的人在夜晚的河边听了听说,青蛙就说的是,呱,呱,呱。没文化的人也只能说出这样的见解来,这是派不上用场的。

32

夜里他举着马灯看着一袋袋码得整齐的粮食,口里禁不住喃喃自语着什么。

出来的时候他锁上了大锁子,然后吃了秤砣那样回去了。他在密缀的星空下慢慢走过,从来不记得抬头向上看一下,他完全被地上的事情吸引了。

33

裹麻袋片。吃粗面馒头。赤脚走在晒得滚烫的地上。被风复仇那样在脸上吹刮着。这样苦行僧的日子过过也是很好的。因为有些特殊的福利就安排在各种苦行里。

我喜欢苦行僧这个名字,如果非要在脸上刺字不可的话,我就刺这三个字。然后走到哪里就是哪里。满眼青山夕照明。

34

我在海边坐了整整一天,正是淡季,使我在海边得以单独坐着。海一直喧哗絮叨不已,有说不完的话似的。我觉得海说的话我都懂。就像你们说的话越来越费解了一样。我努力往海的最远处看,好像我的童年和暮年都在那里。好像我的魂魄都在那里。也不必急于寻回来。近处,海的一切动静和声音我尽收囊中,又竹篮打水那样很容易地清空着。海水浸过的脚干鱼一样埋进沙子里。就这样在海边整整一天。我觉得我好了许多。在这亘古如一的劝说里有所明白了似的。我把负担卸在海边。海太大了。得把这话说好几遍才能一了心愿。

回去的路上我一再觉得自己确实好了许多。这么大的运作不息的海，还治愈不了你吗？等回到我的小屋的时候窗前的灯光亮着。就在迈过门槛的一瞬，我觉得海就像一马勺水那样，可以被我小心翼翼地端着或倒掉。

35

读狄金森的诗一定会让狄金森感到不安。她的手是和人握手最少的手。她活过了与众不同的一生。这一生够长的。在身后留了这么多热闹，一定使她始料未及。读狄金森的诗最好是一个人到她的坟头去读，如果这不会构成对她的惊扰的话。

36

昌耀，这被发配的匠人
终生用银子打造月亮
月亮在天上看着
轻轻说：昌耀
昌耀

37

大象说：等等，终归不是你们的么？难道我能带到墓里去？
说的是自己的牙。

但人们是等不及的，要在大象还活着的时候把它的牙就从它身上弄过来。也有给大象做思想工作的，说与其如此，不如把自己的牙贡献出来，自己偷偷逃走的好。说狼和狐狸等等就是这样啊，一旦被暗器咬住爪子不能脱身，就咬断自己的腿脚以便脱逃，这是何等的勇毅和明智之举。

大象听着，满心的愤懑和悲怆，觉得与其如此，还不如给自己一嘴和众生没什么区别的牙呢。

38

园艺师肯定要有所作为才能叫园艺师，于是就看到树被修剪成各种样子，有的像一把雨伞，有的像一块方糖，有的像一朵不规则的云，有的像一把没有停稳当的酒壶……总之被修剪成了各种样子，就是不再像树的样子。

有一种园艺师的能力就在于把树弄成不再像树的样子。

39

即便是叫自行车，也需要你出力它才能走。

轴的人会较真，你不是叫自行车么？你自己不动叫什么自行车？会因此特别生气不骑自行车，会否定自行车，会把自行车在自己的生活里抹杀个干净。

40

粮食在具有日常性的同时，又具有某种神圣性。

饥馑之年，爷爷省下馒头给孙子吃，孙子吃着，他看着高兴。然而既就是丰年，你把吃剩的馒头扔在地上试试，看你爷不打死你。一般来说，糟践粮食的人，其品质都是很坏的。

41

公羊好像总是在一种不倦的激情和骄傲中难以自已，它在缓缓动着的羊群里举起头来，像一条小龙游在盛大的水里，除了看到公羊鼻孔朝天不可一世的脸外，别的羊脸是一个也看不到的，也就是说除了公羊的脸外，就是羊群了。羊群是没有脸的。

42

朋友发来一条蛇的骨殖，骨殖的某一小段显得异样，像一丛野草经受过旋风似的。好像旋风离去了，野草还保留着被旋风在它身上肆虐时的样子。下面的注解是，这蛇是患骨癌而死的，那骨头显得异样的地方，正是当时病变最厉害的地方。

屏声敛息看着，有一种惊心动魄的感觉。

43

鱼发现自己被钓住时，总不免会挣扎一番，被钓到半空里了它还是挣扎着。好像极不满意着这样的命运和结局。但是在船舱里扔一会儿，它就安静下来，好像到了一个目的地似的。如果有一个小桶，如果小桶里有水，如果它被搁在这水里，它就会游来游去，好像在尝试着适应这生活。如果允许，这样的生活它会过很久也不厌烦。

如果钓住的是大鱼，往往气急败坏的样子就会更强烈一些，它会和钓竿做殊死搏斗，把钓竿拉弯曲，使钓竿知道它的分量。但大鱼好像心死得更快，没有相应的水桶来盛它，它就躺在老旧的湿淋淋的船舱里，像即使有逃生的机会，它也全然没有了兴趣那样。

<h2 style="text-align:center">44</h2>

凭着下垂的谷穗起誓，凭着牛的温驯起誓，凭着连接村庄的小路起誓，凭着一匹又一匹负重疾行的牲口起誓，凭着稳定的星空起誓，凭着切除痼疾的利刃起誓，凭着吸引蜜蜂的花朵起誓，凭着连绵不尽的岁月起誓，凭着吃不到口的果子起誓，凭着我的一双父母起誓，凭着我的一对儿女起誓，凭着没有一个人读透的经典起誓，凭着蛇身的冰凉起誓，凭着灰白的月光起誓，凭着人心被团结的一刻起誓，凭着帝王驾崩的一刻起誓，凭着火里面的火起誓，凭着男人和女人的秘密起誓，凭着亡人坟头的枯草起誓，凭着一切摇篮起誓，凭着一把捏不紧的香灰起誓，凭着夜行的人脚尖的方向起誓，凭着女人涌动的乳房起誓，凭着掀起门帘一角的游风起誓，凭着形形色色难以治愈的病人起誓，凭着敞开的大门起誓，凭着为人不知的暗室起誓，凭着被囫囵吞掉的枣子起誓，凭着走投无路的人的眼神起誓，凭着贵重之物放错了位置起誓，凭着山羊不能遮羞的尾巴起誓，凭着路的尽头起誓，凭着出汗不停的身子起誓，凭着拨来拨去的算盘起誓，凭着瘸腿的人站在很高的楼上起誓，凭着魔鬼望而却步的文字起誓，凭着天堂的深处吱呀呀响了一声起誓——

起誓：我是被造者，我是必死者，我是有限者，我是迷路者和认识者，我一开门，看到那么多要引我去坟地的人。一个也不认识。但是看看可以放心。我说，等等，等等。这一等不知要等多少时间。时间像松紧，说长也长，说短也短。

诗歌

- 灵魂是身体最遥远的地方　姚风
- 月亮在你的睡眠里呼吸　龙青

姚风,现为澳门大学人文学院教授。著有《黑夜和我一起躺下》《枯枝上的敌人》《厌倦语法的词语》《大海上的柠檬》《不写也是写的一部分》等中葡文诗集,《中葡文学交流史》等学术著作,以及《在水中热爱火焰》《未来是一个清晨》等译著。曾获"柔刚诗歌奖""昌耀诗歌奖""澳门文学奖"等奖项,以及葡萄牙总统颁授"圣地亚哥宝剑勋章"。

灵魂是身体最遥远的地方

姚风

诗人

我是一个诗人
我在黑夜看见更多的星辰
我在清晨看见更多的花朵
我在人群中看见了人

窗上的雨

每一滴雨,都像一个孩子
脸紧贴着玻璃
向我张望
并留下透明的符语
我不懂得翻译

但从每一张无邪的脸上
都看到了仁慈

一朵云

一朵云，如此明亮
飞进你的眼睛
你用这朵云，看着我
好像我就是天空

你久久地凝视着天空
直到雷声轰响
下起了暴雨

等待

在你离开以后
太阳才开始落山
明天太阳还会升起
但你没有回来

我等待着
直到你回来，或者没有回来
直到我开始养一条狗

最高处

天空悬下一架云梯
我向上攀爬

一个神圣的声音鼓励我：
继续爬，爬到最高处
你就会飞起来
掉下去也不会摔死

耳畔风声呼啸
像是翅膀的声音
我松开了双手

无人

阳光明媚，群山叠翠
只有鸟叫与虫鸣

大海在终点，涌入蓝天
没有一只船

没有人，没有船，也没有我
好似世界没有人类

亲人

活到这个年纪
才知道身体是最亲的人

他用病痛爱我
叫我按时吃药
还介绍医生和护士

给我做朋友

他嘱咐我不要爬山
不要走独木桥
走路的鞋要合脚
不能摔跟头

活到这个年纪
才知道与最亲的人
相依为命

无题

每一艘航行的船的下面
都有无数艘沉船

每一朵飞过的云都在用遗忘
写下一个地址

每一只狗都以没有原则的忠诚
关心着人的孤独
每一个人都在通过他人的眼睛
来辨认自己的面孔
每一个人说出自己所有的秘密
都会是另一个自己

一名眼科医生之死

一个眼科医生死了
黑夜里,无数病人都还活着

一个眼科医生死了
他生前在警察局不得不开出的
药方,却是因为人的心病

一个眼科医生死了
我们用眼睛去哭,也无法看见
死亡的真相

一个眼科医生死了
但还有很多人相信夜明砂
可以让他们复明

一个眼科医生死了
但在很长的时间里,我们依旧
是他的病人,不仅仅因为眼睛

桐庐的宋桂

这棵宋朝的桂树,依旧满树葱茏
而宋朝已经灭亡 744 年了

那是 1279 年 3 月
这棵桂树应该已经被栽下
但还没有开花

元军逼近,丞相陆秀夫
抱住王朝最后的皇帝赵昺
蹈海而亡

小皇帝死时才八岁,如果他活着
该上小学二年级
他背着书包从树下走过
桂花已经开满枝头

这是很小很小的花
就像他的年纪

杨树

人人都在赞美橡树
但在一棵橡树下
我想到的却是一棵杨树
想到那个要自杀的朋友
因树枝折断
而幸免一死

纽约唐人街

舌尖上的祖国是永恒的
置身唐人街,我又从美国回到中国
一碗兰州拉面配煎饼馃子,引爆
我忠诚无比的味蕾
云吞也是政治,客居他乡的唐人

通过食物热爱自己的故土
甚至肾也忘不了是中国肾，少不了
鹿茸人参的滋补与调养
新近开张的王老吉专卖店
让我恍惚看见，自由女神高举的
是一罐红彤彤的王老吉凉茶
唐人街，这名字令我神游至大唐王朝
如果盛世延续，岂会有漂洋过海的"卖猪仔"？
或许也不会出现唐人街
而李白的汉语，将四海通行
准时的饥饿感令我收拢思绪
走进金龙中餐馆
在门庭的镜子屏风中，我和一条
鳞片凋零的龙对视良久
最后点了一碟咕噜肉，用酸甜
去忘却悲苦的历史
而在大乘寺，我竟抽出一个
以英文书写的上上签：
You shall enjoy success in many trades

狂欢节

巴西，里约热内卢，一年一度的狂欢
不分贫富贵贱，全民同乐
面孔躲在浓妆艳抹的面具
丰胸肥臀宣告着肉体大军的胜利
甘蔗酒与大麻，配制出通往迷狂天堂的配方
避孕套不敷所需，上帝又要收养无数个私生子

狂欢是最大的忘记：忘记阶级，忘记贪污
忘记贫困，忘记黑豆饭的涨价
忘记上帝之城每日的枪击，忘记亚马逊的大火
忘记国家，忘记自己

而不善歌舞的我，只是一个看客
没有能力加入狂欢的队列

梦中英雄

暮色已尽，夕阳在消失前
拉满弓，把月亮射向天空
我与和平里的老人们一起
也在弥漫的夜色中退去
早早回到床上
不为别的
只为把睡眠放进夜的中心
整日于纷乱的人群奔走
叫我身心疲累

睡眠并不安稳
我被赶入一个梦境
被关进一间没有窗子的房间
严刑拷打
但我不知因何获罪
我咬紧牙关，为自己的清白辩解
直到无法忍受的折磨
让我从梦中惊醒
在梦中，我是如此勇敢

大义凛然，像革命小说描写的英雄
但梦还是醒了
窗外，月亮更加皎洁
像一只羊，啃吃着周边幽暗的草

笼子

鸟群向着我的方向飞来
但没有一只栖落在我的肩头
或者头顶
尽管我安静得像一块石头

它们知道我不是一块石头
不是一棵树
除非我是一尊死者的雕像
它们会在上面停留
留下粪便，甚至筑巢

鸟儿并不亲近人类
它们不会飞向一个个笼子

龙青，曾任《倾向》《自由写作》编辑、专栏作家，出版个人诗集《有雪肆掠》《白露》《风陵渡》《治疗课》。现为斑马线文库副社长。居台北。

月亮在你的睡眠里呼吸

龙青

关于

紫色小碎花
倾轧过嗅觉的时候
时间
指向上午七点零五分
我的目光
在枝头弹跳
不存在的紫色小碎花
裂开香气的瞬间
山道上
窜出一匹悲伤的母马

蛙声

它在叫,彻夜不停。
在黑夜体内
蛙是绿意的骨头
更是骚动五月的爆裂物
在引爆前
滋生叶子和鸟雀们细长的喙

晚安

把睡前的秘语放入坛子里
在密封的坛口
我们
用水滋养自己的鱼

和你的温柔在一起

现在,你已经睡下了
我们的房子里静悄悄的
月亮在你的睡眠里呼吸

猫头鹰

树影扼住喉咙的时候
初春的深山,在夜里

发出沙哑的叫喊

天更黑了

窗台上，去年种下的茉莉枝叶新绿

叫声的沙哑深化了这绿色

我不能变换窗口

更不能

随它的叫喊翻山越岭

最后，它的叫声停止了。

寂静从黑色的枝头跌落到草丛——

一个离去多年的人

正穿过我的身体

一个人的愚人节

曾经，一个月一到两次

坐车去看你

从槐花开到桂花谢

一个人的去程

妆容精致

一个人的回程，总是道断镜裂

香气的赏味期那么短

丁诗人在脸书写到：

"爱她的时候她是公主

不爱了她是病"

病重所以要被隔离
要从爱人的亲
转化为友善的亲

愚人节的明天
天天都是清明节
这世上再无可以凭吊的人
我也从不曾做到原谅

一个人的清明节

我拆解它
像一个屠夫手持利刃
锁骨是唐朝的雨
髋骨是
牛背上的牧童和杏花村

别动左边那根肋骨
肋骨上方
心脏的位置
走着一个断魂的人

人间草木

绿的是池塘
绿的是四月雨

绿的是棠红李白

是岸边的垂柳

和

死生离别处,缝补不起的人心

石头

你是石头

所以你听不到我哭

给你看

给你看我的伤口

给你看我疯的样子

给你

看

去年那株酢浆草

在黑色土壤里的病

一株烂了根的草

活或者死

它自己也不知道

词语

小树林在移动

根据一只蜻蜓或者蝴蝶的振翅
参照物绿色
可以想象
它停歇在开满婆婆丁的草地

随后移动的是村庄和河流
我们在车厢内相对而坐
作为发音的一种
哦，它们和我们
张开然后紧闭
什么都没有透露

我爱你，我并不爱你

该向你道别了
我喉咙的墨汁已枯
分岔的笔
是我最后的样子：

一个失去理智
狂暴的逆位女祭司

春天来信

钻进阳光与两棵树之间的缝隙
我看到

粉樱和白流苏碎末般的花影

斜上方的树枝上，一只松鼠

上上下下跳跃着

那些青翠的声音，在我仰头的时候

拂动着树叶

老房子前方是山谷

长久的寂静之后

视觉渐渐阴暗

揉揉眼睛，能听见

睡醒了的斑凤蝶的展翅

从一个枝头到另一个枝头

松鼠仍在跳跃——

我站在这里

静静地，感受春天

与中年的徒劳

厌倦

我厌倦每一次点赞的手指

所有带着笑容的人

都那么言不由衷

我厌倦阅读

视觉的猛兽总是巧妙地

以纯粹取得胜利
而我总是不能纯粹
当妈妈每天
计算着菜钱和家用开支
雪覆盖我
词语的不规范和机械性覆盖我

每日每日
我写
每日每日
我在稀薄的空气中
以沉默计算
你给予我的氧气用量
我厌倦我自己

正在远去

轨道消失了。
四月末的槐花是一只只白鸽子
在倦容和倦容之间
垂下双翅

型态的鸽子，嗅觉的鸽子
列车断然向前的轰鸣
隔开了我们。
坐在一众倦容之间

我的视线恍惚

车厢在恍惚中出现了微细的裂痕

渐渐延伸到窗玻璃上

我看到不安的自己的脸庞

更深的恍惚中

鸽子振翅,槐花散发出碎裂的香气

突然想起你说我们还有很多明天——

鸽子在镜前,槐花在水下

而我们没有道别

分手的理由

不爱了。一句话

就可以结束

词语与词语的亲密

所有爱过的段落

在悲伤中长成象征的荆棘

在四月,温热的隐喻

从你柔软的唇瓣

导入我的

深刻是黑暗中的闪光

让眼前的快乐变得匆促,危险

和可耻

在四月,在时间改变我们之前

我要带走山谷、田野和村庄
这些美丽、热切
书写的全部
我将借由月亮交给你——

乌托邦的湖岸

一个流浪汉躺卧廊檐下
冷风中，缓慢飘落的
是形体的树叶
和我们无限的困境

闹市里店铺门窗紧闭
街巷无人
时间在镜中呈现出精致的纹路
它使照耀清澈如秋水，也
使万物的肉身锋利
易碎

乌托邦的湖岸
我们赞美青山和飞鸟
远方总有一座桥，一盏灯
使我们忘却饥渴和疲累

微光从不曾熄灭——

冷风径自穿过空洞

一双黝黑的手

接过一个冒着热气的馒头

天色渐渐暗下来

曾经雄辩的舌头

因此而沉默

雨，以及其他

I

开始是一两滴，然后

雨越来越大

女人把头抵在窗玻璃上

漫不经心地往外看

一个又一个词语形成画面

在她脑海里蹦跳

丝丝入扣的弦乐绷紧了些什么

风吹过窗帘

产生垂坠感

触碰着取景框的底端

坐在声响的中央

时间的马蹄踏起水花

白茫茫地

开在黑暗中

荒漠，深谷，雷霆
同时出现在这个空间里——
它们疾如箭矢，瞬息
又迂缓如平沙落雁

所有奔腾和静水流深
仿佛
都只在男人的指尖

Ⅱ

相爱的时候
他们做爱
不爱了，他们依然是弓与箭。

Ⅲ

雨水在凝固的黑暗中
有玉质的光亮
他们在深夜重复鱼水的交融
他们，也在深夜
思考去留
寒塘观月影
生活的枝节犹如一支吸光器
无情地
让甜成为苦

让深刻陡峭成崖壁
和万丈深渊

"你还爱我吗？"
"你可曾爱过我？"

关上一扇门，又紧紧地
关上更里的一扇门
女人不再是被捧在手掌心里的
母亲、情人和小女儿
男人也不再是山，海，或者猎人

当她收拾行李离开——
雨水透亮，时间的光伫立其中
发出啁啾的哀鸣

油菜花

一亩亩沉默的油菜花
具体地，出现在三月的画布上
我能感受到它们眼里的光
那些陌生的，金灿灿的小脑袋
正在沉默中创作一种叫做春天的东西

或者它们也是喧嚣的，画布上
它们的盛开迫切

似乎毫不担心盛开之后的衰败

甚至凋零。

当沉默包围着我

我的喉咙发出声音

那么高亢，尖利

像油菜花那样——

恨不得

撕破些什么

在三月

我描摹它们

我知道每一年看到的，都

不是同样的油菜花

死亡瑜伽

厌倦了所有体式

厌倦了骆驼，猫，和鱼

在身体里又聋又哑的样子

请用我熟悉的方式说话

无论经历了什么

请妳

保持青翠，语言茂盛：

桥，弧形

让身体的塔尖易于辨认

弓是肢体

对肢体的眺望

更是你在我根部

种下的刺

空壳如此丑陋和粗糙

黑暗中你们

正无度使用着"我们"——

而我什么也不会做

在身体的异象里死去

我看不到任何人

远方

远方有雪，鸦们

在林间盘旋

听觉深处

饥饿的小兽咀嚼着

去年秋天预备下的存粮

夜晚来临的时候

树木的影子在月光下既长又短

就这样

看着，望着——

过完它们的一生

我们的一生

《大益文学》投稿启事

1．《大益文学》为连续性出版图书。常设小说、散文、诗歌、译文、非虚构、视觉等栏目。

2．欢迎投稿。投稿电子信箱：dayiwenxue@163.com。投稿时请附上作者简介及准确联系方式：电话、电子信箱、通信地址、邮编。稿件一经采用，即通知作者。

3．投稿须为原创、首发，已在公开报刊发表的请勿再投。所采用的作品一经发现属一稿多投者，将拒付稿费。自投稿之日起三个月内未接到采用通知的，作者自行处理。

4．作者须保证投稿中没有侵犯他人著作权或其他权利的内容，并对此承担责任。

5．对采用的作品，编辑可能出于必要原因对其酌情修改或删节，请予以谅解。如不同意做任何修改与删节，请在投稿时说明。

6．作品从发表之日起，其专有出版权和网络传播权即授予《大益文学》，许可转授第三方使用。

7．根据需要，《大益文学》刊登的作品将在云南大益文学院网络平台以及授权网站传播推广，所付稿酬已包含网上传播使用费。

云南大益文学院
2023 年 7 月

南方
NANFANG

图书在版编目（CIP）数据

南方 / 雷平阳主编. --桂林：广西师范大学出版社，2023.10
（大益文学）
ISBN 978-7-5598-3643-4

Ⅰ．①南… Ⅱ．①雷… Ⅲ．①中国文学－当代文学－作品综合集 Ⅳ．①I217.1

中国国家版本馆 CIP 数据核字（2023）第 185565 号

出版统筹：多　马	书籍设计：鲁明静
策　　划：多　马	篆　　刻：张　军　张泽南
责任编辑：吴义红	责任技编：伍先林
产品经理：多　加	特约编辑：徐兴正　王单单

广西师范大学出版社出版发行

　广西桂林市五里店路 9 号　　邮政编码：541004

　网址：http://www.bbtpress.com

出版人：黄轩庄

全国新华书店经销

广西广大印务有限责任公司印刷

　桂林市临桂区秧塘工业园西城大道北侧广西师范大学出版社
　集团有限公司创意产业园内　邮政编码：541199

开本：720 mm × 1 020 mm　1/16

印张：20.75　　字数：180 千

2023 年 10 月第 1 版　　2023 年 10 月第 1 次印刷

印数：00 001~22 000 册　　定价：60.00 元（含别册）

如发现印装质量问题，影响阅读，请与出版社发行部门联系调换。

南方

二〇二三年第一卷 总第二十三卷

雷平阳 主编

［大益文学 别册］

广西师范大学出版社
·桂林·

［别册］目录

勐海茶厂记／1

勐海茶厂续记／45

大益八十三年大事记／63

勐海茶厂记

雷平阳

一

1938年12月26日，对于云南茶史来说，无疑是一个重要的日子。这一天，由"民国政府经济部"下辖的中国茶业公司与"云南全省经济委员会"合资创建的"云南中国茶叶贸易股份有限公司"正式成立，办公地点设在昆明市威远街208号，董事长为缪云台，经理为郑鹤春。

云南中国茶叶贸易股份有限公司即今云南省茶叶进出口公司的前身。该公司成立之初，本着"开发滇茶，增加资源，改良制法，另辟欧美新市场"的宗旨，在1939年，相继建立了顺宁茶厂（凤庆茶厂前身）、佛海茶厂（勐海茶厂前身）、康藏茶厂（下关茶厂前身）、复兴茶厂（昆明茶厂前身）和宜良茶场（宜良茶厂前身）。1940年，该公司又在昆明正义路中国百货公司内设立了茶叶经营部，在四川宜宾设办事处推销沱茶和红茶，在丽江设营业处经营丽江及康藏的紧茶和饼茶。

"四厂一场三个营业机构"的设置，现在看来，可以说是云南茶业向世界发起的第一次集团性冲锋。

勐海作为当时的"瘴疠之区",却被选为"思普地区"茶业的象征而设厂制茶,这绝非偶然。1989年11月2日于美国病逝,享年84岁的原佛海茶厂厂长范和钧(亦名樱)先生,曾有专文介绍建厂情况,其间所列是为事实,当袭列于后。但在袭列该文之前,应当先对范和钧先生做一些简要的介绍,这对今勐海茶业界人士及勐海茶厂的职工了解厂史有着非常重要的意义。

范和钧(1905—1989),男,汉族,江苏常熟人。1924年毕业于上海浦东高级中学,获学校公费奖学金资助留学法国,就读于巴黎大学数学系。1928年因公费断绝开始在法勤工俭学,1930年秋返回上海,任法国驻沪商务处翻译。后经人介绍入上海商品检验局任茶师。1936年在上海参加中国茶叶公司的筹组工作,任首任技师。抗日战争爆发后,1937年7月随公司迁汉口,旋赴江、浙、赣和两湖茶区考察研究,与吴觉农合著《中国茶业问题》一书。1938年负责创办湖北恩施实验茶厂,采用机制红茶成功。1939年由中茶公司调往云南,创佛海实验茶厂,推广机械制茶。1941年茶厂投产。1942年因日军逼近,奉命停产调回昆明。1943年赴重庆任复旦大学茶叶系教授。1945年离校自办茶厂,后赴台湾任茶叶技师及中坜情制茶厂和三义粗茶厂厂长。1979年退休定居美国。1985年曾应中国民进中央委员会之邀,先后在北京、昆明、南京和上海等地参观访问。1989年11月2日病逝于美国。

《创办佛海茶厂的回忆》(节选)

范和钧

一、中茶公司的成立与恩施茶厂的开办

1936年夏,南京举办全国手工艺展览会,上海商品检验局承办中国茶叶特展。展室悬挂两幅世界产茶国的巨型图表,触目惊心地显示出近百年来世界产茶国家茶叶产量直线上升,与我国茶叶出口数量逐年下降,形成了强烈的对照。观众莫不痛感国茶生产的危机,势非急起直追不可。

| 范和钧先生

1937年春，中央经济部周贻长次长，在沪召开中国茶叶公司筹备会议，我有幸应邀出席。会议决定由皖、赣、湘、浙、闽产茶省份，每省各出资20万元，由中央经济部及各大私营厂商集资200万元，成立中国茶叶总公司，由经济部商业司司长寿景伟任总经理。是年7月，正值抗日战争，东南各省茶叶产销相继停顿，中茶公司分公司迁往汉口，并在湖北恩施筹办恩施实验茶厂。由我负责设计创制各种制茶机械，采用大规模生产方式机制红茶，替代老法落后的手工操作，产品悉数运销重庆，畅销后方，成绩显著。由于采用科学机械制茶，既提高了茶叶品质，且为发展国茶外销开辟了光明的前景，并为今后国内各地办厂提供了样板。

二、云南中茶公司的设立与佛海茶厂的筹建

但是，要在佛海办厂，并非易事，必须进行艰苦的斗争。因为佛海地区一向被视为"瘴疠之乡"，人烟稀少，但每年死于恶性疟疾者却为数甚多，人们视为畏途。当地居民刀耕火种，生产原始，生活简单贫苦，社会环境、商业条件还很落后。以货易货是当时当地的主要贸易方式，还有日中为市的古风，纸币却不易通行，成为贸易的重大障碍。该地气候全年分干湿两季，湿季淫雨不绝，为制茶季节；干季为茶叶包装运销季节。

（一）建厂人员资金物资的筹备

1939年冬，我和张石城先生带着考察资料及样茶取道思普返回昆明，将调查结果报告中茶公司董事会。滇方代表缪云台董事长在私宅设宴，席间研究了佛海的自然、社会条件及产茶的情况与前景，做出创办佛海实验茶厂的决定，委托我担任厂长，茶厂开办费定为5万元。另筹资金50万元，成立佛海服务社，茶厂所需营运资金悉数由服务社提供，不另投资。云南省政府为在佛海地区推行使用法币，委任华侨梁宇皋先生为佛海县县长，协助我们开展厂务。

1940年春，正式开始建厂。我首先飞往重庆，请求中茶总公司调用原恩施茶厂初制茶工25人、江西精制茶工20人。另请滇茶公司支援云南茶叶技术人员训练所见习学员20人，同时由宜良茶厂殷保良技师在宜良雇佣竹篾工5人，由殷保良

范和钧在佛海茶厂成立三周年纪念碑前

带队。茶厂首批职工90余名工人,由宜良搭车到玉溪,然后雇佣马帮经峨山、元江、墨江、普洱、思茅、车里等地,长途跋涉月余,安全到达佛海。

重庆事毕,我即前往上海,聘请了电气工程师、医生及铁工等五六人;为茶厂采购了各种机器设备、医药器材、防疟药品;又为佛海服务社向"中国百货公司"采购了傣族妇女喜爱的大毛巾、纱头巾、毛巾毯、热水瓶、儿童玩具等日用百货,用木箱包装海运至曼谷,委托当地侨商蚁美厚先生运往缅甸景栋转到佛海。

我从上海返滇途中先抵曼谷,和旅泰侨商蚁美厚先生接洽,采购了部分制茶机器,其中所购的拣梗机,在我国尚属首次进口。随后我又前往仰光,为茶厂采购水泥、钢筋等建厂须用的建筑材料,后才离开仰光搭车赴景栋,由旱路返抵佛海。

(二)自力更生,兴建厂房

经过我们一年余的艰苦筹备,人员、资金、机器、物资各个方面有了基础,才为建厂准备了比较成熟的条件。紧接下来的任务便是选择厂址和兴建厂房。按当时的情况,佛海的土地还没有所有权归谁所有的问题,谁要使用土地,只要向当地土司提出申请,得到头人的同意,即可占用。森林木材也是无主之物,自由伐用。只有毛竹是当地居民种植的作物,不得侵占,须通过购买或易货才能获得。

我们选择的厂址在佛海市集中心附近,是一块八十余亩的荒地,后有丛林小溪,前有市场大道,交通甚为方便。就地取材和自力更生是我们兴建厂房的两条基本原则。厂址既定,我们就派出伐木工人到附近深山砍伐木料,就地锯制成材,大批毛竹购自当地居民,为建盖厂房宿舍备用。同时,部分木工赶制桌椅床屉等生活用具及各种生产工具。

这时厂里还雇佣民工在厂后的稻田里挖泥刨土,制成土砖及土壤烧成的红砖二十余万块,在厂房周围筑起了一堵九尺高的围墙。厂内职工自力更生,同甘共苦,与民工一起,日夜兴工,砌砖垒墙,架梁盖顶。厂房、宿舍一幢一幢地矗立起来,从根本上改变了昔日荒原的本来面貌。

(三)建厂两年

创业是艰难的。厂房建成了,制茶机器运转了,当第一批茶叶生产出来的时

勐海茶厂记

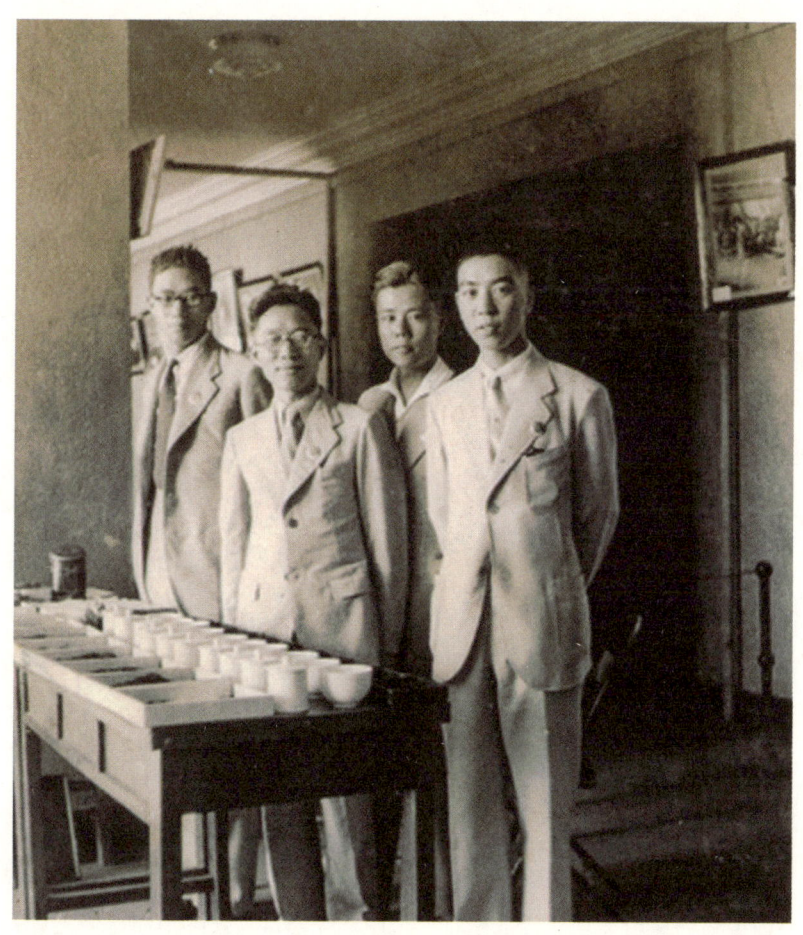

南京茶叶特展会加速了中国茶叶股份有限公司在南京的创建

候，全厂职工心情激动，满怀喜悦。两年来，我们一边建厂，一边发展滇茶生产，开展滇茶外销，繁荣了当地的经济，改善了边民的生活。我们的贡献虽然微薄，但精神上却得到了很大的安慰。事情都不会是一帆风顺的，困难与成果往往是共生的，克服的困难越大，收获的成果越巨。我厂在发展茶叶生产、扶助茶农茶工、维护国家经济利益的过程中，曾经解决过不少困难问题，略举数例如下：

1. 发展紧茶生产，扶持茶农茶工

佛海是藏销紧茶的重要产地。紧茶是藏族同胞一日不可缺少的生活必需品，销藏紧茶每年为数可观。紧茶制作并不复杂，每年冬季将平时收购积存的干青毛茶取出，开灶蒸压后，装入布袋，挤压成心形，然后放置于屋角阴冷处约40天后，布袋发微热40℃左右，袋内茶叶则已发酵完毕。解开布袋，取出紧茶，再外包棉纸，即可包装定型，等季节性马帮到来，便可装驮起运。先到缅甸景栋、岗巴，转火车到仰光，搭轮船到印度加尔各答，转运到西藏边境成交。

由于茶农茶工本小力微，往往被当地士绅操纵，从中备受剥削，生计困难，生产的积极性受到束缚。我佛海茶厂为了扩大紧茶生产，扶助茶农茶工自产自销，凡自愿经营紧茶业务的，皆可由我厂出面担保，向当地富滇银行贷款，制成紧茶后，交由我厂验收，合格者由我厂统一运销，售出后所得的茶款，减除各项费用及开支后，余数全归生产者所有。因此，大大地增加了茶农茶工的收入，改善了边民的生活，提高了生产积极性，从而发展了紧茶的生产。

2. 与印度力争豁免紧茶的进口税和边境税

太平洋战争发生以前，印缅本来同属英国殖民统治，印缅两地货物进出均作为在一国国内的运输处理，素来免税。但印缅分治后，紧茶由缅甸仰光运到印度加尔各答登陆，要上进口税和边境税，印度海关人员认为茶叶乃印度特产，进口税很高，转口税也不轻。此次紧茶到达印度，突然要交纳进口税和过境税，佛海厂商毫无思想准备，茫然不知所措。我厂以事关紧茶外销，并危及厂商和茶农茶工的切身利益（为由），立即向滇茶公司提出申请，由缪云台董事长商请中国银行外汇业务专员蒋锡瓒先生赶赴加尔各答，委托中国驻印领事黄朝琴先生一再向印海关交涉，据理力争：紧茶是专销藏族同胞的，并不进入印度市场，而且印度并不生产紧茶，紧茶与印茶毫不存在竞争销路问题。最后设法让印英海关人员到仓库中验看紧茶品质，印方人员方知紧茶系用粗老之茶叶压制而成，专为藏族同胞所饮用，并不影响印度的经济利益，这才同意仍按过去惯例免税放行。由于我厂的及时行动，使国家和厂商与茶农茶工免遭经济损失。

3. 解决佛海外销茶结汇问题，使产销得以顺利进行

1941年冬，中央政府外汇政策规定：一切外销茶叶所得外汇，必须结汇给"中央政府财政部"，关于佛海外销茶结汇问题，由滇中茶公司会同佛海茶厂办理。中茶总公司乃令滇中茶公司通令佛海茶厂承办，海关则严格取缔外销茶私运出境。

佛海虽属边城，驻有海关人员，但佛海并非茶叶成交之地。茶叶必须外运，经过滇边打洛关出境后，通过缅印两地运到西藏边境才能成交，才能获得外汇，事实上不可能在佛海结算外汇，佛海根本没有外汇来源。经我厂与海关人员多次协商，采取两全的办法，即茶叶出口时，许可用书面具结运输，先行出口，然后再结算外汇。海关及当地厂商都认为此法可行，并由海关方面通令执行。由于结汇问题得到圆满解决，外销茶叶才能得到贷款，这才保证了茶厂的产销得以顺利进行。

三、坚持建厂，悲痛撤退

太平洋战争发生后，1941年日本侵略魔爪伸向南洋，战火迫近缅泰。佛海地区遭受日机轰炸扫射，人心惶惶，动荡不安，昆明中茶公司电令茶厂职工全部撤退至昆明。这时我厂建厂任务正进入全面完成的最后阶段，全厂职工接到撤退的电令，莫不心情沉重，不由激起了我们心头的怒火，我们绝不甘心，我们一定要在撤退之前，把我厂全部建成，以表达我们对日本侵略者绝不屈服的决心。全厂动员，上下一心，加班加点，赶装发电机器。一周后，机房供电，全厂灯火通明，显示我们终于完成了建厂的历史任务。同时，机声隆隆奏出了我们撤离前的悲痛心情。翌日，全厂职工将刚刚安好的机械和一切原有的设备，一一拆卸装箱驮运

到思茅,主要机器沿途寄存民间保管。全厂员工除本地人员留守护厂外,其余人员全部撤离。临别之际,大家欲哭无泪,欲语无言。回想当初,大家本着抗战到底的决心,离乡背井,辗转流徙,来此瘴疠之乡,穷年累月,为滇茶事业流血挥汗,一旦撤离,怎不令人心碎?每念及此,心潮起伏,不禁使我夜夜不能寐。

值得欣慰的是1949年春雷一声,全国获得解放,佛海茶厂获得新生与重建。西双版纳恶疟几乎绝迹,成为国内外观光旅游的胜地,佛海生产的红碎茶已在国际市场赢得崇高的声誉。侨居海外的我十分兴奋,衷心祝愿祖国茶叶生产日新月异,蒸蒸日上,前途无量!

此文完成的时间,当在1979年范和钧先生退休移居美国之后,也就是说,是范先生在74至84岁这一年龄段写下的。或许是因年事较高之故,其间茶厂的建厂与生产情况交代得不是特别清楚。1944年之后茶厂恢复生产这一情节,也无记录,至于抗日战争胜利后又告停业之因,更是无从稽考。据我手中掌握的资料记载:1941年,佛海实验茶厂即已开始生产红茶、绿茶及紧茶圆茶,并创制了一批以嫩芽为原料的白茶,此茶形直如针,冲泡后茶芽直立水中,颇受消费者欢迎。据1938年就从昆明到勐海、现年86岁的张存老人回忆,当时的佛海茶厂生产红茶、炒青、沱茶,甚至还生产过龙井茶。对生产普洱茶的场景,张存老人更是记忆犹新:用一个刻着"普洱茶"字样的木模,填进茶叶,然后用甑子蒸,热蒸后,"普洱茶"字样就印在了茶上……

对于建厂之初,所有佛海茶厂职工由昆明至勐海那一为时长达月余的大迁徙,由于范和钧先生取道重庆、上海、仰光,然后再辗转至勐海,未曾随队,所以言语简洁,可在张存老人的回忆中,那是一次艰苦的"大进军"。

范和钧先生称,当时职工90余人,可张存老人认为是百余人,且随行的不仅有富滇银行的职员,还有一个姓衰的连长率领着一个连的士兵护送。按张存老人所说,至景洪时正逢傣族人过傣历年(4月15日)推算,这支有马匹百余的"马帮"队伍,出发的时间应是3月中上旬。他们带着制茶的诸多器械、行李用具,富滇银行的职

| 几十名职工仅用时9个月就自己动手建立了茶厂

员则带着"红红的、印着孙中山先生头像的滇票",在袁连长队伍的护送下,先是坐着"一种烧煤的车"到玉溪,在玉溪住了一个星期,原因是"等范厂长",同时是为了在玉溪雇佣马帮。从玉溪出发,第一天夜歇浑水塘,第二天夜歇新平,第三天歇甘庄坝,第四天到墨江,然后至普洱(今宁洱)、思茅、普文、车里(今景洪)……其间曾在墨江滞留了4天,在普洱滞留了2天,在车里则因过傣历年,也滞留了3天,到达勐海,足足走了1个月零5天。

去勐海,一群由内地人组成的制茶队伍,用双脚丈量着大山大水的云南高原,而且目的地是瘴疟之区。就算马帮也只能视季节而深入的边地,横穿的地方又匪患连连,我不知他们中是否有人想过逃离,是否有人哭过。唯一健在的张存老人又因少年时代父母双亡而饱尝了人世的艰辛,所以对此次旅行只以"艰苦"二字来概括,可他们中的湖北人、江西人又该有怎样的体会和感受呢?我不得而知。

尽管佛海茶厂的历史如白驹过隙,可这次茶叶专业技术人员向勐海的大迁徙,揭开了勐海机械化产茶的序幕。加之随后这批人在勐海所搞的科技推广、紧茶收购加工(据刘献廷先生《佛海茶庄发展史略》一文称:1940年,佛海茶叶试验厂抛出大量资金高价购买已加工紧茶,原来在佛海,紧茶售价每担20至25元,今出价每担30元……年产紧茶3.5万余担,圆茶7000余担,创佛海最高年产量)、机械化生产以及茶叶知识的传播,为之后的勐海茶业及勐海茶厂的重建与崛起,打下了坚实的基础。

在此需要补充的是,1944年,佛海实验茶厂一度恢复生产,当时范和钧已任复旦大学茶叶系教授,其厂为谁主政,不得而知。《云南茶叶进出口公司志》第33页也只记载:"恢复生产红茶43担,收购当地私商紧茶3268驮。"

二

在为现勐海茶厂寻找"前身"的时候,一个叫白孟愚的人是和范和钧一样重要的人物,他是不能遗漏的。从历史学的角度看,白孟愚较于范和钧,对勐海茶业的贡献甚至更大。

据《勐海县志》载：白孟愚（1893—1965），回族，云南个旧沙甸人，笃信伊斯兰教，曾两次到麦加朝觐。少时就读于云南省政法学校，后曾在故乡创办教育。1932年，他被当时的云南省政府派到思茅、普洱一带办理盐务和税务，在此期间，他深感大力发展边疆少数民族地区生产的必要。1935年，他到西双版纳地区考察茶、矿、农等情况，看到该地大片荒山平坝土质肥沃，水源充足，物产丰富，更加坚定了开发边地的志向。1936—1937年两年间，他先后到广东、湖南、湖北、江西、上海、北京等22个省市考察，并前往日本学习茶叶及农作物栽培技术。回国后，他上书当时的云南省政府，力陈国富民强之策。1938年，云南省财政厅采纳了他的建议，筹建"思普区茶业试验场"；且于现今勐海境内分设了第一、第二分场，采选国内优良茶种试种，采取梯台栽种，实行科学采摘和管理。1940年，佛海总场成立，他任场长。

白孟愚在南糯山茶园中心区建立制茶厂，从印度引进制茶机，从沪杭选聘10余名高级制茶技师，改变了传统的制茶方式，制出的红茶和绿茶质优价廉，供不应求。他是云南茶叶史上的"红茶第一人"，当地老百姓称其为"孔明老爹在世"。

与范和钧高价购买紧茶帮助当地茶农茶工致富不同，白孟愚供给茶农茶种，鼓励当地人以种茶的方式带动农村经济的发展，并在垦殖过程中，大力传播先进的种植技术。为大力发展生产，他还动员沙甸回族乡亲，先后迁移200余人到勐海；在推广新技术方面，勐海人第一次用上了个轮蝶耙、中耕机和印度式犁等农耕工具，也第一次住进了砖房。同时，为全方位带动勐海地区的经济发展，他还建起了樟脑培植场和志安纺织厂……

在白孟愚的苦心经营下，南糯山茶厂达到了年产2000担机制茶的水平，南糯山种茶达到了10万株。昔日的边地，还建起了球场、职工医院、娱乐场所等等。

在原佛海实验茶厂职工张存老人的记忆中，当范和钧的制茶队伍浩浩荡荡开进勐海的时候，白孟愚的南糯山茶厂早已开始生产成品茶。两个茶厂尽管后来都成为组建勐海茶厂的原始基础，可在当时却分别代表地方政府和中央政府。张存说，两个茶厂先后建起，为了争夺市场，两厂之间甚至发生了冲突，而结局是，范和钧假驻勐海部队之手,挤走了白孟愚(笔者注:驻勐海部队的师长是范和钧的老同学)。这一没有史料记载的个案,在张存老人的记忆中,却显得无比鲜活:"在李师长的帮助下,白厂长被挤走,远走缅甸,南糯山茶厂就归佛海实验茶厂了。他们的机械有揉茶机、烘茶机、切茶机和分筛机,都是从英国(印度)进口的。好在我们有一个技师是广东人,懂这些机械,于是我们就上了南糯山。当时我搞的是收鲜叶,南糯山9个傻尼人寨子都产鲜叶,一天可收七八千斤,最多时可收一万斤。与我配合记账的人,还是个女同志,姓左,她经常算账到深夜。"

张存老人的回忆,根据《勐海县志》所载,白孟愚先生于1948年11月卸任"出国侨居缅甸"的事实来看,显然有值得商榷之处。86岁的老茶人的记忆,是否将1952年重返勐海上南糯之事,提前到了20世纪40年代初?但不管怎么说,它还是让我们明白了这样一个事实:佛海茶厂与南糯山茶厂归并的时候,张存老人是见证人。

在白孟愚所建的南糯山茶厂的背后,是一座秀美的山峰,竹木掩映,苍翠欲滴。带有法式风格的厂房在树、风、溪声和鸟鸣之间,60余年的岁月仿佛寂灭了,又仿佛还凝集在一株株仍保留完好的栽培型大茶树上,它同样在2000年4月春天的光照下,像一张张鲜叶,泛动着迷人的光芒。

现在的南糯山属勐海县格朗和乡所辖,"格朗和"一词系爱尼语,意即"得吃得穿,日子好过"。据勐海广播电视局原局长段金华先生称,爱尼人因信奉多神,故易散,大凡寨子大了,都要分开,所以每寨都有"新、旧""大、小"之分。比如南糯山茶厂背后的山峰之上,那接着云端的地方,有一个美丽的村子,它的名字就叫"大石头寨"(石头老寨)。

曾担任过勐海茶厂南糯山分厂厂长的杨开当先生,就出生在大石头寨。他是爱尼人,现已退休。在他的回忆中,到处都浮动着白孟愚的影子,在他的叙述中,白孟愚更像是一个传说。现将其有关白孟愚与南糯山的叙述整理如下。

杨开当先生回忆录

白孟愚是 1938 年来到南糯山的。

据爷爷讲，白孟愚第一次来的时候，还带着地质专家和建筑师。

他们选了很多地方，最终还是选择了南糯山。

我的爷爷是石头老寨的总叭（大管事），所以很多事情白孟愚都需要我爷爷帮忙，比如建筑用工、建材取用等等。由于白孟愚常来找我爷爷，且他又是一个忠诚的伊斯兰教信徒，生活很不方便，为此，我们家还特意为他准备了一整套的餐桌、椅子及饮用工具。

南糯山茶厂的机器全部从加尔各答运来。先是海运到仰光，然后又运到缅甸景栋。从景栋运到南糯山，全用牛车拉，一辆牛车 3 头牛，还得配 15 个左右的精壮汉子，他们有的拿着斧子，有的拿着锯子，逢山开路，见树砍树，见沟填沟，往往一天时间只能走一公里左右的路程。从景栋到南糯山，足足走了半年多。10 架牛车拉机器，能拆散的都拆散了，只有揉茶机的底盘拆不开。运到南糯山时，寨子里的 10 多个人去搬，根本搬不动，太重了。为了应对机械设备在生产过程中的耗损，他们还运来了一台机床，配有一个叫"大老黄"的技术师，他的任务就是制作零部件，因为当时的南糯山，连钉子和螺丝都找不到。

南糯山茶厂是 1941 年正式投产的，主要是做碎红茶，专销英国伦敦。制作碎红茶，要求茶叶不仅要嫩，而且要鲜，不能让太阳晒。采茶时，箩筐里一律要用芭蕉叶垫着，装满了，也不能用手压。当时的茶树不修剪，都是些大茶树，人必须爬上去才能采摘，而这种时候，茶树底下都要铺一层芭蕉叶。

白孟愚是当时的省政府派来的，而范和钧则代表当时的中央政府，他们之间竞争很激烈，都是为了争夺原料市场。其实，当时的佛海茶厂产茶还没有南糯山茶厂产得多。他们两个人的到来，把一些私茶老板都挤垮了，没垮的也只能算是苟延残喘。白孟愚的实力非常雄厚，除了在南糯山办了两个茶厂外，在勐遮还办了个农场，在曼真还办了纺纱厂，在勐海还办了个盐厂。每到收春茶的时候，他

| 佛海茶厂与时代同发展共命运

就把村村寨寨的头人全召集起来开会，一人发一床毛毯，然后打招呼，春茶必须全部交售给他。

白孟愚平时都住在曼真，但他经常来南糯山。骑马，留着山羊胡须，穿对襟衣服，瘦高个，40岁左右的样子。但是非常奇怪，每次来南糯山，他都是夜间来，前面一个人牵马，背后跟着两个保镖。在南糯山，不管是去做客，还是走哪儿，都有人提着大汽灯给他照明，大汽灯的光，白晃晃的。

南糯山茶厂的工人都配有枪，所以土匪都不敢来抢劫。另外，白孟愚还配有发报机。他的消息非常灵通。不过，白孟愚是个性格非常温和的人，很有修养，从来都不见他打人或者骂人。有一次，他的一个工人去乱砍树，与树的主人发生了冲突。当时，由于我的爷爷病在床上，没能及时化解。结果，砍树的人反倒把我爱人的叔叔抓了起来，导致南糯山的村民把茶厂围了个水泄不通。白孟愚知道这事后，马上通知放人，还到寨子里来道歉，同时当即赶走了那个砍树的人，从而使这件事没酿成大的事端。

白孟愚离开南糯山的时间大约是1948年，当时我已经12岁了。他离开时，把茶厂移交给了当时的思茅专区的专员，他们两人都在，我还跑去看了他们。离开勐海后，白孟愚先是到缅甸，后又到了老挝的拉布拉巴，后来又听说他去了泰国。他最想去的是阿拉伯。1960年初，他又曾想回国，可最终他既没去阿拉伯，也没回国，而是于1965年病死在异国他乡。

白孟愚离开南糯山后，茶厂一度荒废了。由于他进的机械都是黄铜做的，有的条子还被附近的一些老百姓偷出来，当作黄金卖。

1953年，南糯山茶厂恢复重建，二厂的厂长是一个南下干部，名叫赵继南，后调一厂任厂长，二厂厂长由张泉担任。

1954年8月，一厂移交中茶公司，由勐海茶厂管理；二厂则继续由省茶科所管，直到去年，才又由勐海茶厂管理。

在杨开当先生的回忆中，白孟愚的工人都配枪。对此，《勐海县志》则是这样记载的:"他(白孟愚)还组织厂游击队,配合国民党第六军九十三师防守边境。厂队常埋伏丛林中,注视日军。日军每来侵扰试探,均被击退。"

据诸多资料及当事人的回忆,我们也就可以得出这样的结论:如果说范和钧构建起来的是勐海茶厂的骨架,那白孟愚则为勐海茶厂做出了大量的人文准备,而他率先在云南,特别是在勐海生产碎红茶,为勐海茶厂之后生产"滇红"广开制茶门路打下了良好的基础,并在民间做好了充分的技术性准备。最令人振奋的是,无论是佛海实验茶厂,还是南糯山茶厂,它们起点之高,敬业精神之坚韧,经营目标之远大,现代化作业的科技含量之高,道德义务之强烈,在20世纪40年代的中国茶叶界,都可视作典范。

三

香港著名美食家、茶博士蔡澜,1995年曾在《壹周刊》上发表过一篇文章,名叫《普洱颂》。该文在阐述了香港人爱喝普洱茶的缘由之后,笔锋一转,如此写道:"普洱茶已成为香港的文化,爱喝茶的人,到了欧美,数日不接触普洱茶,浑身不舒服。我每次出门,必备普洱。吃完来一杯,什么鬼佬垃圾餐都能接受。移民到国外的人,怀念起香港,普洱好像是他们的亲人,家中没有茶叶的话,定跑到唐人埠去喝上两杯……"由此可见,在香港,阮福所述"普洱茶名遍天下。味最酽,京师尤重之"应当改为"港人尤重之"了。中国农科院茶叶研究所专家、中华茶文化研究中心原董事长、现居香港的陈文怀先生所著《港台茶事》一书载:"香港每年要销五六千吨普洱茶,平均每人每年差不多要喝1公斤,像蔡氏(蔡澜)这样的'茶博士',每年没有上10公斤是过不了年的。"

《港台茶事》一书共出版了两次,第一次是1997年8月,书的"自序"写于1997年春。在序文中,陈文怀先生说,该书写成于1985年之后。也就是说,"香港每年要销五六千吨普洱茶"就是最近几十年这一时间段。

五六千吨,这不是小数目。勐海县1998年产茶6909吨,如果全制成普洱茶,也只够香港之用。

香港不产茶，却是中国的一个品茶之都。香港街头，入目多"茶"字，茶行、茶庄、茶楼、茶室、茶寮、茶座、茶餐厅、凉茶铺，比比皆是。能有这般茶文化气象，显然也非一日之功，没有百年时间的造化是难以如此的。邓时海先生曾说，现在要寻普洱茶的陈年极品，非香港老茶铺不得。

陈年普洱存香港，再加之今日香港普洱茶之盛，我之叙述，目的在于"牵强附会"地引出1951年重建勐海茶厂的必要性。特别是针对"海外"市场，勐海茶厂作为"普洱茶"的象征，亦作为云南茶都的品牌之一，自1943年正式停业后，其重建工作，到了解放初期，已成为云南茶业界的一件大事。也正是因为这样，一个叫唐庆阳的人，与勐海茶厂结下了半生时光的生死缘。

唐庆阳（1916—1994），男，汉族，江苏南京人，金陵大学经济系肄业。1938年入滇，前往凤庆创办茶厂，是凤庆茶厂的创始人之一。1951年7月，受中国茶叶公司云南省公司派遣，到蒙自、元江、墨江、普洱、易武、车里、佛海、南峤等茶区进行深入考察，并做恢复勐海茶厂的前期准备工作。对勐海，唐庆阳情有独钟。作为一个迷茶、爱茶并决心把自己的一生献给中国茶业的有识之士，当他面对着勐海得天独厚的产茶自然条件和悠久的产茶历史时，他的心在激荡，眼前浮现的是勐海未来茶业的锦绣蓝图。如此产茶圣地，又怎么能空付给荒芜？普洱茶名满天下，又怎么能让其泉眼自塞？

据解放初期勐海茶叶调查组相关资料显示，尽管自1943年之后勐海茶业落入低潮，可到1950年前后，勐海县内各乡（镇）、各村寨都还或多或少地拥有茶园，总面积达8万亩，仍位居云南各产茶县排行榜榜首。在各乡（镇）中，勐海乡茶园面积约3万亩，产茶叶8000担左右；勐宋乡茶园面积约2.5万亩，产茶6000担；南糯山所在地的格朗和乡有茶园约2万亩，产茶约5000担。余下的勐遮、勐满、勐混、勐阿、布朗山、西定、巴达、勐岗、勐往、打洛等地，茶园均在1500亩以上。

令唐庆阳更加激动的是，勐海不仅处处茶园，且制茶历史悠久，不仅是普洱茶的一个重要源头，还是云南红茶的最初产地。无论民间，还是茶庄茶厂，都有

| 机械制茶

着令人迷醉的制茶基础。于是，通过两个月左右风餐露宿的艰辛考察，在当地政府的大力支持下，1951年9月28日，勐海茶厂在唐庆阳的支持下，向省茶叶公司呈报了《关于着手清点佛海茶厂财产及拟订复厂计划的报告》。1951年11月14日，中国茶叶公司云南分公司以云业〔51〕1741号文批准佛海茶厂恢复生产。

在普洱茶的历史上，1951年11月14日，无疑是一个重要的日子。回顾普洱茶千百年的风雨历史，在诸多典籍文献中，尽管我们可以一次次迷失于普洱茶的陈香之中，可我们始终无法找到更多的普洱茶实物例证。现存的诸如"绿印普洱""黄印普洱""文革砖茶""普洱砖茶"等极品普洱茶，无不是在此日子之后生产的。当然，无论"绿印"，还是"黄印"，都曾在1940年范和钧主持佛海茶厂时生产过。

历史的传承，无疑让勐海茶厂得以在一个较高的起点上重新起步。但是，由于经年累月的荒废，正如杨开当老人所言，茶厂机械因是黄铜所做，被四周村民盗作黄金贩卖，茶厂要想在短时间内恢复生产，实属不易。所以在20世纪50年代初期，勐海茶厂的主要工作就是恢复、扶持茶农垦复茶园，发展生产，宣传国家的茶叶政策和工商政策。在制茶方面，勐海茶厂除了与私人茶庄合作生产数量有限的成品茶外，侧重点还是在整个西双版纳范围内收购并向外调运毛茶。直至1953年3月西双版纳傣族自治州成立，改属自治州政府管辖并改名为"西双版纳制茶厂"，茶厂仍然很少制作成品茶。因此也才有下关茶厂制"圆茶铁饼"乃是由勐海茶厂提供原料这一例案。

关于这一时期勐海茶厂的境况，我曾对徐家耀、胡杰、项朝福、陈蒸、张文仲、杨学仕、马图书、张存、曹振兴、宋晓安、杨开当、孙德明和姚鑑清等老一代勐海茶人做过较为详尽的访谈。但总的来说，在1954年勐海茶厂逐渐转入成品茶生产之前，也就是在南糯山制茶厂划归勐海茶厂之前，勐海茶厂全部职工只有100人左右，且大部分是由凤庆和下关等茶厂调入。在制茶机械方面，只有一台云南机器厂改装的滚筒圆筛机、一台印度制造的拣梗机和一台陈旧不堪的车床。据老茶人们回忆，当时职工们都挤在数十间低矮、狭窄的竹木土屋里做茶，茶叶加工又由机械化生产恢复到手工生产。手工制茶的器械，如李拂一先生所述，多为铁锅和布袋，与民间制茶差异不大。特别是生产紧压茶，铁锅下是熊熊烈火，锅内是滚沸的开水，蒸气和烟雾总是把生产车间渲染成一个热腾腾的海洋，茶工们在此环境中作业，差不多都变成了赤膊上阵的"水手"。压茶工序，当时仍使用杠杆式压茶板凳，茶工们在劳作中跳上跳下，每天重复达万次，劳动强度非常大。据《勐海文史资料》载，当时，勐海茶厂生产精加工茶叶千担。或许正是因为当时的条件限制及手工制作，那一批茶叶现在成了普洱茶中难以寻觅的精品。特别是在人们热衷于把生茶制成用干仓存放的普洱茶并称之为"茶中之茶"的当下，无数的普洱茶拥趸更加有理由怀念那"做新茶卖旧茶"的制茶时代，其"陈性循环"因制茶方式的"落后"，亦因运输的艰难而赋予普洱茶特别的品质。而这种品质已非当今机械化生产所能达到的了。而个中最让品茗大师们失落的是现在的机械化生产，把生茶变成了熟茶，"熟普洱"一出厂就可冲泡，已经完全失去普洱茶强劲的生命力了。因为在品茗大师们的眼中，生茶制成的普洱，即使存放百年都可以泡出茶山的新鲜空气，亦可泡出春天的第一缕茶香，更可充分地品味到普洱茶越陈越香的真实味道，而熟，一切都就跟着"俗"了。所以，当有人在为勐海茶厂20世纪50年代初的产茶工艺"落后"而扼腕之时，亦有茶中君子为之叫好。

昆明茶灵庄庄主杨金先生痴迷普洱茶，几乎到了痴狂的地步。三层楼房皆以茶艺为魂，所有饰物点缀皆茶，所有文墨画品皆茶。茶器、茶具布满了杨先生庭院的每一个角落，他甚至自己以生茶制普洱，有关制作工序、时间把握等全用私人制茶时代的工艺和经验。说起普洱茶，杨先生总是会一次次地迷失自己。近年来，杨金背负茶具，走遍了云南高原，无论老茶山，还是新茶园，都曾留下他煮茶品茗的身影。在种种有关普洱茶的言语喧嚣中，他最终选择了勐海。他认为现今的普洱茶，只有勐海茶厂所产，才存有普洱茶的千年遗风。言语可以惑众，茶本身的质地却骗不了饮者，杨金因此也成了勐海茶厂最忠诚的消费者和宣传者。为了发扬光大真正的普洱茶，他甚至愿意不取分文，将自己的茶灵庄作为勐海茶厂在昆明的"集散地"。他品遍了所有普洱茶，他有理由这么做。

据此，我们也就可以这么说：在勐海茶厂的历史上，因为有了20世纪50年代初的"手工艺制作时代"（而此时云南众多的茶厂正忙于生产远销苏联的红茶），从而使该厂得以把普洱茶诸多"原始"的制作工艺传承了下来，这是后来的许多普洱茶生产厂家所不具备的。勐海制"普洱茶"，既开机制先河，又保留了手工艺，在历史的更迭与变迁中，是为异数。

四

在20世纪50年代，勐海茶厂除了在"艰苦的环境"中生产茶叶外，还几乎动用了可以利用的一切力量深入各乡寨普及茶叶种植知识。我所采访过的所有老茶人，差不多都曾在乡下茶山工作过多年。如宋晓安，这个1994年曾因"为云南边疆的解放和建设做出了贡献"而受到省委和省政府表彰的老茶人，更是自1959年上布朗山，直到1991年退休，一直都工作在布朗山上。其间只有一次下过布朗山。1991年下布朗山，进入勐海县城，他连路都找不到了。正是有了这些基础工作的开展，勐海茶厂才得以迅速走出"恢复期"。

1958年，为了适应生产发展的需要，勐海茶厂向国家无息贷款97.86万元，在今厂址即新茶路一号大兴土木，目标是建一个亚洲第一流的制茶厂。据87岁的老茶工项朝福老人回忆，为了建厂，当时勐海县还专门成立了一个工程处，负责工程施工，可由于种种原因，工程处并未把一个"亚洲一流"的厂房建起来，相反却把资金耗尽了。面对这种局面，茶厂职工在唐庆阳的领导下，白天制茶，早晚或开采石头、烧红砖、削山头，或上山伐木，或自制土坯，自力更生，历尽万般苦辛，终于建起了一座年产5万担的崭新茶厂。新茶厂建成后，除生产常规性普洱茶外，勐海茶厂还在南糯山产红茶的基础上，响应当时"中苏友好"的号召及埃及市场的需要，把生产目标又做了一定的调整，并由中茶总公司协调，从安徽屯溪等茶厂引进了5名红茶技术人员，开始生产工夫红茶和分级碎红茶（此前，勐海茶厂红茶技术人员尚有从凤庆茶厂引入的5人及从宜良、昌江等茶厂调入的近20人，

| 勐海茶厂自制第一台揉茶机

他们曾利用勐海优良的大叶茶资源，生产了大批量的初制红茶，然后运往杭州再加工）。

由于得天独厚的自然条件，勐海茶厂的前身之一——南糯山制茶厂曾生产出了云南的第一批红茶。时隔20年后，再生产红茶，依然一炮走红。《云南省茶叶进出口公司志》在介绍唐庆阳先生时有言："对'滇红'的创制……卓有贡献。"据1955年由安徽屯溪茶厂调往勐海茶厂、现年73岁的姚鑑清先生介绍，自1953年在勐海全面推广红茶技术之后，1959年5月5日，勐海茶厂宣布成立红茶蒸制车间，姚任负责人。当时勐海县委提出"不调一匹毛茶过澜沧江"的口号，所有茶叶原料都由自己加工，结果销路很广，利润非常可观。在年终县委召开的克服困难动员大会上，勐海茶厂拿出了10万元人民币向会议献礼，引起了巨大的轰动。

勐海红茶，不仅在勐海走红，更重要的是，它迅速吸引了全国茶业界关注的目光。1963年春，由中茶总公司牵头，由于寿康教授任组长，由云南外贸局、云南农业厅、浙江茶叶研究所、昆明商检局、云南省茶叶公司、广东茶叶公司、云南省茶科所、凤庆茶厂、临沧茶厂、普文农场、思茅机械厂等12家单位相关人员及唐庆阳为组员的分级红茶科学实验组在勐海茶厂成立，任务是总结和研究碎红茶制作工艺。科研组边总结，边研究，边推广，不仅使当年云南就产碎红茶7129担，而且在1964年春，总结推出了碎红茶优良品种"501"。"501"投入生产后，在国际市场上深受好评。与此同时，勐海茶厂红茶蒸制车间又在"501"的基础上，针对勐海气温变化的实际情况，对产茶时间做了重大调整，即改上半夜生产为下半夜生产，推出了碎红茶又一优良品种"502"。因"502"的品质更加优异，中茶总公司旋即派茶叶高级工程师黄国光前往勐海茶厂考察，并由此促成了全国碎红茶现场会议在勐海隆重召开。当时，全国知名的茶叶专家、学者、各茶厂的代表云集勐海，盛况空前。科研组写成的"502"碎红茶生产工艺总结报告也因此而得到了全面推广。

生产碎红茶，勐海茶厂代表了当时国内的最高水平。为此，在中茶总公司调拨两台日本产伊达揉茶机的基础上，勐海茶厂又相继购入了一台英制揉茶机、烘干机及杭州产、广东产、思茅产的一大批当时国内最先进的制茶机械。并扩建了一批生产车间，新招了数批职工，使勐海茶厂一跃成为云南最大的制茶基地之一。

五

20世纪六七十年代，是勐海茶厂的稳步发展阶段。1964年，由于中苏关系破裂，勐海茶厂的主打产品条红茶（即工夫红茶）产量锐减，但因碎红茶的产量猛增而未使总量失衡。自1962年拥有1辆吉尔164四吨货车后，至1965年又拥有了5辆51型货车，勐海茶厂沿袭多年的茶叶运输靠人背马驮的历史也随之结束了。在20世纪70年代，更是相继建起了一大批车间、仓库及各类福利设施。茶叶收购方面，在原有基础上，设立了遍及各茶区的26个收购点及近百个初制所，运输车辆达到了17辆。

"文化大革命"10年间，勐海茶厂仍推出了一系列被港台茶人称为"颇具典藏价值"的"文革砖茶"。现行世的"普洱砖茶"，始产于1967年，后又有产于1973年之后的"73厚砖茶"和"7562砖茶"，其中有的是昆明茶厂和下关茶厂所产，但采用原料均来自勐海。不过，现今可寻的实物，仍以勐海茶厂所产为最佳。

针对普洱砖茶，我曾对昆明的茶市进行过一些调研。在许多茶庄，大凡砖茶，包括后来勐海茶厂所产的"福禄寿喜砖茶"均标注出厂时间在几十年前或更早，这都是茶商们对砖茶知识了解不够所致，有的甚至是"假冒"，有蒙骗消费者之嫌，可又不见有关部门拿出相应的打击措施。以新充陈，以次充好，动辄标价上千上万元，的确已到整肃的时刻了。

由于苏联、埃及等国外市场急需碎红茶，勐海茶厂对生产结构进行了调整。20世纪70年代初，我国台、港、粤地区掀起普洱茶热潮，云南方面仅靠手工制作普洱茶又难以满足市场需求。于是，关于普洱茶制作工艺的革命性调整已迫在眉睫。勐海茶厂在多年生产"云南青"的基础上，借鉴广东口岸公司河南茶厂的成功经验，经过千万次的反复实践，终于把"天然发酵"程序变成了一种人为工艺，即渥堆技术，为机械化生产普洱茶奠定了基础。

普洱茶又称"滇青茶"，对此，1974年曾任勐海茶厂紧压车间主任兼党支部书记的曹振兴老人认为，这主要是因为人工后发酵的普洱茶前身就是"云南青"。也正是因为这样，在一大批老茶人的记忆中，勐海茶厂生产人工后发酵的普洱茶始于1974年。而事实上，1974年，勐海茶厂生产的是"云南青"，也就是渥堆发酵快速陈化工艺研究成功的第二年。据现存的普洱茶实物推断，自20世纪60年代中期开始生产，到1974年大批量生产的"云南青"即今之"文革砖茶"，而现存的"7562砖茶"则生产于1975年。"7562"代号的含义是：1975年勐海茶厂第6号茶叶拼配的配方，"2"是勐海茶厂的代号。

大规模上马"普洱茶"，则是在1975年6月曹振兴、邹炳良等人考察广东河南茶厂之后。也就是说，所谓后发酵工艺的正式形成是在1975年年末至1976年年初，到1978年达到高峰，产量达1.3万担，也正是此时，勐海茶厂推出了闻名天下的品牌——"大益牌"。

与其他茶厂生产的普洱茶不同，勐海茶厂在20世纪70年代生产的普洱茶，可以说是两条腿走路：一方面仍然按照"7562砖茶"配方生产大量的方形生茶茶品；另一方面，所产"7562砖茶"及之后的普洱茶品，在制作上，有的使用了四五分熟茶，也就是说，既顺应了时代，又没有彻底地放弃传统工艺，但仍以生茶制普洱为主。而以四五分熟的熟茶制成的普洱茶，也因工艺独特而具备了独特的茶性，水性活泼，口感醇厚，顺喉微甜，带有淡淡的荷香。加之以第二级茶叶为原料，并掺拼了硕壮的芽头，使整块茶砖砖面呈现出金黄色，显得高贵而美观。也正是因为这样，勐海茶厂所制普洱茶才得以在港台地区享有"茶中之茶"的美誉，并与其他茶厂生产的普洱茶严格地区别开来，卓尔不群。而由于"7562砖茶"的品质优异，也导致市场上产生了大量的仿制产品，但由于假冒者不知道"7562"的含义，弄出了诸如"7560"或"8563"之类的笑话。在此，笔者不妨提醒消费者，凡署勐海茶厂生产的"7560"之类的产品，绝对是赝品，非勐海茶厂所制。

勐海茶厂于"文化大革命"时期，20世纪70年代，在勐海全县形成了乡级茶

| 手工制茶

山 6 座、村级茶山 61 座、乡级红茶初制所 7 个、自然村红茶初制所 57 个及青毛茶初制所 97 个的巨大的茶叶栽培生产网络。20 世纪 80 代后期，勐海茶园更是以每年新增 1 万亩的速度递增。到 1999 年，不仅茶园面积攀升到 18 万亩，茶叶产量达 6 万多担，而且，在勐海茶厂的大力协助下，全县 90 多个重点茶区均巩固、完善和新设立了茶叶初制所。

在此大背景下，勐海茶厂发展成为年产茶可达 7500 吨，生产"大益牌"普洱茶、红茶、绿茶和压制成型茶等 4 个系列 112 个花色品种的大型茶业集团。且除"大益牌"普洱茶名扬天下外，尚有"南糯白毫"被评为全国十大名茶之一，有 44 个品种分获国优、部优和省优产品称号。

然而，尽管勐海茶叶产量逐年递增，可随着茶叶流通体制的改革，勐海优质的茶叶原料不再"统购统销"，原料外流严重，从而使勐海茶厂虽置身于茶园仍受尽原料紧缺之苦。以 1990 年为例，勐海产茶 6 万多担，勐海茶厂收购了 52420 担（创建以来收购茶叶的最高纪录），可仍然无法满足生产需要。面对这种情况，勐海茶厂在县委、县政府的大力支持下，在巴达乡曼来村和布朗山乡班章村建起了万亩茶叶基地，并创建了制茶分厂，从而使原材料供应不足的问题得到了缓解。

勐海茶厂建立万亩茶叶原料基地的设想，是在 1988 年初正式酝酿出台的。同年 8 月 8 日，时任勐海茶厂厂长助理陈平等 8 人进驻布朗山；8 月 26 日，时任厂农务科副科长初康等 8 人进驻巴达，着手建园前的勘察、测量和规划设计。与此同时，来自贵州和昆明、景东、墨江、澜沧、昭通、保山等地的千余名民工浩浩荡荡开进了两座长满了茅草和荆棘的荒山野岭……在当时茶厂党委书记余正才、副厂长卢国龄的直接领导下，在厂农务科的具体指导下，经过一年多的艰苦劳作，1990 年，两个按照科学规划和栽培的茶叶基地初步建成，并部分投产。

如果说，巴达、布朗山两个茶叶基地的建成，让勐海茶厂得以把第一车间建在茶园并保证了茶厂的部分加工原料的来源，那么，1990 年，勐海县委、县政府实施的"101 茶叶基本建设工程"则从根本上保证了勐海茶厂的生产所需，并进一步确立了勐海作为云南茶都的地位。所谓"101 茶叶基本建设工程"，意指在 10 年时间内，勐海将改造 10 万亩低产茶园，使之亩产达到 50 千克。这一工程的最终落实，使得 1999 年，勐海优质茶园达到了 18.3 万亩，其中亩产 50 千克的就有 98182 亩，全县产茶量达到了 125644 担。与此同时，覆盖全县的初制茶厂也由 1990 年的 90 个发展到了 255 个；茶叶品种也由以往的单一化过渡到拥有 18 个优良品种……

勐海县财政成为名副其实的茶叶财政。20 世纪 80 年代中期，勐海茶厂的上缴利税竟占到了县财政的 37%。这一时期，勐海茶厂缔造出前所未有的辉煌，不仅上缴利税几乎支撑起了县财政的半壁江山，而且茶厂的知名度也得到进一步的提升，职工福利也有了较大的改善。当时的勐海茶厂在云南茶叶界如日中天。

六

在勐海的那一段时光，我采访了几十位新老茶人。在这几十个人之中，我几乎找不到一个与茶决裂的人，他们的生命组成，离开了茶，就不完整。茶叶已经化为他们脉管中的血、精神世界中的意志、日常生活中的寄托。

在此，我因自己无法将他们的叙述完整地整理出来而汗颜，但我想说的是，他们的每一个言词都让我永生难忘，是他们为我打开了普洱茶的圣殿之门。我特别要提到陈蒸，是他向我灌输了普洱茶的"天赐论"，并为我提供了方国瑜先生研究普洱茶的文章，可就在我离开勐海不久，他与世长辞了。这个 1954 年来到勐海的凤庆人，曾长期担任勐海茶厂的生产计划股股长，为普洱茶及勐海茶业耗尽了自己的一生。他走了，我愿他行走的路上茶香弥漫，我愿他寄身的地方是茶叶的天堂。

到勐海

勐海茶厂的老一代茶人，除张存属于范和钧时代的"遗老"外，大多数都是在 20 世纪 50 年代初从外面调入的。他们中间，有来自四川的张文仲、胡杰等 30 多人；有来自安徽等地的姚鑑清等 5 人；有来自凤庆的唐庆阳、陈蒸、杨学仕、马图书等 6 人；有来自下关的曹振兴、项朝福等 10 余人；有来自昆明的徐家耀等 5 人；亦有诸如杨开当、宋晓安等本地人。可以说，他们来自四面八方。

昆明至勐海的公路是 1954 年修通的，而这批人的到来，却大多靠步行。或先由昆明坐车至普洱，然后步行至勐海；或由昆明坐火车到石屏，然后步行至勐海……途中耗时都在半个月左右。

在胡杰的记忆中，1952 年的云南山道上还流传着种种关于抢匪的消息，可生在四川盆地的他以及其他 30 多个四川汉子，都怀着对"大海"的向往，踏上了云南高原。在他们的想象中，勐海是一个烟波浩渺的水乡泽国，沙鸥翔集，水天相连。可随着一步步地深入，他们才发现此行要去的地方是瘴疠之地。过澜沧江的时候，由于备战以防国民党反攻大陆，江岸上还架着一挺挺机枪。胡杰之妻赵纪华说，进勐海靠一匹马，一边的木箱子里放女儿，一边驮家什，那情景，几十年了，仿佛还在眼前。

初到勐海，茶厂都还是些破房子，街上更是连最简单的日常用品都买不到。饮食方面，天天糯米饭，吃不习惯了，只好去吃傣族人卖的猪血米线……在张文仲的记忆中，那时因疟疾流行，天天吃"奎宁"，吃得脸色发黄。

一晃几十年，赵纪华再也没回过四川老家。

1955 年 10 月，中茶总公司指定安徽公司抽调 100 名红茶技术人员支援云南，结果只来了 80 余人，80 余人中有 5 人到了勐海，姚鑑清即是其中之一。作为勐海茶厂红茶蒸制车间的早期创始人，姚鑑清共带出了徒弟 30 人左右，有傣族人，有爱尼人，有布朗族人，还有拉祜族人。由于红茶车间劳动强度不大，所以女职工居多，姚鑑清戏言自己："既当车间主任，又当妇女主任。"在被问到当前红茶技工紧俏的原因时，姚先生称："因为妇女都是 50 岁退休，所以很多徒弟，我还没退休，她们却退休了。"

与姚鑑清同样来自安徽的 5 人，现只剩下他一人了。其中有 2 人于 1956 年开小差逃跑了，有一人在 20 世纪 60 年代病逝了，另一人退休后也去世了。

普洱茶"天赐论"

已经作古的陈蒸是凤庆人，其入门学道时，学的是红茶加工。

在众多被访者中，陈蒸之于普洱茶，有较为深厚的典籍研究之功。在关于普洱茶源头的分析上，他简单直接："始于西双版纳的民间青茶，贮藏或外运，产生后发酵，是以形成特殊的茶味。"

对普洱茶的加工工序，陈蒸耳熟能详，引经据典，且认为当下的"熟普洱"生产工序，勐海也好，思茅也罢，抑或昆明、广东乃至国外，全都大同小异，没什么秘密可言。

本为自然之物，却在20世纪70年代成为一种工艺，陈蒸认为，这是对普洱茶品质的一种背叛。

为什么在异地所制的普洱茶，就没有勐海所产的品质优异？陈蒸认为，这是自然原因所决定的，而非人的意志所能左右。

勐海普洱茶，是天赐。

陈蒸一生只饮"云南青茶"，即生普洱，从不沾惹后发酵普洱茶。

其理由也极简单：生普洱味浓，而熟普洱味淡。

普洱茶"自研论"

在《云南省茶叶进出口公司志·茶叶人物志》中，可以找到张文仲先生的简介。也就是说，这个1930年生于重庆铜梁的茶人，在云南茶叶界绝非等闲之辈。

张文仲先生生性耿直，词锋锐利。

关于普洱茶，张先生首先强调要分清四大茶类的基本工艺特征："红茶是全发酵；普洱茶是后发酵；乌龙茶是半发酵；青茶是不发酵。"同时，他亦为普洱茶的基本概念定调，即"后发酵的青茶"。

曾任勐海茶厂普洱茶车间主任、厂党委副书记的张先生，把普洱茶工艺视为"国家机密"。在他任车间主任时，不是直管领导，一概不准进入普洱茶发酵室。日本等国家和中国香港等地区的代表团在1980年年初造访勐海茶厂，有时一天就

唐庆阳等专家在茶园

得接待两批，可统统被拒于发酵室之外。在他的印象中，只在上级部门的指示和协调下，让普洱茶厂和澜沧茶厂的取经者进入过。

张文仲对后发酵工艺取之于广东之说有不同的看法。他说，那只是互相学习，而且当时勐海茶厂已经先期一年在生产人工后发酵普洱茶了。

勐海茶厂为何看上普洱茶？张文仲说，那是因20世纪60年代初，唐庆阳厂长到广西开会，见到了广西黑茶，回来后就一直想搞，可因"文化大革命"影响搁置了。直到1974年才开始试验，并由他和黄又新（《云南省茶叶进出口公司志·茶叶人物志》中有介绍）主持。11月份，第一批勐海"黑茶"就问世了，且打入了日本市场。关于工艺，张先生认为，一切都取决于"看茶做茶"。

关于熟普洱，张文仲认为，后发酵由自然状态变为"缩短发酵周期"，是勐海茶厂之功。

普洱茶"学习论"

1975年6月，曹振兴、邹炳良、侯三、蔡玉德、刀占刚5位勐海茶厂职工，偕同昆明茶厂的吴启英等人，前往广东口岸公司河南茶厂进行了为期半个月的参观考察。考察的项目是广东"发水茶"的工艺。

时任勐海茶厂紧压茶车间主任兼党支部书记的曹振兴，是那支考察队伍的领队。

那时，港澳台地区和广东省掀起了一股强劲的普洱茶（当时广东人称"发水茶"）消费热潮，在众多的茶楼里，人们言必称普洱。可当时内地正开展着如火如荼的"文化大革命"，云南普洱茶的生产和销售自然也被淹没在"革命"的洪流之中，产量下降。海外的普洱茶市场望断三秋，也无法得见大宗的云南普洱茶身影。广东便承袭越南合江茶厂茶方，以后发酵工艺得"普洱茶"逐市。

据曹振兴先生陈述，从广东返回勐海后，经过反反复复的试验，勐海茶厂终于掌握了人工后发酵工艺，把云南青茶变成了"普洱茶"。曹振兴先生家藏有一块20世纪60年代所产的云南青砖茶。曹先生说其乃勐海茶厂制藏销茶的试验品，但观其形，联系其生产日期，疑为"文革砖茶"，即第一批销西藏的砖茶。

同时，关于陈年普洱，曹振兴先生反对马背上遇雨发酵之说。在他看来，旧时西双版纳是瘴地，过了每年的阳历4月15日，即傣历年后，几乎没多少商人敢于涉足，往往要等到第二年的傣历年前夕，才有马帮进入。在此期间，茶已发酵，然后外运或仓储，亦可造成发酵，但绝不是因为雨水，无论何种茶，遇水就霉，这是基本常识。

曹振兴先生还称，在20世纪50年代，勐海茶厂就开始生产"七子饼茶"，这与众人所言七子饼茶产于20世纪70年代有出入。唯一的可能是，在曹先生的眼中，勐海茶厂早期的"黄印"和"绿印"均系七子饼茶范畴！

在勐海乡下

1954年，现年70岁的凤庆人杨学仕，奉调来到了勐海。这个现在仍非常乐观的人，也许在当时也没想到，这一来，他就把自己的一生交给了勐海的山山水水。

和宋晓安退休时仍在布朗山稍有不同的是，1979年，杨学仕被调回厂部基建科管理材料或账目（那时是勐海茶厂大兴土木之时）。但杨学仕仍在乡下待了整整24年，其中仅勐宋，他就待了15年，勐宋乡83个寨子，全都留下了他的身影，寨子里的人，他差不多都熟悉。杨学仕的妻子王玉珍，也是搞采购工作的，在1963至1975年的12年间，他们带着4个孩子住在勐宋采购点。背着孩子下寨子，或收购，或宣传，或推广技术，这对他们而言是家常便饭。在几十公里的山道上，他们总是来来往往。

20世纪六七十年代，勐海茶厂在乡下设有收购点26个，采购股职工最多时达105人，或一人一个收购点，或二三人一个收购点，鲜叶多的收购点，人员可达5人。26个收购点，条件好的、设点时间长的有房子，若是新设的，往往是带着行李，扛着一杆秤就去了。去了之后，有的住老百姓家，有的自建草坯房……

从20世纪50年代肇始的这一采购网络，初期一度覆盖了整个西双版纳地区，比如与徐家耀同样从昆明来勐海茶厂的殷汝孝，即在收茶时患水肿病，死于攸乐山茶园。在徐家耀先生的印象中，20世纪50年代的勐海茶厂，到"春茶"收季，往往是每一股室留一人值班，其余的都下乡收茶。老厂长唐庆阳也总是骑一匹马，在一座座茶山和一个个收购点之间不停地来往。那时候，勐海茶厂以收购为主，加工为辅，1955年开始生产红茶，且在曼董、曼尾、曼新设了3个红茶生产分厂，产品主销苏联。1957年，由于从英国、日本以及绍兴、思茅引进一批揉茶机，每年红茶产品达到了6000担左右。1977年在徐家耀先生的记忆中最为亮丽。他说，那一年，茶叶大丰收，他所在的曼董收购点，有一天就收茶近3万斤，而全厂有一天就收了8万斤，把整个厂房都堆满了。

到1992年元旦退休，徐家耀的一生，有38个年头几乎都行走在收购茶叶的路上。他说，当时在乡下，一天收茶几万斤，收到深夜，运送回厂，差不多天都亮了，但仍然接着收，不喊苦，不叫累。对现在一些年轻人的工作作风，他不以为然。最令徐家耀先生骄傲的是，经过他的手的茶叶千万，可他从没做过一次坏茶！

对在勐海茶厂当了29年厂长的唐庆阳先生，徐老至今仍心怀敬畏。他曾因业务分歧跟唐厂长吵过架，但他说："老厂长不记仇，也不整人。当然，前提是，你必须踏踏实实地做事。"也许正是因为唐庆阳身上有着撼人的人格魅力，加之管理能力和业务素质出众，所以才在短短几年间，从废墟上重建起了勐海茶厂。唐庆阳被调走的时候，多少老茶人依依不舍；唐庆阳逝世的时候，上级部门本来不打算"大操大办"，可消息被茶厂职工知道后，每一个车间便自动停工，每一个职工都加入了送行的队伍之中。

退休的徐家耀给现在的厂班子提了5条建议：

（1）返聘技艺精湛的老茶工，并让他们有职有权，进行传、帮、带；

（2）在收购一关，务必实行严格的典章制度，杜绝吃回扣或伤农；

（3）把包装库存和调运的损耗率控制在1‰之内；

（4）多收春茶，春茶不仅口感好，而且卖相也好，为此，要竭尽全力；

（5）在收购点，财务人员要尽量少用男同志，多用女同志，男同志容易出事。

拉运鲜叶正待出发

对于在乡下收购点所历经的艰苦岁月，宋晓安无言，徐家耀坦然，杨学仕则说："年轻时，又没病，叫去就去，心里很愉快，何况所做的事情是自己应该做的。"

桃李不言，下自成蹊。普洱茶能有"茶中之茶"的美誉，能在国际市场上"兴风作浪"，一个重要的前提是：有一大批像宋晓安、徐家耀和杨学仕这样的老茶人，他们在茶山之上，默默地奉献着自己一生中最动人的时光。

马帮小记

在1965年以前，勐海茶厂的茶叶调运多用马帮或牛帮。厂里设有一马帮队，职工22人，有牲口101匹，其中除一匹是母马外，其余都是骡子。22名职工，一人搞财务，一人管伙食，剩下的20人则每人管5匹骡子。一个赶马人和5头骡子，人称"一把"。

"20把"运输马队，浩浩荡荡地开往各个收购点，又浩浩荡荡地把茶叶运回或运往外地，这在汽车业发展迅猛的今天，其景象不但不给人原始落后的感觉，相反有一种震撼，有一种我们无力把握的穿透力，让人怀念。

在当时的赶马人中，有一位名叫刘廷才，原系凤庆茶厂的赶马工，1954年调至勐海茶厂。此人1937年被抓壮丁，成了国民党第六十军里的一个士兵，在越南战场抗日。1945年，日本战败投降。可不久国民党又挑起了内战，六十军从越南海防调往东北，刘廷才此时亦成长为曾泽生将军手下的一名炮兵班长。东北战场，国民党军队大溃败，刘廷才随曾泽生将军起义，成为解放军中的一员，且一路向南，身经百战。成都解放战结束，刘廷才所在部队被调往河北修建黄河大堤，不久，又调往东北，成为志愿军入朝鲜战场的先遣军。在朝鲜战场上，刘廷才受伤成了三等伤残，遂于1953年底转业至凤庆茶厂。17年戎马生涯，刘廷才获得了6枚军功章。

在勐海茶厂当赶马人，刘廷才走遍了勐海茶山。可到了1958年，"反右运动"中，他没能幸免，且坐牢至1988年才平反昭雪。整整30年，他一直待在普文劳改农场。当获知被"平反"时，他已释然，并没有返回勐海茶厂。

与刘廷才的传奇经历相比，已经87岁且四世同堂的老赶马人项朝福，则显得一生平静。87岁了，仍一双拖鞋，手提一大茶缸，来去如风，身体好得令人羡慕。现在，他儿子都已经退休了。可他说，1974年时，他才62岁，本来一点儿也不想退休，还想干活，但硬让退了，退休后的25年没事干，心里很空。对一些传说中的马帮历险故事，项朝福不屑一顾，他认为那是编出来的。从小就跟马在一起的项朝福几乎没遇到什么生死攸关的时刻，最大的历险是，有一次过竹桥，马驮子碰到两边的护栏，竹桥摇晃不止，有桥翻的危险，但他迅速解决了：让马停下，马驮子则由自己搬到对岸。

1964年，勐海茶厂有了一台汽车，是苏联产的"吉尔"卡车；20世纪70年代，马帮队彻底消失，项朝福在退休前当起了锅炉工。关于运茶时容易被雨水打湿并后发酵一说，项朝福老人认为那是没赶过马的人乱说的，是想象。他说，每次上路，都有避雨之物，且茶叶都用上等竹箬包扎，怎么会被雨淋？

茶山情歌

有必要讲讲勐海茶厂新一代茶人中的典型代表陈平的故事。在勐海采访时，他还是厂长助理，现在他已是勐海茶厂管生产的副厂长。

陈平，生于1966年10月4日，勐海人。1984年考入勐海县职业中学茶叶专业，1987年毕业时与另外32个同学一起分入勐海茶厂工作，先是在勐宋，后又到勐混。1988年8月8日，上了布朗山。1995年布朗山分厂建成投产，1998年任分厂副厂长，1999年任分厂厂长至今（兼）。

在布朗山，从1988年开始至1999年12月奉调回勐海，陈平待了12年。初上布朗山时，没有女同志，8个人，除岩班年纪稍大外，其他都是年轻人。那时的布朗山基地，除了带刺的茅草外，其他植物还是茅草，它们盘根错节，把一万亩土地牢牢地连成一体。勘察时，年轻人没有被吓倒；修路时，年轻人没有退缩；民工进来，要把一万亩土地深翻一次，将其厚厚的草根层剥掉，年轻人也没有选择离开……

布朗山雨量充沛，尤其是雨季，雨水的来临，仿佛是天漏天裂。大雨毁了去县乡的公路，经常把8个茶人困在一座"孤岛"上。这种时候下山或去乡里，都得走5个小时；去县里，得走5个小时到勐混，然后再坐车。基地没有日用品，所以他们每次外出，都要带足可用3个月左右的各种食品和日常用品。有时，厂里的运输车上不了布朗山，没粮食了，他们还得去拉祜族寨子购买。有时候，与四周失去联系，每顿饭都是用盐巴泡了吃，外带一个辣椒；丢了的猪皮，又捡回来，烧了吃。香烟是奢侈品，抽光了，就在房子里或者茶园的路边去找烟头收集在一起，用电炉烤干，裹起来，再抽。

在1992年布朗山基地通电之前，他们总是天一黑就睡觉，没任何娱乐，群山之间，一座小房子，那空旷、那荒凉、那寂寞，让人心颤。那时山上还有野兽出没，特别是老熊。由于封闭，附近的拉祜族人见到他们就躲开了，懂汉话的人更是少之又少。拉祜族人当时的牛畜还保持着放养的习惯，像野兽一样，要用时或者宰杀时，才把盐巴放到其出没的地方，让其吃，使其吃惯了，然后才哄回去。有时，若是要宰杀，纯粹用枪击杀，与对待野兽没什么两样。

这些牛，常跑到陈平他们住的小屋周围来，晚上拱门，常被疑为熊，吓得他们不敢呼吸。刚来的时候，布朗山基地没有房子，什么都没有。陈平及他的同事都住在几里路之外的班章村，后有了一间油毛毡加草的小房子，后又有了油毛毡加竹篱的房子，1992年才正式建起水泥厂房及办公楼。

1990年，一个叫仓凡和另一个叫杨学丽的女孩踏上了布朗山，尤其是仓凡的到来，改变了陈平的一生。在今天看来，当时的布朗山"八君子"，仍留在布朗山的只剩下了两人，即陈平与岩班，其他人或调走，或辞职。如果没有仓凡，陈平又会怎样，我们不得而知。

仓凡上山，既是仓库管理员，又是小卖部的售货员，她和陈平所住的油毛毡房，中间只隔着一层油毛毡，平常睡觉，呼吸的声音或者翻个身都听得见。没事的时候，两人就隔着一层油毛毡吹牛，渐渐地就好上了。次年，仓凡被调往45千米外的曼恩，两人鸿雁传情，书信频频。1992年，陈平和仓凡两个新一代茶人组成了家庭，

坐落于南糯山石头寨的南糯山制茶厂

可由于一个在布朗山,一个在曼恩,厂里分给他们的10平方米的洞房一直空着,几乎都没去住过。

在基层滚打了12年,陈平掌握了一身制作各种精品茶的好技艺。加之有管理经验,其负责的分厂从未出现过亏损,而且他对茶痴迷如初,所以深受厂部器重,后不仅分管布朗山,还分管了巴达和南糯山两个基地。勐海三大茶山都由其分管,成了名副其实的"山大王"。

七

在中国茶文化史上,有源于宋代的"茶禅一味"之说,此乃禅僧圆悟克勤手书赠送日本弟子的四字真诀。所谓"禅味",意指梵我合一的世界观,禅定的解脱方式,以及以心传心,不立文字的认识方法;所谓"茶味"则指茶之苦涩味,引申为汲泉试茗时,用心灵去感知茶之冲和、茶之幽远和茶之清韵。

如果说,禅与茶是一味,冥冥之中,我们又何尝不能将勐海茶厂的一系列"苦涩味"引申开去?何况作为勐海茶厂的"禅",梵我合一也罢,禅定也好,其优异的茶品即是解脱,即是对世界的"不立文字的认识方法"。

时任中共勐海县委书记的胡志寿先生说,勐海是茶叶的故乡,勐海茶厂是一个创办了60年的制茶企业,茶叶是勐海人民增收的主要渠道。这些都说明,茶叶在勐海的政治经济和社会生活中,扮演着非常重要的角色。勐海所产的普洱茶,以民间方式流行于世,可以说以千年计,而以规模化占领市场,也有60多年的时间了。为此,在以普洱茶逐鹿茶叶市场,勐海县委、县政府的立场是:花最大的力气,各级党委和政府以及全社会都要全力以赴,捍卫普洱茶的声誉,并且在相当一段时间内,勐海县绝不搞重复投资,不再审批上马新的精品茶厂,要上项目,也必须围绕勐海茶厂来开展工作,以普洱茶带动勐海茶业的健康发展。

在我采访胡志寿书记后不久,云南一家著名的媒体上登载了一篇名为《云南茶,放心喝》的文章。文章称:"从2000年7月1日起,欧盟各国将对其上市茶

勐海茶业有限责任公司正式挂牌成立

叶的农药残留量执行新的标准，即要求茶叶的农药残留量比原标准低99%。为此，国家有关部门对全国茶叶进行抽样检查，结果表明，我国茶叶有95%达标，而云南茶叶农药的残留量为全国最低。"这一则文章印证了胡志寿先生之言："勐海茶园，不施化肥，不用农药，是真正的绿色食品。"勐海茶厂生产的茶叶已获得环境保护部颁发的"有机食品"证书及农业部绿色食品发展中心颁发的"绿色食品"证书，发展空间无比巨大。

勐海茶厂续记

雷平阳

一

20年前，我曾写过一篇《勐海茶厂记》，由辟山开路的20世纪30年代末期的建厂写到90年代末期的经营困境与思想突围。茶厂的历史一如家国史，旋律起伏跌宕，剧情云谲波诡，人物替换无常，欣欣然，寂寂然。所涉人物中，有范和钧、白孟愚、唐庆阳这样进入茶界传说的旗手，有张石诚、张文仲和陈蒸这样的股肱之臣，也有张存、宋晓安、徐家耀这样卖命于山野的底层员工。文章之所以钩沉辑佚，执迷于史实再现，释真辨讹，以古励今，都是因为当时的普洱茶和勐海茶厂尚沉浸在团团迷雾之中、茫茫波涛之下，识者无多，有必要进行大幅量的介绍与解惑，力所能及地为普洱茶文化学埋下一些坚固的基石。当时有关普洱茶的研究还不是显学，第一手资料的寻访、查找、采集，耗时费劲，令我屡生退避之意，但一代代隐身滇土的茶人高古而又无助的生存境遇又"迫使"我坚持了下来，并最终完成了辑入《勐海茶厂记》一文的《普洱茶记》一书的写作。此书大益于普洱茶传播的一面姑且不谈，因为之后普洱茶空前热烈时我已淡出茶界，无心与人围着茶案分享水黄金。遗憾的是，的确是因为写作该书时可资引用的资料有限，该书少许地方也存在以讹传讹之处，比如某某茶人所言及的香港某某茶楼曾藏有不少的普洱茶陈茶，皆为珍品，我亦信以为真，在书中做了介绍。可经后来用心颇深的茶人到香港查证，此茶楼子虚乌有，乃是销售陈年普洱茶的人为了讲故事而凭空炮制，是一座虚拟出来的茶楼，实在是不知说什么为好，自己被误，难说也误了不少的读者，心上至今压着一块羞耻的恶石。

后来出现的有关勐海茶厂的研究文字可谓汗牛充栋，内容涉及建厂时技术人员的南渡与茶厂的突然出现和突然歇止、早期茶品的介绍与辨识、茶厂的重建与茶园辟建、茶人传奇、普洱熟茶的研发及技术理论争辩、大益单品珍稀之茶的制作与炒作、茶厂改制、以勐海茶厂"大益"品牌作为企业名称的大益集团成立、大益茶品原料构成与技术分析、与众不同的大益系列产品的品饮方式、大益茶制作技艺入列第二批国家级非物质文化遗产保护名录、大益茶道院、大益爱心基金、大益微生物研发中心、第三代智能发酵技术——微生物制茶法制作而成的"益原素（A方）"产品上市……事无巨细，茶无遗漏。凡是勐海茶厂或说大益集团的一言一行，无一不被众多茶人所追猎，无一缺失在芳香四溢的茶文章中间。只要该厂推出新品，或每年的传统名品入市，都会引发抢购、囤储和二手交易的风潮；建在天边僻壤的大益博物馆，一如山中的茶王树，俨然已是一批批茶人的朝圣之所，鞠躬的、磕头的、祭祀的、求知的、寻找商机的、开眼界的、了却心愿的，各色人等纷至沓来；全方位呈现普洱茶生成过程的大益庄园也成为西双版纳最著名的旅游景点之一，每天都游客不断，人人都想借此一游而洞见普洱茶的天机与玄妙。如此盛况，在中国的茶叶史上，也堪称奇观或神话，同时也说明，勐海茶厂无疑已经成为普洱茶的精神象征或说灵魂，成为普洱茶制作与交易的风向标。

一座茶厂能达到如此境界，自然与其文化底蕴、制茶技术和原料资源分不开，也与其所在地西双版纳丰富神奇的民族文化、得天独厚的自然环境和云南南方古老的茶文化传统息息相关。同时，当我们回归理性，认真地去寻查勐海茶厂及其普洱茶的完整的或支离破碎的历史踪迹，不难发现，普洱茶虽然在清朝时期有过

| 勐海茶厂续记

| 勐海茶厂的发展呈现出生机勃勃的态势　张玉杰摄

"京师尤重之"的被恩许的一刻，但在漫长而又玄机重重的茶叶史上，因为文化差异、品饮习惯、交通阻隔、制作工艺有别、缺少主流文化支撑和贸易方式低端化等因素的影响，它始终是被遮蔽的、未经发现的、不被接纳的，甚至是被遗忘的。也许除了少数人知道它的存在，或在局部地区的普罗大众中只是被当成茶叶的一种，根本不可能将其作为"普洱茶"而单列出来，它的身份和文化合法性是没有得到公认的，茶叶的公共空间内它的身影一直缺席，是隐身的、匿名的。唯其如此，它作为一种现象，一种惊人的发现，甚至于当勐海茶厂、宋聘号、可以兴号、杨聘号等众多茶厂茶庄在隐身时期所制作的茶品，因为"越陈越香"理论的导引而被广泛查寻。当一些茶厂和手工作坊的经典化产品、山头化精品、老树茶品、单株孤品和署名"生态产品"的一系列普洱茶大行于市时，当许多早已消失的老茶庄品牌又被其后人或茶商注册后纷纷重新开张并受到世人认可或误认时，我们或许可以找到2000年以来普洱茶在市场上横空出世、引领茶饮风尚和市场交易的10个原因：（一）普洱茶具有的巨大商机被发现，各级政府、茶企和茶人共同注力，使其产业空前扩大。（二）古茶树、大叶种茶叶优异的品质被认可。（三）生态恶化，化肥农药施放无度导致某些传统品牌茶叶质量下滑，而普洱茶给品茶者带来了福音与安慰。（四）"越陈越香"的普洱茶核心理论和"茶马古道"传说深入人心，构建了普洱茶在所有茶品中异质化的非凡的唯一性和排他性。（五）云南多民族的神秘的泛神论文明，满足了带有浓厚文化人类学学术倾向的一批消费者的胃口，而这些消费者形成了庞大的普洱茶代言人群体。（六）普洱茶远在天边的茶山文化、茶叶和茶树被赋予的神性与人性、制茶人天生的和杜撰的"传说"激活了普通消费者的猎奇天性，而普洱茶的质地又具有一饮成瘾的征服性。有部分茶人不爱普洱茶，爱上的乃是普洱茶众茶山瑰丽的，快活的，苍茫的，现场性的，即时性的，无始无终的，处处是神灵的，超脱时空的，迷信的，意外的，等等神奇元素组合而成的茶山文化。（七）勐海茶厂的创始人范和钧系出茶叶界的名门正派，让一些溯源寻根者和别有心裁者，看到了茶典中普洱茶并非旁门左道的事实。（八）作为现代普洱茶的灵魂，勐海茶厂史上和现代生产的茶品一直具有经典化品

|大益馆　张玉杰摄

质,市场基础一经建立便具备长远性。(九)众多媒体人和文化人大量介入了普洱茶文化的创造与理论纷争,助推了普洱茶入手、入户、入心、入迷的快速发展进程。(十)一些港台茶人或正或玄的普洱茶理论、制茶工艺、品饮技艺和商业模式,促成了普洱茶整体性的观念改良,于饮于商均形成了为众人所接受的方法论。

以上十因,尚有众因未入,在此不赘,让遗憾由能读到此书的人去补充和化释。十因之中,如果我们认为2000年是普洱茶由隐身到现身的一个概念性的时间节点,理性地分析,不是其他九因不重要,是非常重要,但我还是认为勐海茶厂的存在仍然是普洱茶得以形成燎原之势的主因,没有其扮演旗帜性角色,没有其在乱云飞渡、舆论环境失常、消费观念走神的大背景下岿然不动,稳步提升顺应时代的技术实绩与制企模式的领军风范,没有其产品作为行业标杆的信念与实绩,在一次次的理论与市场的日常性危机中,普洱茶的命运仅靠其他九因和相关机构及茶人的危机公关,我认为其局面是难以控制或预料的。这样的观念,显然难以说服某些优秀的茶企和茶人,在自我独立和夸大的普洱茶领域,人们很容易以自我为中心并排除行业利益,傲慢与偏见已经是普洱茶之所以迷醉人心的另一个法宝。个性,旁逸斜出,自我成就,从来就不是秘闻,所谓太阳底下并无新事。但当你真的置身于大局,思考大局,为大局谋,拥戴一面行业旗帜或另制一面旗帜,拜一座行业之山或另造一座山,永远都是不二的正道。事实胜于雄辩。

二

到各地去,茶桌上,酒桌上,会议桌上,常常有人问:"知道你对普洱茶有研究,能否介绍一下,推荐一个茶品?"开始那些年,我乐此不疲,滔滔不绝,从茶山和茶人讲到茶品,古六大茶山、江外六大茶山、老茶坊、普洱茶陈茶和新的经典产品、普洱茶的优势、传说中的普洱茶与显微镜下的普洱茶……话题宏大又细致入微,试图将自己所知道的有关普洱茶的知识都告知感兴趣的人,花销的口沫不知有几吨了。后来,发现这些感兴趣的人无外乎两类:一类是广泛采集了有

勐海茶厂续记

巴达基地　张玉杰摄

51

关普洱茶的诸多江湖理论，云里雾里，需要确认；另一类则的确是对普洱茶感兴趣却又一无所知者。跟他们讲普洱茶实在是一件费劲的事：前者疑心重重，频频提出你根本不关心的玄理邪说；后者你讲什么他都没有概念，但肚子里的那颗好奇心又令他不靠谱的问题一个接着一个。于是，凡在人前，议及普洱茶，问及买什么茶品好，管他前者后者，我一律只有一句话："买勐海茶厂的大益牌产品吧！"一位东北的作家朋友的侄儿发誓要当优秀作家，写出来的第一本长篇小说，讲的就是普洱茶，而且贯穿故事的主脉就是大陆之外的那一整套玄乎其玄的普洱茶理论。朋友推荐给我，让我提意见，尤其是关于普洱茶的那些内容。我一看便很茫然，不知道意见怎么提，只好说这位侄儿作家所写的内容我也闹不明白，要不让他读读吴远之所著的《大益八式》、大益茶道院编著的《大益普洱茶品鉴技巧》和茶人徐亚和先生所著的系列普洱茶著作吧。产品和理论，我都推荐勐海茶厂和大益牌，当然不仅仅只是为了省心、节力、不犯错，主要的原因还是为了推广常识与公知，让常识与公知尽可能地去覆盖极端的貌似神奇的惊心动魄的某些普洱茶理论。茶叶，无论绿茶红茶白茶黑茶，还是普洱茶，终归只是茶。饮品，商品，让它罩上皇帝的新衣它仍然是茶，不会变成玉玺。极端的玄乎之说行世，而常识与公知被覆盖，那就不是正常的，也没有学术和公理意义上的合法性。至于那些掌握了普洱茶幽微，别趣盎然，对茶山了如指掌，专心于山头茶品一丝一毫之别的茶中君子，话题就可以另外展开，不在此多说。说了，也是说癖，一如说有洁癖的倪云林笔底下画幅中越来越少的美学符号，以及最终的无世的寂静。

我无意减损勐海茶厂于2004年10月完成企业全面改制之前茶厂的一切功绩，不同的时代，不同的企业管理制度和不同的经营理念，不同的市场格局和不同的茶文化氛围，催生出来的社会效益和经济效益是永远也不可能画等号的。而且，我坚信在范和钧时代、唐庆阳时代乃至之后历任厂长的时代，他们为茶厂所付出的心力与人力一定不比大益集团时代的人们付出少，甚至更多。范和钧创厂，唐庆阳恢复重建、渥堆技术的发明、邹炳良改制、阮殿蓉致力于文化建设和多种渠道经营……任何一个时期，任何一批人所做的工作均是必不可少的勐海茶厂金

勐海茶厂续记

布朗基地　张玉杰摄

字塔般的历史上运送与镶砌巨石的基础性工作，缺少了谁，都谈不上文化底蕴和技术人才的积累。但现实又极端的残酷，之前的历史上尽管也曾有业绩辉煌之时，一些在企业困局中生产的茶品比如"大白菜"这样的天价茶，甚至成为普洱茶界以经济杠杆衡定的巅峰茶品，可就总体上企业的品牌塑造、企业的社会效益和经济效益的大幅提升和企业的现实经营与未来发展布局等元素而言，勐海茶厂得以扶摇直上、誉满天下的黄金时代，还是在企业改制和大益集团成立之后。

"大益集团阶段性的战略目标，就是要发展成为世界级的中国茶叶品牌！"这句话出自大益集团董事长吴远之的口中，时间是2006年左右的某一天，地点是大益博物馆。当时我正在为写作《八山记》一书做田野调查，从布朗山回到勐海县城，前去拜访他。我们坐在大益馆当时悬挂着的一幅描绘辽阔海面上狂浪翻卷的巨幅油画下，话题涉及茶山史、厂史、企业改制、手工作坊、普洱茶理论建构、技术传承的改良、企业文化与边地民族文化融合、普洱茶的原料保证、普洱茶的世界性视野、市场的世界性、茶叶作为饮品的终极可能性、企业战略和科技探求、普洱茶真正的价值所在和大益集团的可行性使命等等。在与茶山上的茶人或茶农交谈时，话题一般都是如何保证茶叶原料的质量、如何做出好茶和以什么方式把茶叶卖出去。话题越小，获得的知识越多，也更准确。可吴远之乐于谈论的话题，每一个都是宏大的，随时都意在对话题中的主题边界进行拓展，我们不仅置身在了辽阔大海的远航船舰之上，而且还置身在了茶山之巅。他带来的话题性冲击与震撼、茶叶行业的创世纪启示和作为一个具有雄心与胆识的企业家所表现出来的睿智，是我之前与之后的茶山经历中所未曾领教过的。不是他对小的话题没有兴趣，而是他认为那是常识，那是企业管理与营销以及科技手段固本鼎新就可以保证的企业常态，也是任何一个手工作坊和茶叶企业只要认真恪守行业律法就可以做到的。勐海茶厂如果还为此所困、为此大动干戈，那就意味着放弃整个世界而面对一个地球仪发呆和发狂。更为重要的是，在他看来，茶叶企业兴盛，核心在于管理者应当满怀善意地去规划并实施这些规划。十多年时间过去，我仍然记得他说："中国茶不能成为世界品牌，那就意味着失败！"说这话时他一脸喜悦，流露的是坚韧的气质与信心，那张脸受到的是内心精神的照耀，而不仅仅是一时的热血鼎沸所致。对勐海茶厂是否将立顿视为假想敌、什么时候打那场蓝图中的茶叶世界之战和谁胜谁负这样的问题，我其实并没有什么兴致，我也相信吴远之的内心也是排斥"战争"的。他肯定只是为大益集团或勐海茶厂设置一个阶段性的现实标的，并由此在构建普洱茶帝国的进程中责令企业完成一场貌似世界大战即将爆发前的"军备竞赛"和理想改良。

对普洱茶的时间概念和珍稀老茶有所研究的人都知道，成就勐海茶厂行业地位的市场上尚有少量流通的该厂产品主要有以下这些：创制于20世纪50年代初期的中茶牌红印圆茶和甲级绿印圆茶；20世纪50年代末期的黄印圆茶；生产于60年代和70年代的黄印七子饼、大蓝印七子饼、红带七子饼、7542七子饼茶；同期的"文革砖茶"，73厚砖，7562砖茶，普洱方茶；生产于70年代末80年代初的73青饼；生产于80年代中期的雪印青饼、7532御赏饼；生产于1988年到1992年的88青饼；1989年"大益牌"正式注册后生产的大益七子饼；1996至1997年生产的橙印七子饼；乃至之后的"大白菜"和"孔雀饼"；等等。它们或因品质卓绝，或因奇货可居，或因产品在行业领域内的开创性地位，或因特殊的商业与品饮特质而成为普洱茶市场上神话般的物质存在，被称为可以品饮的"古董"，价格之高，令人咋舌，非常人可以染喉。但话又说回来，站在吴远之及其同仁的角度去看，以上老茶及诸多未被提及的老茶，它们在精神层面上具有过去时并为普洱茶的未来时奠定了基础，仿佛一座座纪念碑，可它们终究不是现在最急需着手的工程建设的蓝图、原材料和普洱茶的长生殿本身。一个老牌的有着光华灼灼的历史但又行将被市场浪潮所颠覆的国有企业，如果再没有强大的资本介入，没有科学的治企理念与开放性的思想元素为之施洗，没有为市场所期待的产品复活与源源不断的新作品诞生，一切都将是空谈。什么金字招牌、精神象征和入列文化遗产的技艺，全都会像无人的生产车间一样布满了尘垢。所以，当"军备竞赛"启幕，大益集团旗下的勐海茶厂在屡遭众多茶客乃至各种机构不信任的背景下，承故革新，继续保质保量推出经典产品的同时，以传统茶产品和袋泡茶产品两大体系作框架，洞见消费者心理与需求，准确预察饮品市场发展趋势，引入国内国际行业顶端研发技术，在管理与技术实现重大革新的平台上，持续推出了令人既能充分品尝"勐海味"又能敏锐发现产品质量升华的经典系列、臻品系列、皇茶系列和大师系列四大生熟相配的产品群，让勐海茶厂得以从市场竞争的低谷很快又回到了浪峰之上。经典系列中的7532青饼、大益甲级沱茶、7742青饼、7542青饼、8542青饼、笋壳青砖、8582青饼、普知味青饼、7632熟饼、7262熟饼、7562熟砖、7572熟饼、普知味熟饼、V93熟沱和7592熟饼等产品继续受到识者追捧和新茶客的认可，它们是勐海茶厂最坚实的市场基石。臻品系列茶品，原料采自普洱茶核心产区的著名茶山，比如布朗山、易武山之类，是大益集团倾力打造的具有地理标识的个性化高端产品，其中的巴达高山有机茶饼、勐海之春青饼、熊猫沱茶、银孔雀青饼、勐宋沱茶、高山韵象青饼、灵蛇献宝青饼、易武正山青饼、勐海之星熟饼、五子登科熟饼、丹青熟饼、大益之恋系列熟饼、老茶头普砖、红妆系列熟饼、红韵圆茶和巴达高山熟砖等产品的出场，则一改普洱茶的"普世"和民间形象，霸道而又自信地拉响了新生的中产阶级消费群体的门环并登堂入室。普洱茶在清朝时期曾作为贡品，"京师尤重之"，其皇茶身份却因为之后的颠沛流离和隐身滇土而丧失，它能否重新振作皇家气象，再次成为中国茶文化传统中的扛鼎之作，洗尽纤尘拔地而起，一直是一代代普洱茶人为之呕心沥血的伟大事业。勐海茶厂遂精选著名茶山中的优秀茶菁，令其自然醇化，配之大益独特的研配和发酵技术，精心打造了卓尔不凡的皇茶系列。其中的宫廷青饼、女儿贡饼、白针贡饼、金色大益开元青饼、龙印青饼、宫廷熟饼、金针白莲熟饼、龙柱圆茶（熟）和金色大益开元熟饼等产品一经问世，便被人们视为当下普洱茶大宗产品中的质量标杆，成为藏家和高端消费者的首选。大师序列内勐海茶厂生产的4款辛亥百年纪念茶江山美人、百年回甘、黄河青山和巍峨中山，则因为其选料于纯正的古茶树，自然醇化时间久长，品质维度高远，制作工艺一流，凝集了大益70多年的制茶历史工艺和文化内涵，乃是茶中之茶，得饮者少之又少。笔者一度与大益集团勐海茶厂厂长联系，希望能得一而珍藏，也未能遂愿，甚是遗憾。在袋泡茶的产品体系中，这些年来，大益品牌亦持续推出了经典生茶、经典熟茶、特选六年生茶、特选巴达、特选布朗、荷叶普洱、陈皮普洱、玫瑰普洱和菊花普洱等产品，为旅行者和女性消费群体所推崇。

有了以上承典、出新、创先的两大体系四大系列茶品，勐海茶厂乃至整个普洱茶行业其实也就有了放之四海而获誉的品牌性产品。它们的说服力、征服力、覆盖性，远非某些品质卓绝的作坊极品茶所能比拟，也不是一些茶人异质化的真知灼见和极端个人化的吃茶之癖引导出来的茶叶理论所能诟病的，人都有商山梦、南山梦、桃源梦、辋川梦、西奈山梦、须弥山梦、老班章梦、薄荷塘梦、冰岛梦、昔归梦，能抵达乌托邦者少之又少，而勐海茶厂却给人们提供了可以实现的异托邦梦，它理想融入现实，现实又具有梦幻性，无形之中将江内和江外的众茶山变成了佛陀的茶园、勐巴拉娜西、不足不沙、司岗里、司杰卓密这样的人间理想国，这应该是人间的一场幸事。而勐海茶厂于此期间，也由前景式微的状态一变而成勐海众多茶企，乃至西双版纳或云南省所有普洱茶企业中的"龙头"或说导航者。所以，在我走山的这些年里，凡遇上诟病勐海茶厂者我都乐于以理化之，特别是在勐海县，无论是遇上官员、茶农、隐士，还是遇上来自世界各地的形形色色的茶商和茶叶理论家，我乐于与之讨论的，绝不仅仅只是勐海茶厂每年给当地政府提供了多少亿的税收，而是勐海茶厂之于普洱茶从业人员来说，无异于广受祭拜的茶树王之于众茶山，如果它营养不良了，它受虫灾了，人们理应为之消灾免难，使之郁郁葱葱，长久地充满活力，始终意味着象征，而不是挥动斧头去砍伐它、烧毁它。"伟大的品牌引领我们前进"，这是工商文明时代的真理。

三

很久未遇吴远之了，很多次在昆明或去勐海茶厂，我给他电话，他都在韩国、日本或北京、西安或其他什么地方。我们曾构想做一次以"饮品世界与普洱茶"为核心的深度对话，我草拟了一份详细的对话提纲，最终因为他的奔忙至今没有实

| 吴远之先生　张玉杰摄

施。而在此期间，大益集团也由茶品研发扩大到集饮食、紫砂、茶山旅游、科研和茶道传习等等为一体的综合性集团。一位曾担任过大益集团勐海茶厂厂长的朋友，我们相交20多年，品茶、饮酒、习字，互相引为知己。他之于普洱茶的迷醉远胜于我，我之前迷茶，非某山某人所制的茶不饮，旅途中总是随身带着有准确"出处"的茶品，后来却不再坚持，能饮则饮，只要能从次品中饮出好来，就心满意足了。而他20多年不变，仍然一心一意地认准某几款茶，以"大益八式"的品饮范式开始自己每一天的生活，是我所见的茶饮者中间的奇迹。我常想，长期在高冷的境界与仪式中品饮，清则清矣，敬则敬矣，寂则寂矣，但会不会有无趣和失神的时候？尽管无趣、无味、失神乃是生的真谛。可随着宜兴紫砂项目的上马，这位朋友也去了江南，联系少了，不再与我谈及勐海茶厂的诸多事务。曾在勐海茶厂负责茶品研发的李文华兄，是我见识过的除了徐亚和、彭哲和邓艳波之外最沉迷于普洱茶道的人，其研发"味最酽"和"天上攸乐"这两款勐海茶厂的普洱茶精品时，我们论茶忘形、忘时，不亦快哉，可他离开勐海茶厂另辟茶厂后也就失踪了一样，没有了往来。勐海茶厂现任负责人曾新生倒是我这几年去勐海做田野调查必须拜访的人之一，其良好的教育、前瞻性的思维方式、踏实的工作风格，以及他身上散发出来的勃勃生机，与之每一次进厂参观和坐席交流，我都能受益良多。重要的是，与之交往或交流，你才会发现，现在的勐海茶厂真的脱胎换骨了，尽管四周的青山不变，茶厂的地址不变。

  大益茶道院编著，中国书店出版社2013年10月出版的《大益普洱茶品鉴技巧》一书中，把产地价值、工艺价值和年份价值认定为大益普洱茶核心价值体系的三个元素。这三个元素其实意味着的就是澜沧江流域神圣的茶叶故乡、茶品由祭品发展到商品的古老制作仪典与技艺及其茶叶从澜沧江向整个世界流布的艰辛旅程、独特的排他的普洱茶茶叶理论观等宏大的茶叶史和茶叶文化人类学的立体画卷。2018年冬天，我重走南糯山、布朗山、巴达山、关双山、勐宋山和曼糯山，与众多的茶农交谈，当他们谈及制茶历史和手艺来历，大多数人都会说某某年勐海茶厂开始到寨子里来收茶、某某年勐海茶厂初制所的某某收购人员教他们杀青，无一不将勐海茶厂视为"正宗",也无一不以勐海茶厂收购自己的茶叶原料为傲。即使是"王先号"的继承者、手工优秀茶人"茶农王二",言及勐海茶厂,自身的傲慢也会顿时减弱,也从不用其制作的"古六大茶山"套茶与勐海茶厂的茶品做比较。非说不可,只会说大众与小众趣味上的差异,或说高速公路与松树林中的小径之间的差别。茶人陈剑和王斌,以易武山为基地,苦心经营,创作的茶品我情有独钟,我们议及勐海茶厂,他们无一不认为法道各有向度,口味各有喜好,饮自己的茶知自己之心,可饮大益茶能识道之广大。在帕沙的一位茶农家里,我亲自见到一位外省茶商来收购茶叶,提了几个似是而非的问题,主人干脆告诉茶商:"你去其他人家买茶吧,我这茶要留给勐海茶厂的。"而那茶商听此一说,不再提问题,也不压价,掏钱买走了茶叶,临走还交代茶农,明年春天他还来,这些谷花茶先带走,明年要买明前春。这样的例子也许不能说明什么问题,我想说的是,有这些相信勐海茶厂的信誉与品牌的茶山与茶农做靠山,与立顿公司打不打一场茶叶之战真的不重要。重要的是在云南通往世界的茶叶正道上,勐海茶厂得天、地、人三势,得茶叶故乡为基地,文化战争已经赢了下来,产品之争,只要继续行走在正道上,不争,也是赢定了的。如果某一天遇上吴远之,我也不会再谈茶山与茶农,只想做一个倾听者,泡一壶益原素茶品,听他谈大益微生物研发中心最新的创研成果,以及大益集团异地布局的最新精神景观……世事无常,想再听他高论的愿望,于 2021 年 12 月 19 日戛然而止,可叹可憾!

自 2022 年起,大益集团的掌舵者已由张亚峰女士承继,张总接手后,以更加务实的精神和包容的态度,对企业进行了一系列有益的改革与调整。比如:回归"益心为好茶"的初心,清理副产,精进主业,减轻企业自身与合作伙伴的负担和压力;加强与合作伙伴之间的沟通与互动,倡导消费、精准营销,并通过提高终端销售人员的水平提升服务品质,巩固客户忠诚度;积极推进跨界营销与异业合作,拓展新的客群,夯实消费基础;优化组织机构与管理流程,改进考核办法与激励机制,向管理要效益;努力探索新的合作模式,为新品类、新业务寻求更好

| 张亚峰女士 张玉杰摄

的发展空间；响应政府号召，助力乡村振兴，帮助当地茶农改善生产生活环境，为乡村社会长期稳定发展做出贡献……现在，这些改革举措已初见成效，并对大益未来的发展起到积极而健康的深远影响！

大益八十三年大事记

1938 年

中国茶叶公司与滇省当局洽商由富滇银行与中国茶叶公司各集资国币 15 万元在昆明设立云南中国茶叶贸易股份有限公司。并于 12 月 16 日在昆明威远街 208 号开始办公,时任总经理为郑鹤春。

1939 年

为验证在佛海设立茶厂是否适宜,云南中国茶叶贸易股份有限公司派遣范和钧、张石城赴佛海调查茶叶产销情形。

4 月 1 日范和钧、张石城从昆明出发,于 5 月 27 日抵达佛海,觉行不易,一年一度之茶季不能抛弃,一边调研,首先制造各种应急机械及简单工具,然后开始试制外销茶叶,其间经过之艰苦。在佛海筹备四月,制茶 18 日,计制成白茶一种、仁茶三种、绿茶二种、磅茶二种、紧茶一种、老青茶三种,合计得 1170 斤。

1940 年

1 月"中国茶叶贸易股份有限公司佛海实验茶厂"正式成立,范和钧任首任厂长。同时,范和钧还兼任佛海县茶业新村服务社正主任一职,从事管理有关茶叶生产之教养卫各项工作(协助区内农氏产业生产、采办日常用品、传习土木竹铁等工艺、办理卫生医药、增进文化训练茶工、办理运输等)。

10 月 9 日正式成立藏销紧茶联合运销处联运处并与勐海、勐混两区土司成立示范茶园。

1941 年

太平洋战争爆发，战火延至东南亚国家的主要城市。茶叶出路受阻，公司逐渐压缩红茶生产，而转以生产经营内边销为主。同年，佛海茶厂基本建成简易厂房，安装了制茶机具，并试制出第一批滇红。

1942 年

日军进攻缅甸，佛海茶叶贸易通道受阻，茶厂停工，进入保管期。厂方物资由佛海服务社李拂一负责接收，刀国栋、周光泽等人留守茶厂。

1943 年

3月负责边境卫戍的国民党九十三师进入佛海，师指挥部设在佛海茶厂。

6月17日国民党第六军军长甘丽初率200名士兵前来增援，动用了茶厂的相关设施、仓库等，作为部队驻扎和休息使用。

1944 年

4月22日美军联络处进驻佛海茶厂，负责与佛海周边各盟国部队的通信往来工作。此间，佛海茶厂的生产销售工作并未完全中断。这一年共制精茶855.71斤，其中，白茶523.49斤，红茶332.22斤。

1945 年

1月售出红茶1530斤。

9月售出厂存紧茶400驮，同时收购鲜芽茶474.3斤，售出红茶粉9包。11月从佛海茶厂发出白茶144斤运至云南中茶公司。

1946年

1月行命周光泽为佛海茶厂专员，代表董事会在佛海继续督办茶厂和周边茶叶贸易的开展情况。

同年，李拂一辞去佛海实验茶厂主任职务，开始自办茶庄。李拂一的离开，标志着佛海的私人茶庄开始逐渐复兴。

1947年

佛海茶厂专员周光泽利用佛海茶厂的油印机开办了《佛海旬刊》，共出版10期。

1948年

紧茶茶价大跌，茶叶市态颇为冷清，茶商经营惨淡，茶叶销路不畅。1月—5月佛海茶厂总计收入半开数额3547.08元，除付讫偿还上年结欠款和职工常费、缮费等各项开支用去3259.69元，尚余半开287.39元。

1949年

在云南省解放前夕，国民党政府官员和富商纷纷逃亡，范和钧等人也放弃茶厂去往台湾。佛海茶厂一度处于荒废状态。

1950 年

3月9日佛海县临时人民政府接管了佛海茶厂，任用原经理刘云阁为经理，原有职工全部留用。

1951 年

佛海茶厂由云南省茶叶公司云南省公司接管经营。公司派唐庆阳等筹备恢复佛海茶厂的生产和管理。

7月唐庆阳对佛海沿途茶叶及车佛南茶叶生产情况进行调查。

10月开始清点茶厂遗留资产。

11月佛海茶厂恢复生产。

该年，侧重于紧茶经营和手工制造红茶。并与云南省贸易公司签订思普茶区代购茶叶合约。这一年主要工作是大力扶持恢复茶叶生产，开始少部分向私商加工订购业务。

1952 年

5月茶厂正式成立，名称为：云南省茶叶公司西双版纳茶厂。

9月中国茶叶总公司统一注册中茶牌商标，佛海茶厂的产品除藏销茶品外，都使用中茶牌商标。

本年中心工作是推广红茶制造及收购青毛茶、红毛茶、紧茶与恢复佛厂作业为主。为推广红茶，在地方政府领导下成立了车佛南红茶推广队，协助茶农成立初制所；积极恢复茶农生产和进行农村采购工作。进行内部机构进行临时改制，对生产与销售两部门的工作，实行分别领导和配合推进。

1953 年

佛海改称勐海，茶厂名称改为"勐海茶厂"。由于公司业务、人事管理并不一致，因此，勐海茶厂很长时间没有正厂长，只有负责人，这些负责人通常担任着副厂长职务，主要有：刘国栋、唐庆阳、严振儒、周培荣等人。

1954 年

勐海茶厂接管了主要生产红茶的南糯制茶厂。

10月首次进行产地加工，制定生产责任制及加工技术规章；同年，开始生产紧压茶。紧压茶是以黑毛茶、老青茶、做庄茶及其它适合制毛茶为原料，经过渥堆、蒸、压等典型工艺过程加工而成的砖形或其它形状的茶叶。这种传统的饮茶习俗，一直以来在边疆少数民族地区非常流行。故而，生产紧压茶也是为了满足边疆地区人民的需要。

1955 年

3月在茶厂召开了西双版纳傣族自治州第四次茶农代表会，明确了发展生产对建设祖国社会主义工业化的重要性，交流了茶叶生产经验，就茶主与雇农关系及劳动组织等问题达成了相关协议。

1956 年

茶厂由思茅地区专署管理，改名为"思茅专区勐海茶厂"。

该年，为进一步分工明确，定立各部门职责范围制度。

1957 年

成立红茶推广办公室,建立红茶初制所,大力推广红茶。

恢复生产批量七子圆茶;七子圆茶的称谓在清朝时期就已存在。《大清会典事例》载:"雍正十三年(公元 1735 年)提准,云南商贩茶,系每七圆为一筒,重四十九两(合今 1.8 千克),征税银一分,每百斤给一引,应以茶三十二筒为一引,每引收税银三钱二分。于十三年为始,颁给茶引三千。""七子圆茶"叫法一直延续到 20 世纪 60 年代。70 年代初,云南茶叶进出口公司改"圆"为"饼",改叫"七子饼茶"。

1958 年

茶厂扩建,选定勐海县新茶路 1 号作为新厂址。

为解决运输困难等问题,将毛茶原料经过蒸软压成大方块运输。

在南糯初制厂成功试制"初精合一"的滇红碎茶。

1959 年

试制出"90 厘米木质揉捻机",用于加工红碎茶。

勐海茶厂首届职工代表大会召开。

1960 年

勐海茶厂启用"思茅专区勐海茶厂"新印章。

为扩大生产,全厂由 5 个职能股调整为 8 个职能股。

这一年,大搞技术革新和工具改革运动:在紧压茶方面,创制了一台多刀切茶几，功效较去年提高一倍；在初制方面，制造双动式柔茶机 30 台；在更高技术层面，突破了车床导电切削。

制成新产品"绿片茶"。

1961 年

1 月启用新印章，茶厂更名为"勐海县茶厂"。
新茶路 1 号现址和老茶厂自由街和平路 8 号同时投入生产。
中国茶叶出口公司改名为"中国茶叶土产进出口总公司"。

1962 年

茶厂开展精兵简政工作，进行了组织机构调整。全场职能部门调整为五科（秘书科、人事科、业务科、财会科、生技科）一室（审检室）一站（茶叶采购站）五个车间（初制、精制、紧压茶、辅助、机务车间）和一个南糯分厂，撤销了曼薹分厂，生产管理层调整为厂部、车间、小组三级管理。

开展增产节约运动。

1963 年

1 月茶厂更名为"云南省勐海茶厂"。
按照中央对国营初制厂要以生产初制碎茶为主的要求，茶厂由生产条茶转为以生产碎茶为主。

1964 年

　　茶厂改进、调整了生产工具如：扩大萎凋面积、揉捻机、分筛解块机、土烘机及 61 型烘干机等设备，制定了分级红茶初制工艺，推动了分级红茶的制造。

　　7 月全国分级红茶实验技术座谈会在勐海茶厂召开，验收了勐海茶厂生产的红碎茶并向全国推广。

1965 年

　　据现有档案资料显示，该年度共加工各类茶叶 17599 市担，其中精制茶 12804 市担，总产值 155.54 万元，年末职工总数达 509 人。

1966 年

　　中国茶叶土产进出口公司云南茶叶分公司成立。

　　生产紧茶形状由心脏形改为砖形。

1967 年

　　生产的紧茶商标改用中茶牌商标。

1968 年

　　9 月成立勐海茶厂革命委员会。

　　为继续保持当地民族传统制茶习惯，利用青毛茶原料试制了少量那卡茶（筒茶）。

1969 年

1月启用"云南省勐海茶厂革命委员会"新印章。

勐海茶厂成功研制私杆压茶机,提升了茶叶生茶效率。

1970 年

中国土产、畜产进出口总公司成立,专营茶叶出口业务。

茶厂又更名为"勐海县茶厂"。成批产制"滇绿"茶。

1972 年

中国土产、畜产进出口总公司云南茶叶分公司成立。茶厂隶属云南茶叶分公司管理,成为国营企业。

1973 年

现代普洱茶人工后发酵陈化工艺试验在勐海茶厂获得成功,标志着普洱茶发展进入崭新阶段。

制定各茶类加工标样,规定茶样品质分类、包装规格。

1974 年

试制、试销七子饼茶。并在秋季广州交易会上成交了17吨。

1975 年

云南茶叶逐步进入了量化生产阶段。人工发酵技术的成熟，研配技术的革新和规范管理给予普洱茶从前有别于山头茶、商号茶统一而稳定的风格。

勐海茶厂成功研配出 7542 和 7572 等茶品的拼配技术。

1976 年

云南省茶叶进出口分公司为稳定普洱茶品质，在云外茶业字第 84/45 号文件中对普洱茶的品种花色初步定了 18 个茶号。其中，对勐海茶厂普洱茶规定了七个茶号。分别为：云南七子饼——7572（中档），7682（低档）；云南普洱茶——74092，74102；云南青（茶）——74342，74562，74782。

1977 年

对"文化大革命"中"讲质量是关卡压，讲成本核算是利润挂帅"的错误批判进行了拨乱反正，确立了实事求是的思想路线，使云南在遭受 48 年以来从未有过的旱灾的情况下，茶叶产量和收购量仍达到了 1976 年的水平。这一年，据现有档案资料显示，各类茶叶年度产量共计 1345 担。

1978 年

勐海茶厂的普洱茶（熟茶）的加工量跃居厂内各精制茶之首。

1979 年

为进一步加强经济管理，实行经济核算，茶厂制定职责范围暂行办法，实行各股岗位责任制。

10月茶厂启用"云南省勐海县茶厂"新印模。

1980 年

12月勐海茶厂党总支基于国务院颁布的《关于经济体制改革的初步意见》以及州政府下发的《关于国营企业进一步扩大企业自主权的工作意见》等政策文件，结合勐海茶厂实际情况，初步制定了关于扩大企业自主权的相关意见。

1981 年

7月生产滇青新品种"春芽"茶。

10月1日普洱茶出口执行外贸部和进出口商品检验总局的新标准即《云南省普洱茶品格规格试行技术标准》。

11月滇红红碎茶高档二号被评为云南省优质产品。

1982 年

1月勐海茶厂开始全面推行经济责任制，实行定额成本管理法，调动了职工积极性，增强了内部活力。

6月在商业部召开的全国名茶评选会上，南糯白毫被评为全国名茶。

7月制定了《普洱茶加工试行工艺规程》。

10月勐海茶厂党支书记兼厂长周培荣因公殉职。如果以范和钧为第一任厂长，周培荣是"文革"后被任命的勐海茶厂的第二任厂长。

1983 年

唐庆阳被任命为勐海茶厂第三任厂长,并于年底卸任。

传统产品"七子饼茶"获商业部优质产品称号,"中茶牌"七子饼茶(中档)荣获省优质产品称号。

1984 年

邹炳良担任勐海茶厂第四任厂长。

制定了普洱茶生产的企业标准。茶厂年度工业总产值突破 1000 万元。工夫红茶二级、红碎茶碎茶一号被评为省优质产品。

1985 年

创新研制出 8582(生茶)、8592(熟茶)两款新茶。滇红工夫二级、滇红红碎茶八号被评为部级优质产品。"红碎茶一号"荣获国家优质产品银质奖。

1986 年

"春蕊"茶以及普洱茶八级、十级被云南省食品工业协会评为省级优秀食品。

1987 年

勐海茶厂实行厂长任期目标责任制。

滇红工夫一级荣获省优质产品称号,"中茶牌"七子饼茶被评为省级优秀食品。

1988 年

勐海沱茶获全国营养食品"熊猫杯"银奖,七子饼茶荣获全国优质保健食品"金鹤杯"金奖和首届中国食品博览会银奖,红碎茶一号和南糯白毫获首届中国食品博览会金质奖。

1989 年

勐海茶厂向国家工商管理局商标局申请注册了"大益"商标,并取得商标专用权。自此,大益成为勐海茶厂的独立品牌,也成为日后勐海茶厂巨大的无形资产。这一年,勐海茶厂在布朗山和巴达山开辟万亩新茶园,建立了自有茶园基地,两个茶叶基地生产的茶叶原料均是"大益"普洱茶高档产品和经典产品的优质原料。

滇红碎茶一号获部级优秀产品称号,滇红工夫茶一、二级、普洱茶散茶79562、79092、79102获省级优秀产品称号。

1990 年

勐海茶厂和主管部门勐海县计划经济委员会、勐海县财政局签订了从1988年开始的为期5年的承包经营合同。

勐海沱茶、普洱方茶等获得省优秀食品称号,红碎一号获国家优质银奖,普洱五级、八级、九级、十级获省优产品称号。

1991 年

2月确定每年4月15日为勐海茶厂厂庆日。

勐海茶厂被评为云南省省一级先进企业。

1992 年

勐海茶厂以先进的技术、优良的管理水平、领先于同行的经济效益被国家统计局列入中国500家最大饮料制造企业、云南省百强企业、荣获云南省一级先进企业称号。实现税利为全国制茶行业"十佳"之首。"宫廷普洱"被授予"云南名茶"称号。

引进和仿制CTC红碎茶初精合一的机械制茶设备各一套,大大提高了红碎茶的生产效率。

1993 年

勐海茶厂正式启用"大益"牌。

大益七子饼茶荣获"云南名茶"称号;大益牌普洱茶三级、五级,大益牌"玉芽春",大益牌滇红工夫一级被评为云南省优质茶。勐海茶厂获绿色食品和有机(天然)食品双认证。

1994 年

勐海茶厂停止使用中茶牌商标。筹备建立股份制公司。

开始批量生产"大益牌"七子饼茶。

1995 年

勐海茶厂成为西双版纳傣族自治州第一个建立现代企业制度试点的企业，通过中外合资建立西双版纳日利啤酒酿造公司。

获西双版纳傣族自治州颁发的"质量信得过企业"荣誉称号。大益普洱三七参袋泡茶系列项目获西双版纳州科技成果二等奖。

1996 年

1月勐海茶业有限责任公司正式挂牌成立，邹炳良为首任董事长。勐海茶厂和勐海茶业有限责任公司，实行两块牌子、一套班子、独立核算的经营管理模式，产品营销共用大益商标。

8月卢云担任勐海茶厂厂长。

开发大益牌 7262 熟饼茶，研发 7582 生饼、7592 熟饼、7562 青饼等新品种。

1997 年

邹炳良辞去勐海茶业有限责任公司董事长一职，改由卢云担任。

大益牌 CTC 红碎茶获第三届中国农业博览会名牌产品称号。

大益牌茶叶系列产品被中华名牌商品推荐中心（香港）介绍为中华名牌商品。

1998 年

11月阮殿蓉任勐海茶厂厂长。此时的勐海茶厂因改制不彻底，历史遗留的债务缠身等诸多原因，举步维艰，困难重重。

1999 年

恢复勐海茶厂老字号 7592，重置 73 厚砖，率先大力推行有机茶认证。

2000 年

11 月 18 日勐海茶厂建厂 60 周年庆典活动成功举办。展览民族茶道表演、文艺晚会、宣传茶文化、弘扬茶厂艰苦创业精神，提高企业和普洱茶的知名度。

2001 年

勐海茶厂组建民族茶道表演队对外进行茶道表演及产品宣传。

"大益贡茶"在首届云南春茶交易会上被评为金奖。"大益"牌产品通过欧盟国际有机认证。

2002 年

1 月阮殿蓉辞去勐海茶厂厂长一职，由郑跃接任。

大益普洱茶获得中国名牌产品市场保护调查所及品牌发展中心认证为"中国知名品牌"。

2003 年

5 月为进一步深化国有企业改革，促进企业制度创新，激活企业机制，从根本上转变企业经营机制，实现国有资本有序退出，勐海茶叶有限责任公司成立了国有企业改革领导小组，进行企业改革。

2004 年

10月勐海茶厂进行第二次改革,实行全面改制。由勐海县人民政府出面解除在职职工的国有身份,公司接受有继续就业意向的原企业员工,并按新企业规定的规章制度对员工进行管理,重新签订《劳动合同》并办理各项保险的续接。自此,勐海茶厂由国营企业转变为民营企业。在国有企业民营化的成功案例中,勐海茶厂是极具典型的代表。2004年勐海茶厂的改制,使得勐海茶厂凤凰涅槃,浴火重生。同时也为普洱茶市场注入新的动力,推动了整个普洱茶市场及行业的发展,带动大量的消费者成为收藏者,为普洱茶提供了更多一条发展的道路,开创了普洱茶产业新时代。

2005 年

11月由大益发起的"滇茶大益天下·马帮西藏行"大型文化活动正式启动。由99匹马组成的大马帮从勐海出发,沿着滇藏茶马古道于2006年7月到达西藏拉萨、日喀则。这是一次茶叶之旅、文化之旅和爱心之旅。

大益系列普洱茶获得国家环保总局有机食品发展中心颁发的"有机食品"证书,并通过了"食品质量安全"A级企业认证(QS认证),被评为"云南省农业产业化省级重点龙头企业"。

2006 年

大益正式采用了印钞防伪技术——专用开窗式安全线防伪技术,是普洱茶行业里首家启用国家专控防伪技术的企业。勐海茶厂巴达基地被列为国家级勐海县普洱茶种植农业标准化示范区。大益集团被中国商业联合会零售供货商专业委员会和商业发展中心评为中华名特优产品指定供货单位。被农业部授予"中国名牌农产品"称号，是云南省第一家获此殊荣的企业。

2007 年

云南大益茶业集团注册成立，吴远之任董事长、总裁。
云南省普洱茶加工工程技术研究中心在勐海茶厂挂牌。
大益爱心基金会正式成立。
大益集团一举中标中央电视台 2008 年黄金时段广告资源。

2008 年

在国家商务部、外交部安排下，大益普洱茶作为国礼茶赠送给到访的俄罗斯时任总统梅德韦杰夫。
大益茶制作技艺被列入国务院公布的第二批国家级非物质文化遗产名录。
勐海茶厂通过 ISO9001HACCP 认证。大益发起设立"中华爱茶日"。

2009 年

大益爱心基金会理事长吴远之被共青团中央、中国青少年发展基金会授予"希望工程 20 年特殊贡献奖"，成为云南省唯一获此荣誉的企业家。
大益茶专营店授权系统全面启动，针对渠道客户的认证、授权、监督的建立。

2010 年

大益茶业集团正式签约成为第 16 届亚运会茶产品供应商，成为中国首个赞助国际大型综合性体育赛事的茶企业。

中国首家职业茶道研究机构——大益茶道院正式注册成立。

大益茶业集团新成员——东莞大益茶业科技有限公司正式成立。

勐海茶厂被认定为"国家级高新技术企业",并被国家人力资源部和全国博管委认定为"博士后流动工作站"。

2011 年

大益牌商标被国家工商总局商标局公布认定为"中国驰名商标",经商务部评定的"中华老字号"。

大益集团韩国株式会社在釜山成立。

大型茶文化品牌活动——首届"大益嘉年华"和首届"中日韩三国茶文化国际交流会"在昆明举办。

2012 年

大型品牌公关活动"大益嘉年华"开启,开启全新品牌之路。

2013 年

"大益"荣获中国普洱茶十大品牌称号。

大益集团微生物研发中心、大益集团博士后科研工作站科研基地正式启用。

大益爱心基金会被云南省民政厅评为 AAAAA 级基金会组织。

2014 年

大益茶马来西亚有限公司、泰国大益公司成立,"大益茶"正式进入东南亚市场。

全国第一所大益青少年茶道中心在昆明落成。

推出"十年味道：大益改制十周年策划"系列活动。

2015 年

北京益友会科技有限公司成立，拓展了企业线上销售渠道。

上海益趣茶业有限公司成立，开辟新型茶饮空间，实现茶品滋味的标准化。

结合云南抗战历史和勐海茶厂建厂历史，大益集团主办"V70 中国不会忘记——中美抗战英雄纪念系列活动"。

2016 年

3月中国茶修中心在勐海成立，缔造高品质的茶道文化研习场所。

5月大益文学院成立，首开大型民企创办文学机构之先河。

7月云南大益东盟企业家论坛商务有限公司成立，致力于打造与东盟工商界精英和学界、政界专家链接高端人脉的社交及大数据服务平台。

9月联合东盟各国专家学者共同组建新型独立研究机构——大益智库，首任院长为李承祖。

12月首届中国—东盟企业家论坛在景洪市成功举办。

大益庄园正式投入运营，开启深度"茶旅"体验。

2017 年

6月云南大益智库信息咨询有限公司正式注册成立，李承祖任大益智库院长。

9月首届大益国际写作营在法国举办。

10月首届"益友节"在西安举办,开启全球益友欢乐盛宴。

12月第二届中国—东盟企业家论坛在昆明成功举办。

大益膳房进驻西安,并荣登"中国正餐集团50强"。

2018 年

3月院士工作站落户大益集团。

5月中国—东盟企业家俱乐部在昆明成立。

8月大益膳房斩获中国饭店协会"金鼎奖"。

9月大益微生物研发中心以微生物代谢产物研究为基础,采用第三代智能发酵技术制作而成的"益原素(A方)"上市。

11月"大益"牌经典7542普洱茶(生茶),被评为云南省2018年"十大名茶"第一名。

大益文学院推出首届"大益国际文学奖"。

2019 年

8月大益集团承办了"中国茶与未来"三大高峰论坛,即第三届全国生物资源高峰论坛、第三届全国茶道哲学高峰论坛、第三届公益创享营校长论坛,引起了社会各界广泛关注。

9月大益普洱茶生肖茶获云南省2019年"十大名茶"第一名。

11月大益茶天猫双十一销售额达到1.56亿,五次蝉联茶行业销售冠军。

12月大益智库与云南省政府参事室合作的研究咨询报告,先后有5项获得了省政府领导的批示,为政府决策参考发挥了重要作用。大益智库总顾问、中国笔会中心会长、云南省委原副书记丹增代表大益智库为大益智库新任院长范建华颁发聘书。

2020 年

2月大益爱心基金会设立1000万元的"逆行天使护佑基金",为奋战在最危险一线的医护人员提供保险保障。

6月大益集团与俊发集团签署战略合作框架协议。

8月由大益智库、大益商学院主办,大益文学院共同参与的"走进企业·智库专家大益行"活动成功举办,这是大益智库成立四年来,首次组织智库专家走进大益、了解大益。

9月云南大益茶业集团和广东宏远篮球俱乐部正式签约,大益集团冠名CBA十冠王广东宏远男篮。

11月大益八十周年厂庆活动在勐海茶厂成功举办。由云南大益集团、云南大益茶道院主办的"大益正念茶修与心理健康高峰论坛"在云南省勐海县大益庄园开幕。大益"双十一"全网销售额突破2.56亿。

大益牌普洱生肖茶荣获云南省"十大名茶"第一名,大益茶业集团入选2020云南省绿色食品10强企业和20家创新企业。

2021 年

9月勐海茶业有限责任公司(勐海茶厂)荣获云南省绿色食品"10强企业"称号。

大益茶业集团被授予COP15大会合作伙伴,益原素茶晶和益原素饮料被指定为COP15大会指定用茶。

2022 年

1月云南大益爱心基金会获民政部授予"全国先进社会组织"称号。

4月云南省工业和信息化厅公布2021年度绿色制造名单，勐海茶业有限责任公司荣膺"云南省绿色工厂"称号。

6月云南希望工程"大益乡村振兴爱心基金"成立。

11月大益茶制作技艺入选联合国人类非物质文化遗产。

2023年

2月勐海茶厂党委入选云南省两新组织"云岭先锋·党建强、发展强"示范党组织。

4月"大益普洱茶文化馆"被正式命名为云南省社会科学普及示范基地。

云南大益微生物技术有限公司、勐海茶业有限责任公司、勐海茶厂、东莞市大益茶业科技有限公司先后通过知识产权管理体系认证。

6月昆明理工大学与大益共建中外学生实习实训暨中国文化体验基地。

7月"大益乡村振兴行动"被授予"云南省'万企兴万村'典型项目"荣誉称号。